アナザー・フロンティア・オンライン

# 生産系スキルを極めたらチートなNPCを雇えるようになりました

ぺんぎん
イラスト Yuzuki

TOブックス

# 目次

イラスト　YuzuKi
デザイン　AFTERGLOW

# 一　生産職は戦力にならない

レンガに囲まれた部屋で二人の人物が対峙《たいじ》していた。

一方の名はハヤト。

短めの茶髪に黒いバンダナを額に巻き付けた二十代の男性。フードのついた暗緑色のトップスに茶色のツナギをはいて上半身部分を背中側に垂らしている姿は鍛冶師に近い。

そして、もう一方の名はネイ。

銀色のプレートアーマーで全身を固め、金髪をポニーテールにしている碧眼の女性だ。

「ハヤト、すまないがクランを辞めてほしい」

「マジか」

ハヤトが朝早くゲームにログインしたところ、所属するクランリーダーであるネイに呼び出された。

ログインしたゲームは剣と魔法の世界をモチーフにしたフルダイブ型ＶＲＭＭＯＲＰＧ《アナザー・フロンティア・オンライン》。ヘッドギアを装着することで五感をほぼ完全にシンクロできるヴァーチャルリアリティゲームだ。

このゲームにはプレイヤー同士が結成するクランというシステムが存在する。数多くあるクランの一つ《黒龍》。その拠点《きょてん》となるレンガで出来た砦での出来事だった。

クランを辞めてほしい。言われたハヤトとしては寝耳に水というわけではない。それは半年前に行われた大型アップデートが原因だ。そのアップデートでクラン戦争と呼ばれるクラン同士の戦いが開始された。

世界初のＶＲＭＭＯＲＰＧということで以前からこのゲームは人気だったが、クラン戦争が始まったことで人気にさらなる火がついた。そして大半のプレイヤーはクラン戦争に勝つことがゲームの大きな目的となる。

このゲームではスキル構成と現実の身体能力でプレイヤーの強さが決まる。

スキルはポイント制で一つのスキルにつき０から１００までの値があり、全体で１０００のポイント上限から構成を考えなくてはならない。中途半端な構成は弱いという認識があるため、基本はポイント１００のスキルを十個で構成するのが主流だ。

ハヤトはそのスキル構成を生産系スキル、またはその補助スキルだけで構成していた。

武器で攻撃するスキルや魔法を使うスキル、もしくはモンスターを召喚したり、使役したりするスキルがあれば戦力になるのだが、ハヤトはそういうスキルを一切持っていない。つまりクラン戦争では全く戦力にならないのだ。

これまではそれでも良かった。のんびりと気の合う仲間とゲームの世界を冒険するだけだったので戦力がなくても問題はなかったし、何かを作り出せるというスキルは貴重であり、このクランに貢献《こうけん》できていたからだ。

だが、クラン戦争に勝つことが大きな目的となったクランでは、戦闘能力のないプレイヤーは足手まといでしかない。

「すまないとは思ってるが、これはクランの総意なんだ」

「俺もクランの一員なんだけど総意なのか」

そんなとぼけたことを言いつつ、ハヤトはこれまでのことを思い出した。

ハヤトはこの半年、クランメンバーから現在のスキル構成を変更して戦闘系スキルを覚えるように言われていたが、頑《かたく》なにスキル構成を変更しなかった。

ちらりと自分の足を見る。ハヤトはこのゲームで戦闘を行うのが難しい。だが、それをクランメンバーに話したことはなかった。

ハヤトはここまでだな、と早々に諦めた。

クランリーダーにはメンバーを強制的に脱退させる権限がある。ここでハヤトが駄々をこねたとしても有無を言わせずに脱退させることが可能だ。

(俺に脱退をしてほしいと言ったのは、強制的に脱退させたときのペナルティが大きすぎるからだろう。強制脱退の場合、脱退させられたプレイヤーは一ヶ月、どこのクランにも所属できなくなる。一回分のクラン戦争に参加できなくなるわけだ)

クラン戦争は一ヶ月に一度行われる。一ヶ月どこのクランにも所属できないということは、クラン戦争に参加できないということだ。それは今のハヤトにとって問題がある。

(クラン戦争で負けられないと前から言っていたから、強制的に脱退させるのはまずいと思ってくれたわけか。追い出されてしまうからどっちにしても似たようなものだけど、これは優しさだと思

うべきだろうな。それにスキル構成を変えないのは俺のわがままだ。仕方ないといえば仕方ないか）

「ハヤトには世話になったし、このクランが大きくなれたのもハヤトのおかげだ。だが、このクランがさらに上のランクを目指すにはどうしても戦力が必要なんだ。戦闘系スキルがあるならこんなことは言わないんだが……」

「再三言われたのに生産系スキルだけで構成しているのは俺のわがままだ。そのせいで前のクラン戦争は負けそうになったからな」

三日前に行われたクラン戦争では、防衛するべき場所に敵クランの一人が侵入してハヤトと一騎打ちになった。戦闘系スキルを持たないハヤトは貴重なアイテムを使うことでなんとか撃退はしたが本当にギリギリで、勝てたのは運だったと言える。

相手は潜入系スキルで構成されていたようで、もしハヤトに戦闘系スキルがあれば撃退は難しくなかっただろう。貴重なアイテムを使ってしまったことを責められはしなかったが、微妙な空気になったのは間違いない。

ハヤトは大きく息を吐きだした。

「分かった。クランを抜けるよ」

「そうか！　あ、いや、すまん。喜ぶことじゃないよな……」

「まあ、仕方ない。このまま残っていても雰囲気《ふんいき》が悪くなるだろうし、潔く抜けるよ。でも、俺が抜けて料理とか薬の準備、それに武具の修復は大丈夫か？」

「それは大丈夫だ。みんながそれぞれサブとして生産系のスキルを一つは持ってる。みんなでスキルを持ち寄ればハヤトの代わりはやれるからな」

「それはそれで寂しいな――そうだ、抜ける代わりと言ってはなんだけど、生産するときに有用なアイテムを持っていってもいいか？　さすがに体一つで出ていくのはきつい」

「もちろんだ。クラン共有のアイテムで必要な物はなんでも持っていってくれ。ただ、レジェンド級の武具は置いていってほしいんだが……」

「そんなの持っていっても俺には使えないからいらないよ。俺が欲しいのは生産に使える便利アイテムだ」

「そんなものがあるのか？　その辺りは詳しくないがもちろん構わないぞ。あとクラン共有のお金も半分は持っていってくれ。別のクランに入るのか、それとも新しいクランを作るのかは分からないが何かと入り用だろう？」

「追い出されるのは困るが、それはありがたい。それじゃいくつか見繕《みつくろ》ってから脱退するよ。今までありがとうな」

「それはこっちのセリフだ。でも、すぐに抜けるのか？　みんなに挨拶《あいさつ》してからでも――」

「いや、いいんだ。クランの掲示板に挨拶を書き込んでおくだけにするよ。別に俺が嫌いって理由じゃないんだろ？　クランは別々になるが、喧嘩《けんか》別れじゃない。二度と会わないってわけでもないんだからそれで十分だ」

「そうだな。追い出しておいてなんだが、落ち着いたら遊びに来てほしい。いつでも歓迎するから」

「ああ、たまには遊びに来るよ。でも、俺が抜けたらランクが落ちたとかいうことがないようにしてくれよ？　そんなことになったら笑うぞ？」

「確かにそんなことになったら笑い者だな。そうならないように頑張るよ」

その後、ハヤトは必要なアイテムを持ち、クランを脱退して拠点となる建物を出た。そして外まで見送りに来てくれたクランリーダーと拠点にいたメンバー全員と握手をしてから、近くの町に向かって歩き出す。

ハヤトは拠点が見えなくなってから、がっくりと肩を落とした。

後腐れなく去ってはいたが、ハヤトの心は危機感にあふれているのだ。

（ヤバい。あと半年は大丈夫かと思っていたら、思いのほか早く追い出された。早急にクラン戦争に勝てる状態にしないと色々ヤバい）

なぜ焦っているのか。それはハヤトにとってクラン戦争に勝つことは重要なことだからだ。

このゲーム《アナザー・フロンティア・オンライン》には、他のゲームにはない特徴がある。それはクラン戦争のシステムが導入されたときから開始された。

他のゲームにはない特徴、それは賞金が貰《もら》えることだ。ゲーム内の通貨ではない。現実世界で賞金が貰えるのだ。当然、賞金を得るには条件がある。

その条件とは、クラン戦争に勝つこと。

そして最近、ハヤトは勤めていた会社を退社した。

簡単に言えば、ハヤトにはこのゲーム以外に収入源がないのである。

（一年くらいは働かなくてもなんとかなるほどの貯金はあるけど、絶対に大丈夫という保証はない。

すぐにでも勝てるクランを作らないと。毎月行われるクラン戦争に勝てば、ランクに応じた賞金が手に入る。それに半年後の最終ランキングで上位に食い込めば、クラン戦争の1stアニバーサリーで一億円が手に入るんだ。それを狙うしかない！）

ゲーム運営会社から、半年後のランキングで上位五チームのメンバーそれぞれに日本円にして約一億円の賞金を進呈《しんてい》するというアナウンスがあった。そのせいでどのクランも戦力の増強にいそしんでいる。

一億円。税金でいくらかは取られるし、それだけで一生遊んで暮らせるわけではないが、目指すだけの価値がある数字だ。

ハヤトにはお金があることで実現できる夢があるのだ。

（やるしかない。人生の一発逆転とまではいかないが、賞金を手に入れることができれば、夢に一気に近づくことができる。半年後にランキングに入れなかったら他を探すか……いや、絶対に賞金を手に入れよう）

ハヤトは決意をして、その場を離れた。

## 二　ＮＰＣを仲間にしよう

一週間後、ハヤトは新しく作ったクランの拠点でたった一人、頭を抱えていた。

「はぁ？　生産系スキルだけ？　うちのクランにはいらないね」

「いやぁ、君とメンバーの誰かを交換でクランに入れる理由がないかなぁ」

「俺は他のクランに入れてもらうつもりだから」

「それ、どこで笑うところ？」

クランを抜けて一週間、ハヤトが声をかけたプレイヤーから返された言葉がこれらだった。もっと多くのプレイヤーに話しかけてはいるが、ほぼ同様の答えが返ってきている。

それもそのはず。どのクランもできるだけ勝ちたい。ランキング上位に入るほどでなくとも、毎月賞金を得られるのなら勝利を目指すのは当然だ。

このゲームは課金制。ゲームをするだけで毎月千円ほどの課金が必要になる。クラン戦争で勝つことができれば、それが無料になる上に、切り詰めれば一ヶ月の生活費になるくらいの賞金を手に入れることができる。

クランの定員は十名まで。生産系スキルだけで戦闘力のないプレイヤーをクランに入れる必要性は全くない。

もちろん賞金を目指さずにゲームを楽しんでいるプレイヤーもいる。そういうプレイヤーはクランに所属していない。クランに所属しているだけでクラン戦争には強制参加になるからだ。そしてクラン戦争で負けるとクラン共有のゲーム内通貨をすべて勝ったクランに取られるというペナルティがある。

これらの理由から、ハヤトが既存のクランに入ることも、作ったクランに誰かが入ることもなかった。

そしてなんの変化もないまま、時間だけが過ぎていくのであった。


朝、ハヤトがログインすると、拠点として新たに建てたログハウスの二階で目を覚ました。

ハヤトはベッドから起きて椅子に座りコーヒーを飲む。アイテムとして特別な効果はないが、香りと味が気に入っているため、悩んでいるときはよく飲んでいるのだ。

そのコーヒーを全部飲んでから、カップを机の上に置いた。

（やばい。すでに一週間が経っている。あと二週間ほどでクランの対戦相手が決まるし、それまでにメンバーを揃えないとクラン戦争で確実に負ける。やっぱり無謀《むぼう》すぎたか……こうなったら一度解散してこの次に賭けるか？）

今の時期にクランを解散すれば未所属となり、クラン戦争に参加する必要はなくなる。だが、クランを解散した場合、次のクランを作るまでには一ヶ月ほど時間をおかなくてはならない。

このまま次のクラン戦争に参加するか、それとも一度解散をするか、ハヤトはそれを悩んでいた。

だが、答えは出ない。

もう一杯コーヒーを飲もうと立ち上がったときだった。

ログハウスのチャイムが鳴り、誰かの来訪を告げた。

「メイドギルドから参りました。ハヤト様はご在宅でしょうか？」

「ああ、はい。いま開けますので」

メイドギルド。それはメイドを派遣する組合だ。ゲーム内に組合はいくつか存在しており、メイドギルドはその一つだった。

ハヤトは今までやっていた作業の一部を誰かにしてもらう必要があると、クランを追い出された直後にメイドギルドに依頼をしていたのだ。

扉を開けると、そこにはメイド服を着た二十歳くらいの女性が立っていた。

黒く長い髪を後ろで三つ編みにしており、身長は百六十ほど。やや目つきは鋭いが、美人と言っても過言ではないだろうとハヤトは思った。

「初めまして。メイドギルドから参りました、エシャ・クラウンです」

「えーと、はい。ハヤトです」

「まずはお詫びを。申し訳ありません。条件に見合うメイドがなかなか決まらずに遅くなってしまいました」

「いえいえ、無理を言って頼みましたのでお気になさらず」

「そう言ってもらえると助かります」

ハヤトはスカートを少しだけつまんで頭を下げるエシャをまじまじと見つめた。

なぜならこのメイドはNPC、ノンプレイヤーキャラクターなのだ。

このキャラクターはAIで動いており、人が動かしているわけではない。プログラムではあるが、自分で考え、行動するキャラクターだ。

（すごいな。今までほとんどＮＰＣと関わっていなかったからよく知らなかったけど、本当にどんな受け答えもできるみたいだ）

ＮＰＣのＡＩが異常によく出来ているという話はハヤトも知っていた。

普通のゲームに出てくるような同じことをしゃべるだけのキャラクターではない。言う内容は毎回変わるし、店で働いているとかでもなければいる場所も違う。また各キャラクターに好感度が設定されているようで、仲が良くなれば情報を教えてくれることもある。逆に仲が悪くなれば無視されるし、酷い場合には町で衛兵を呼ばれる。

こんな話があった。

以前、メイドを何人も雇い、家の中に住まわせたプレイヤーがいた。ゲーム的にハラスメント行為はできないが、いわゆるハーレムのようなプレイをしたのだ。

結果、メイドギルドのブラックリストに入れられてしまい、二度とメイドを雇えなくなってしまった。さらには各町からも嫌われて、そのプレイヤーはどの町にも入れない状態になった。

《アナザー・フロンティア・オンライン》では、同アカウントによる別キャラの作成や、複数アカウントの所持が認められていない。生体認証を使い、生涯一人一キャラだけしか作れず、キャラクターの作り直しもできない。

そのため、ハーレムのようなプレイをしたプレイヤーは、《アナザー・フロンティア・オンライン》で詰んだ状態となった。クラン戦争以外でプレイヤー同士の戦いはできないので、山賊や盗賊のようなロールプレイもできず、結局そのプレイヤーは引退したのだ。

ハヤトはそれを思い出して、自分はちゃんとしようと決意する。

「あの、先ほどから私を見つめておりますが、なにか……？」

「ああ、申し訳ない。メイドさんを雇うのは初めてだったから、ちょっと見つめちゃったよ。それじゃさっそく仕事の話をしようか。月10万Gでいいのかな？　そう連絡を受けているんだけど？」

「はい、その値段で問題ありません。前払いでお願いします。また、途中で解雇《かいこ》になっても払い戻しはされませんのでお気を付けください」

「それも聞いてるよ。それじゃ、これね」

ハヤトはお金をエシャに渡した。

お金とはいってもアイテムとして硬貨などがあるわけではなく、データ上のやり取りだけだ。このゲームではお金の概念が魔法によるデータ化されていて各人で受け渡しができる、という設定になっている。単位はG、ゴールドだ。

「はい、確かに受け取りました。一ヶ月よろしくお願いします」

「うん、よろしく。それじゃさっそく仕事をお願いしていいかな。店番をしてほしいんだけど」

ハヤトはそう言ってエシャをログハウスの中へ招き入れた。

ログハウスの一階には小さなカウンターといくつかの商品ケース、そして壁には色々な武具が掛けられている。置かれている物はハヤトが生産系スキルで作ったアイテムだ。

ログハウスの二階は住居となっているが、一階は商品を売る店になっている。商品の売買はプレイヤー同士の直接のやり取りが基本だが、店を構えて売ることもできる。だが、それには店番が必要だ。

前のクランではハヤトが店番をしてアイテムを売っていたが、今の状況でそんな余裕はない。そのため店番をやってもらおうとメイドギルドにメイドを頼んだのだった。

「店番ですか？　それでしたらメイドギルドではなく、商人ギルドへ頼んだ方が良かったのでは？」

「もっともな意見なんだけどね、高いのよ、商人ギルドは」

ハヤトも最初は商人ギルドへ依頼しようとしたが、その値段を聞いて諦めた。現時点では稼ぎも少ないので切り詰めていけるところはしっかり切り詰めようとした結果なのだ。

「メイドの仕事じゃないって思うかもしれないけど、ぜひやってくれないかな？　文字の読み書きや金額の計算ができる人を頼んだのはこれが理由なんだよね」

「そういうことでしたか。依頼時にずいぶんと細かい条件があったので不思議に思っていたのですが……分かりました。それでしたら店番をやらせていただきます。売り物はこちらにある、もの、で……」

「うん、そう。それじゃよろしく頼むよ――どうかした？」

店番を依頼してから、改めてクランをどうするかを考えようとしたが、エシャが動かなくなったことを不思議に思って声をかけた。

だが、エシャからはなんの反応もない。

（まさかバグとかじゃないよな？　そんな話は一度も聞いたことないけど）

このゲームはバグがないことでも有名になっている。機能追加によるアップデートは存在するが、バグ修正によるアップデートやメンテナンスは行われたことがないのだ。

ハヤトは不思議に思いながら、エシャの前に移動した。そして驚く。

エシャが口から涎《よだれ》を垂らしてなにかを見つめていたのだ。

マンガやアニメの表現ならそれほど違和感のない涎を垂らす行為だが、こうもリアルに涎を垂らしているのはかなり怖い。本気でバグかもしれないと思った矢先に、エシャが涎を垂らしたままハヤトの方を見た。

「ハヤト様、こちらの食べ物も売ってしまわれるのですか?」

エシャが指したアイテムは料理スキルで作成したチョコレートパフェだった。

スイーツ系の料理はＨＰとＭＰを徐々に回復させるという効果が得られるため、魔法剣士的な戦い方をするプレイヤーに人気の食べ物だ。料理スキルがＭＡＸの１００でも、チョコレートパフェの作成成功率は50%。そして品質が高いほど効果時間が長く、ここで売られているパフェは最高品質の星五だ。

エシャはそんなパフェを見て涎を垂らしたということになる。

「売るつもりだけど、もしかして食べたいの?」

「いえ、そういうわけではありません」

「涎が垂れてるけど?」

「どこにそんな証拠が?」

「現在進行形だよね?」

そんなやり取りの後、エシャは取り出したハンカチで口元を拭いた。そしてハンカチをしまった後、両手それぞれでこぶしを作り、カウンターに思い切り叩きつけ、下を向いて震えた。

そんな行為でもカウンターは壊れないが、かなり大きな音が出た。

「だって食べたい！　最高品質のチョコレートパフェ！　これはミラクル！」

「あ、うん。あの、お近づきの印に食べていいから」

最初のイメージとは全く異なるエシャ。そのギャップに驚いたハヤトは少し恐怖を感じたのでパフェを提供することにした。

エシャは顔を上げる。そして期待した目でハヤトを見つめた。

「タダで食べていいと？」

「……どうぞ」

最高品質パフェの相場は一つ５０００Gほどだが、NPCが売っている素材だけで作ることが可能な料理だ。素材集めの難易度としては低い方なのでハヤトとしてはそれほど惜しくはない。

エシャはパフェを手に取り両手で掲げてから満面の笑みになる。そしてカウンターにパフェを置き、どこからかスプーンを取り出して椅子に座った。一口食べるたびに左手を頬に当てたまま足をばたつかせて喜んでいる。

（NPCも料理を食べるんだな。それになんて幸せそうに食べるんだろう）

すでにこのゲームを二年以上続けているハヤトでもこのような状況には初めて遭遇した。基本的にNPCはアイテムを売ってくれたり、情報をくれたりするだけの存在としてしか見ていなかったのだ。

そしてハヤトはエシャの行動を見て、一つの考えが閃《ひらめ》く。

(NPCってクラン戦争に参加できるのか？　確かテイマーは使役したモンスターをクラン戦争に参加させることができると聞いたことがある。モンスターもAIみたいなものだし、NPCでもいけるか？)

「食事中に悪いんだけど、ちょっといいかな？」

「はい、なんでしょうか？　このエシャ・クラウン、毎日パフェを食べさせてくれるなら、ハヤト様にさらなる忠誠を誓います」

「それくらいは構わないけど、それは後にして。実は聞きたいことがあるんだよね。えっと、クラン戦争って分かる？　それに俺のクランから参加してもらうことは可能かな？」

メイドをクラン戦争に参加させてどうするつもりなのかは考えていない。単純にNPCがクラン戦争に参加できるのかどうかの確認だった。

エシャはそれを聞き、ちょっとだけ考えるそぶりをする。そしてニコリと笑い、ハヤトを見つめた。

「ええ、構いませんよ。ただ、私を参加させるならそれなりの条件がありますが」

ハヤトは心の中でガッツポーズをした。少しだけ光明《こうみょう》が見えた気がしたからだ。

(プレイヤーが駄目ならNPCだ。できるだけ強そうなNPCをクランに引き入れて、クラン戦争に勝とう。確かNPCには伝説の剣豪とか魔法使いとかいたよな？　それに勇者とか魔王もいたような？)

「あの、ハヤト様。聞いてます？」

「え？　ああ、何かな？」

ハヤトはメイドのエシャに言われてようやく気づいた。今の今まで誰を仲間にするべきかを考えていたのだ。

「それで私をクラン戦争に参加させる条件ですが、こちらの料理を食べさせてくださったら参加します」

「えっと、この紙に書かれてるのかな？」

ハヤトはエシャに渡された紙を受け取った。

『マンガ肉・星五、バケツプリン・星五、超エクレア・星五』

（なんだ、これ？）

ハヤトは首を傾げる。料理スキルを上げるためにこれまで数多くの料理を作ったが、この紙に書かれている料理は見たことも聞いたこともない。アップデートで作れるようになったという話も聞いたことがなかった。

星五というのはハヤトにも理解できる。どのアイテムも品質は星一から星五まであり、星五は最高品質。だが、アイテム自体を知らないのなら品質が分かっても意味はない。

「こんな料理ってあるの？　全部初めて知った料理なんだけど？」

「そうなんですか？　ならレシピをお渡ししますね」

（レシピ？　このゲームって作れる料理は最初から決まっているんじゃないのか？）

このゲームで料理を作る場合、料理用のアイテム、例えば包丁やフライパンを使用することでメニューが表示される。そこに料理と材料が表示される仕組みだ。そして材料をアイテムバッグに入れている状態でメニューから料理を選択するだけで料理ができる。

つまりメニューに表示されない料理は作れない。それがこのゲームの常識だ。

エシャは取り出した紙に何かを書き、それをハヤトに渡した。

三枚の紙にはそれぞれの料理の材料が書かれている。ハヤトがそれに目を通すと紙は消えてしまった。

（これで料理が作れるようになったのか？）

ハヤトは料理で使う愛用のアイテム《アダマンタイトの包丁・極》を取り出してメニューを表示させる。そこにはレシピに書かれていた三つの料理が追加されていた。

（おいおい、結構長くやっているゲームなのにこんなものがあるなんて初めて知ったぞ。この情報はネットでも出回っていないはず。もしかしてクラン戦争のアップデートから始まったシステムか？）

クラン戦争が始まる前はゲームの攻略として色々な情報がネットを賑わせていた。だが、クラン戦争が始まると情報は秘匿《ひとく》され、ネットで出回らなくなったのだ。

レシピによる料理メニューの追加。それはクラン戦争前に出ていない情報であるため、クラン戦争が導入されたと同時期に導入されたシステムかもしれないとハヤトは結論付けた。

（こんなものがあるのを知らなかったなんて、生産マイスターを自称している俺としてはちょっと悔しいな。でも、こんな料理は売られていないし使われてもいないはずだ。もしかしたら、このレシピは俺がこのゲームで初めて手に入れたのか？　それなら嬉しいけど）

「ハヤト様？　いかがでしょうか？　作れますか？」

「作れるけど、星五となると結構な数をこなさないと難しいかな。それに材料がえぐい。オークションや店頭で買えるといいんだけど」

ハヤトは料理のメニューからマンガ肉の材料を確認する。

（マンガ肉に関しては、材料は骨付きドラゴン肉だけだが、それが結構高い。普通の品質は100％で作れるが、最高品質を作れる可能性は25％ほどか。結構な回数をチャレンジしないとダメだな）

次にバケツプリンを確認した。

（バケツプリンに関しては、牛乳、砂糖、水、ドラゴンの卵、あとバケツ。ドラゴンの卵だけが結構高い。ただ、最高品質を作れる確率は50％。それほど悪い確率ではないが、これも複数回チャレンジしないとダメだろう）

最後は超エクレア。

（生地とチョコレート、それにカスタードクリームはすでにある。でも、超って大きいって意味か。一つ作るのに材料の消費量が激しい。手持ちの材料で作れるのは二回か三回か？　最高品質はこれも50％。手持ちで出来なかったら材料の準備が面倒だな）

ハヤトはそれぞれの材料と最高品質の成功率を見て、揃えるには金がかかると判断した。それはそれとして、考えなくてはいけないことがある。

（エシャはメイドだ。確認のために聞いたわけだが、そもそもクラン戦争に参加してもらって意味があるのだろうか？　苦労してクラン戦争に出てもらっても、俺と同じように戦えないなら意味がないんだけど）

ハヤトはパフェを食べてご満悦《まんえつ》のエシャを見つめた。

「どうかされましたか？　あまり見つめられるのはちょっと――もしかして、おかわりをしてもいいという視線でしょうか？　ご安心ください、私のお腹はまだまだいけます」

「違うよ。えっと、エシャをクラン戦争に出したところで戦力になるのかなって。料理の材料費が高いからちょっと迷ってる」

「ちょ、待ってください！　私のお腹はすでにその食べ物を食べることで決まってるんです！」

「決まっちゃったか。でも、貴重なクランの定員枠を使って戦力にならない子を入れるのはまずいんだよね。それに思ったんだけど、傭兵ギルドとかがあるし、面倒なことをしなくてもお金を払えば傭兵を雇えるのかなって」

ゲーム内にはメイドギルド以外にも冒険者ギルドや傭兵ギルド、それに暗殺者ギルドなどが存在している。上手く交渉ができれば、それらのメンバーを雇える可能性があるとハヤトは気づいたのだ。

「お待ちくださいハヤト様！　いえ、ご主人様！」

「ご、ご主人様!?」

「このエシャ・クラウン、戦えないなどとは一言も言っておりません。必ずやお役に立ちましょう！　だからお願いします！　その三つを食べさせてください！」

「お願いだから胸ぐらをつかまないで。HPがちょっと減ってる。あまりHPがないから死にそう」

「じゃあ、このまま死ぬか、料理を作るかどっちか選んでください！　おすすめは料理！」

「それ脅しだよね⁉　いいから一度手を離して！　HPが減りすぎてアラームが出てるから！」

　ハヤトはようやく解放された。少し深呼吸をしてから、ポーションを取り出して飲む。HPが回復した。

（なんでNPCから交渉されているのだろうか。いや、交渉じゃなくて脅しなんだけども。でも、戦える、か。さすがに嘘を吐《つ》くとは思えないけど、何か証拠がないと——そうか、スキル構成を見ればなんとかなるな。とはいっても、NPCのスキル構成って見られるのか？）

　スキル構成はプレイヤー同士の場合、クランメンバーや相手の許可があれば見せてもらえる仕様となっている。だが、今までNPCのスキル構成を見たという話はない。少なくともハヤトは聞いたことがなかった。

「スキル構成を見せてもらえる？　それで決めたいんだけど」

「スキル構成ですか？　なるほど、それで私が戦えるかどうか判断すると。分かりました。ご覧ください」

（マジか。もしかしてNPCのスキル構成を見るのは俺が初めてか？　どんな構成なのかちょっとワクワクするな）

　ハヤトはエシャのスキル構成を見た。

　そして驚愕する。

（なんだこれ？　スキル１００オーバー？　嘘だろ？　どのスキルも上限は１００のはずだ。それなのに狙撃スキルが２００？　一体何をすればこんなことに？）

プレイヤーのスキルは一つにつき上限は１００。それよりも上になることはない。だが、エシャのスキル構成を見た限り、１００を超えているスキルが三つある。狙撃、動物知識、そして魔法が２００だ。

（いや、待て。スキルがマイナス……？）

ハヤトは１００を超えているスキルに目を奪われていたが、もう一つ看過《かんか》できない値があった。それはマイナス値となっているスキルだ。

料理、裁縫、そして動物調教スキルが三つともマイナス１００だった。

ハヤトはさらに混乱した。ゲームの根幹を覆《くつがえ》すような状況に理解が追い付いていないのだ。

だが、プレイヤーとＮＰＣを同じに考えることが間違っているのかもしれないと考えを改める。

モンスターもプレイヤーとは違ったスキル構成だと言われている。ＮＰＣがプレイヤーと違うのは当然かもしれないと思い直した。

「あの、もうよろしいですか？　どうです？　かなり強いほうだと自負しておりますが」

「その前に聞いていい？　どうしてスキルが１００を超えてるの？　それにマイナスって何？」

「さあ？　マイナスは生まれ持った欠点というか弱点みたいなものです。どんなに頑張っても一向に上がりません。１００を超えているのは頑張ったからですね」

（つまり本人も知らないってことか。マイナス要素があると、上限を解放できるとかそんな仕組みがNPCにはあるのだろう。でも、もしかしたら俺も上限を解放できるのか？　生産系スキルが100を超える、そんなことが可能なら夢が広がるな……それはいいとして、まずはエシャか）

ハヤトはさらに考える。

（エシャのスキル構成を見た限り遠距離攻撃が主体なのだろう。遠距離アタッカーと言ったところか。さすがにエシャだけだときついが、NPCをクラン戦争に出せるということが分かったんだ。近距離アタッカーや盾役、それにヒーラー系のNPCを雇えば問題ない。それに今から九人のNPCを揃えるのは厳しい気がする）

「戦えるのは分かったからなんとか料理を揃えてみる。でも、すぐには作れないからちょっと待ってもらえる？」

「もちろんでございます。店番をしながらお待ちしますので」

両手の握りこぶしを上にあげてガッツポーズをするエシャを見て、ハヤトは本当にAIなのかと疑問に思った。だが、その疑問を考えている余裕はない。クラン戦争までに仲間を揃えなくてはいけないのだ。

ハヤトは料理の材料を揃えるために、エシャに店番を任せて町へ向かったのだった。


ハヤトは拠点から一番近い町へやってきた。

町の名前は《グランドベル》。

大きい町ではないが、一通りの施設がそろっているのでハヤトは重宝《ちょうほう》している。どちらかと言えば辺境なのでプレイヤーの姿は少ない。ほとんどのプレイヤーは王都や帝都と言われる大きな町の近くに住み、冒険をしているためだ。特に用がなければここまで来ることはないだろう。

ハヤトも本当はもっとプレイヤーがいる町の近くに家を建てたかったが、現時点ではそんな土地は残っていなかった。

(前のクラン拠点は立地がいいところだったよな。くれるかどうかは分からないが、クラン拠点を貰ったほうが良かったかもしれない。そもそも俺が建てた拠点だったし。まあ、今更か)

ハヤトがいたクラン拠点の場所は、王都のすぐそばでプレイヤーがよく通る道沿いだった。

店頭には商品検索機能のシステムがあるので、どこにいてもプレイヤーは商品と値段を知ることができる。それにテレポートできるのでどこに店があろうと特に問題はない。だが、店先の商品を覗《のぞ》いていく客というのも売り上げに貢献してくれるのだ。

今回ハヤトがログハウスを建てた場所は辺境。ピンポイントで商品を買いに来るプレイヤーしかいないだろうと、そこは諦めていた。

(テレポートで来るから手間はかからないだろうけど、それすら面倒だから近場で買うっていうのはあるよな。コンビニみたいに。一割くらいは相場から引いているけど、買いに来てくれるだろうか。生産職は金がないと始まらないから少しでも稼がないと。でも、色々と詰んでいる気がする……やっぱり働く――いや、まだ諦めるのは早い)

そんなことを考えながらハヤトは町を歩く。そして目当ての施設までやってきた。

ここはオークションのシステムを使える施設だ。

見た目は小さなコロシアムといった感じの建物で、円形の建物に等間隔で受付用の窓口があるだけだ。その窓口一つ一つがオークションの手続きをする機能を持っている。

出品者はアイテムと最低金額、そして最高金額を設定する。そしてもう一つ時間を指定する。時間は二十四時間を指定することが多いが、最大で七十二時間まで設定できる。つまり最大で三日だ。

指定した時間が過ぎたときに最も高い金額を設定したプレイヤーが落札となるが、出品者が設定した最高金額を支払うと時間を待たずに落札となる。

(オークションは入札がないと手数料だけ取られるから、最高金額も確実に売れる値段設定が多いはずだ。店頭よりも先にこちらで確認してみよう)

ハヤトは受付まで移動した。

そしてオークションのメニューを表示させ、骨付きドラゴン肉を検索する。

(最低が1万G、2万5000Gで即決か……高いな。ドラゴンステーキの材料だしそんなものだとは思ってたけど。ありがたいのは同じプレイヤーが同じ値段でいくつか出していることかな)

このゲーム内での料理は一時的になんらかのプラス効果を発生させる。コーヒーのようになんの効果もない物もあるが、大半はプレイヤーに有利に働くのだ。

肉料理は攻撃力を上げる料理として戦士系のプレイヤーに好まれている。その中でも破格の上昇率を誇るのがドラゴンステーキ。クラン戦争でこれを用意できるかどうかが勝率を変えるとまで言われている。

そんな料理の材料となっている骨付きドラゴン肉は、入手難度も手伝ってそれなりに高い値段となっていた。

(前のクランメンバーだったらドラゴンくらい倒せるけど、今は俺だけだし勝てるわけがない。手伝ってもらうこともできるだろうけど、向こうは向こうでクラン戦争の準備が忙しそうだしな……金で解決するしかないか)

ハヤトは初期投資だと割り切って、骨付きドラゴン肉を即決で四つ買った。全部で10万Gを支払う。

(星五が25%なら四回作れば一個くらいは出来るだろう。四回やってもダメな場合はあるが、自分の運を信じたい。出来なくても攻撃力の上昇率が高ければ、レア度も相まって結構な値段で売れるかもしれない。低くてもレアアイテム収集家って結構いるから売れるだろう)

同じように、ドラゴンの卵も四つ買う。これも同じ値段だったのでさらに10万G支払った。

ハヤトはさらに細かい材料をNPCの店で買い、すべての材料を揃える。

とりあえずの目的が達成できたので、今度は傭兵ギルドの施設へ向かうことにした。

NPCをクラン戦争に出せることが分かったので、傭兵を雇うこともできるのではないかと考えたためだ。

傭兵ギルドは護衛依頼のクエストを受ける場所だ。

クエストとはNPCからお願いされる依頼で、それをこなすことでお金やアイテムが手に入る。

今まではそういうクエストを受けるだけの場所だと思われていた。

もちろんハヤトもそう思っていたが、今は違う。

（NPCから護衛の依頼をされるなら、こっちからNPCに護衛の依頼もできるかもしれない。クラン戦争にも参加してもらえる可能性は十分にあると思う）

ハヤトはそんなことを考えながら傭兵ギルドを目指した。


町の中心の方へしばらく歩くと、傭兵ギルドの建物が見えた。

レンガ造りの建物で三階建て、見た目は新しく結構な大きさである。入口では傭兵と思われるNPCが出入りをしているようで強面《こわもて》が多いが、ハヤトにはそれが頼もしく見えた。

建物の一階は食堂のようになっていて、奥のカウンターには受付があり、受付嬢が何人か座っていた。

ハヤトはそこへ近づき、受付嬢の一人に声をかける。

「すみません。受付はこちらですか？」

「いらっしゃいませ、傭兵ギルドへようこそ。本日はどんな御用ですか？」

「ええと、傭兵を雇うにはどうすればいいですかね？」

「傭兵の雇用ですか？　それでしたらこちらのメニューをご確認ください。現在雇える人と値段が記載されています。ちなみに値段は一日雇う値段です」

「どうも」

（普通に雇えるのか。みんなの話だと護衛クエストの依頼を受ける場所だと聞いたんだけどな……いや、そういえば傭兵や冒険者は元々雇えるんだった。お金を払って素材を採りに行ってもらうことができるって聞いたことがある。俺が雇いたいのはそういうのじゃなくて、クラン戦争で戦ってくれるかどうかだ。念のため確認しておこう）

「ここの傭兵はクラン戦争に参加してもらうことも可能ですか？」

「はい、可能です。ただし、クラン戦争の場合、料金体系が異なります。また、クランに定員枠の空きがない場合はそもそも雇えませんが、そこは大丈夫でしょうか？」

「大丈夫です。料金を見せてもらってもいいですか？」

受付嬢が「どうぞこちらです」と言って紙をハヤトに渡す。

その内容を見たハヤトは顔を引きつらせた。

（嘘だろ、一回参加で最低でも１００万Ｇ？　現時点でも払えなくはないけど、何人も雇ったら金がなくなっちまう。今回を乗り切っても次のクラン戦争で破産しそうだ……あれ、なんだこれ？料金無料？）

「リストにあるこの人は無料なのですか？」

「えーと、その方は特殊な条件で雇うことができる傭兵です。エリクサーの最高品質をお求めですね。それを譲ってもらえるなら無料でいいようです」

エリクサー。万能回復薬とも言われるこのゲームで最高峰の薬だ。ＨＰやＭＰはもちろん、あらゆる状態異常も完全に回復させる。しいて問題点をあげるなら連続で使用できないことだろう。

魔法やアイテムにはリキャストタイムやクールタイムと呼ばれる再使用を制限する時間が存在する。短時間で同じ魔法やアイテムを連続では使用できないのだ。

アイテムの場合、品質が高いほどその時間が少ない。最高品質のエリクサーなら再使用時間は五分。最低品質エリクサーの再使用時間が一時間だと考えると破格の性能だ。

（エリクサーならいくつか持っているが最高品質はないな。あれってスキルを最高にして生産の補助アイテムを装備しても最高品質の作成成功率は２％だからな……あんなものを量産されたらクラン戦争で負けないだろうから当然の確率だとは思うけど）

さらにはエリクサーの材料もレアな素材が多い。オークションで材料を揃えるにしても最高品質が出来るまで作るとしたら破産するレベルなので、ハヤトは早々に諦めた。

（最高品質のエリクサーならオークションで１０００万Ｇでも売れるだろう。それが作れるなら売るよ）

ハヤトがそう考えた直後だった。

「なあ、アンタ、無料って聞こえたんだが、もしかして俺を雇おうとしてるのか？」

背後から声をかけられたハヤトは後ろを振り向く。

そこには大きな剣を背中に担ぎ、黒い甲冑《かっちゅう》を着た金髪の男が立っていた。

「よかったら、ちょっと話をしないか？」

ハヤトは男に促されて傭兵ギルドの食堂にあるテーブルにつく。

察するに男は最高品質のエリクサーを求めている傭兵だ。用意できるかどうかはともかくとして、話を聞いてみようかと思ったからだ。最高品質を持っていなくとも星三のエリクサーなら十分ある。交渉次第では雇えるのではないかという打算もあった。

男はハヤトの正面に座り、笑顔になる。二十歳前後のイケメンだ。

現実にこんな男から笑顔を向けられたら、大概の女性は頬を赤らめるかもしれない。ハヤトはゲームで良かったと感謝した。現実にいたら不幸を願うしかないからだ。

「俺の名はアッシュ・ブランドルだ。アッシュと呼んでくれ」

「俺はハヤトだ。そっちもハヤトと呼んでくれていいよ」

「そうさせてもらうよ。それでさっそく仕事の話なんだが、もしかして最高品質のエリクサーを用意できるのか？」

アッシュは笑顔から一転、真剣な顔でハヤトの方へググッと顔を寄せた。間にテーブルがなければ、かなり近寄られただろう。

「いきなりだな。悪いけど持ってないよ。星三ならいくつかあるけど」

「……そうか。いや、星三じゃダメなんだ。最高品質の星五じゃないとな」

「理由を聞いても？」

プレイヤーからすれば、エリクサーの品質などクールタイムの減少でしかない。星三なら三十分。クラン戦争が一時間の戦いなので、星三でもタイミングによっては二回使える。二回目はクールタイムを気にしなくていいから、もっと低い品質のエリクサーでも構わない。そのため、低い品質でもそれなりの需要があるわけだが、ＮＰＣは違うのだろうかと思い、ハヤトは確認をした。

「妹が病気でね。いや、呪いと言えばいいかな」

アッシュはハヤトに事情を話した。

アッシュは《三日月の獣》という傭兵団の団長をやっている。

主にモンスターを狩ることで生計を立てている傭兵団だが、一年ほど前にその傭兵団はドラゴンを退治した。そのときのドラゴンが放った呪詛《じゅそ》と呼ばれる攻撃により、同じ傭兵団にいた妹が呪われてしまった。

その呪いは弱体。自分はもとより、周囲にもその影響を与えるものだった。ステータスを半分にするという強力な呪いで、傭兵団としては一緒に行動することができず、遠く離れた家に一人でいるとのことだった。

「もともと妹は呪術師《じゅじゅつし》でな、呪いには詳しいんだ。妹が自分で色々調べてみた結果、最高品質のエリクサーであれば、その呪いを解くことができるということが分かった。欲しい理由はそれだな」

「なるほど」

（エリクサーは低品質でも状態回復はするんだけど、NPCはちょっと違うのかもしれないな。それともそういうクエストなのか？）

ハヤトがそう考えたところで、アッシュは溜息《ためいき》をついた。

「命に別状《べつじょう》がある呪いじゃない。だが、あのままじゃ妹はずっと独りだ。それが不憫《ふびん》で仕方ないんだよ。妹は笑って『呪術師が呪われるなんて面白くない？』とか言ってるけどな」

アッシュは笑いながらそう言ったが、どう見ても自虐《じぎゃく》的な笑いだった。

（事情を鵜呑《うの》みにするのはどうかと思うが、本当なら大変だな。ゲームだからそこまで感情移入するわけじゃないんだが、事情が事情だけになんとかしてやりたいとは思う。それに兄妹っていうのは一人っ子の俺にはなんとなくまぶしく見える。妹を思う兄……なんとかしてやりたいな。でも材料費がなぁ）

「ハヤト、君は見た感じ生産職だろう？　最高品質のエリクサーを作ることはできるのか？」

「何を見て生産職だと思ったのかは知らないけど、その通りだよ。一応、製薬スキルを持ってるからエリクサーも作れる」

「本当か⁉　スキルはいくつだ？　どれくらいの確率で最高品質のエリクサーが作れる⁉」

「近い近い。すこし顔を離してくれ。製薬のスキルは１００だよ。最高品質なら２％ってところだね」

「２％……？」

アッシュはハヤトの言葉を聞き、眉間《みけん》にしわを寄せる。そして明らかに落胆した顔でハヤトを見た。

「本当に製薬スキルが１００あるのか？」

「もちろん。でも、なんでそんな落胆してるんだ？」

「ハヤト、スキル１００なんて嘘を吐くな。製薬スキルが１００なら知っているはずだ。エリクサーの最高品質はスキル１００でも１％以下。色々補正を付けても0.1～1.0％の間だろう。２％もあるはずがない」

（ああ、そういうことか。確かにそうかもしれないな。普通にやれば最大でも１％だろう。でも、俺は違う。クランの皆と作ったこれがある。持っているのはこのゲームでも数人だけだと自負して

いる神装備……ここで見せるのは危ないけど自慢しよう）

神装備。装備性能がえげつない物のことを指す言葉として使われている。

このゲームでは同じ名前のアイテムでもその性能は異なる。武具などは一定の範囲内で性能がランダムなのだ。基本的に武具は高品質のものほど強いとされているが、そのランダムの要素により、星四でも星五の性能に勝てる場合がある。

ハヤトはテーブルの上に水晶で出来たペンダントを取り出した。

「これは《水晶竜のペンダント》だ。ええと、アイテムの情報は見られるか？」

「水晶竜……？　アイテムの情報は見られるが、これがどうかしたのか？」

「ちょっと見てくれ。でも、他言無用だぞ」

アッシュはそのペンダントを凝視する。そして次の瞬間には目を見開いた。

「製薬の最高品質確率が倍!?　――ムグ」

「ちょ！　声がでかい！」

ハヤトはアッシュの口を手で押さえた。そして周囲を見る。誰もこちらを見ていないところを見ると、聞かれてはいなかったようだ。ハヤトはそう思って安堵《あんど》した。

神装備は売ってくれと言われることが多いし、このゲームは窃盗というスキルがある。色々と条件はあるが、他人からアイテムを盗むことが可能なのだ。もちろんハヤトはその対策もしているが、完全に防げるかどうかは分からないため、警戒しているのだ。

二人とも落ち着いてから、ハヤトはアッシュの口から手を離した。

「す、すまない。あまりにも信じられない効果だったので驚いてしまった」

「気持ちは分かる。俺もこれを作ったとき、驚きすぎて叫んだ。クランメンバーの視線が痛かったよ……なぜかこれの価値についてはよく分からなかったみたいだけど」

作った装備には性能のランダム要素以外に、特別な効果が付く場合がある。アンデッドに強い剣や炎のダメージを数%カットする鎧《よろい》といった具合だ。

ハヤトの持つ《水晶竜のペンダント》は稀《まれ》に作成成功率上昇の効果がつく。《水晶竜のペンダント》を何度も作った結果、このような効果を持つペンダントが出来たのだ。

倍とは言っても、エリクサーに限って言えばたかが1%の上昇。その上昇にどれほどの価値があるのかは微妙なところだ。だが、製薬の最高品質を作るという意味では、異常に上昇していると言ってもいい。

エリクサー以外でも、製薬スキルで作る薬は最高品質になるほどクールタイムが少ない。HP回復量の少ないポーションという薬があるが、最高品質になればクールタイムは0。連続で飲めるなら、回復量の高い薬よりもはるかに価値がある。

そのポーションですら最高品質の作成成功率は5%。だが、それが倍の10%になるなら、神装備と言っても間違いではないだろう。

「まあ、そんなわけでね。エリクサーの最高品質なら2%で作れるよ。とはいっても低確率だし誤差の範疇《はんちゅう》だろう。運のいい人には負けるだろうね」

「そんな装備を作り出しておいて運が悪いとか思っているのか?」

「どうだろうね、これを作れた時点で運を使い切ったとも言えるかな？」

それにクランも追い出されたしな、とハヤトは心の中で思い、自嘲気味に笑った。

だが、そんなハヤトをアッシュは真面目な顔で見つめる。

「なあ、ハヤト、エリクサーを作ってくれないか？　俺としてはハヤトに頼みたいんだが」

「気持ち的には作ってあげたいんだけどね、狙って作れるような確率でもないだろう？」

「狙って作れるような確率でないのは誰でも同じだ。でも、そんな装備を持っているハヤトに賭けたいと思ってる」

「でも、材料を揃えるだけの資金がない。確率的に言えば五十回作成しても、出来る確率なんて60%かそこらだ。オークションに出品されるのを待った方が安く済む」

「材料に関しては心配しなくていい。それは俺が揃える。今でもいくつかは用意してあるから、ハヤトは作ってくれるだけでいいんだ。出来なくても文句は言わない。それならどうだ？」

「まあ、それなら……でも、百回やっても出来ない可能性だってあるぞ？」

「構わない。出来た低品質のエリクサーだって結構売れるからな」

そういうことなら引き受けよう、と思った矢先、ここへ来た理由をハヤトは思い出した。

「今の時点では最高品質のエリクサーは渡せない。絶対に作れるとも言えないんだが、アッシュ、クラン戦争に参加してくれないか？　いま、メンバーがいなくて困ってるんだ」

「俺を雇おうとしてたのはそれが理由か。もちろん構わない。なら契約成立か？」

「ああ、契約成立だ」

ハヤトは立ち上がり、右手を出した。アッシュも立ち上がり、笑顔でその右手を握る。

こうしてハヤトは一人目のメンバーを迎えることができたのだった。


ハヤトはアッシュに拠点となっているログハウスの場所を教えてから別れた。

アッシュはこれから家に戻り、材料を持って拠点であるログハウスに来ることになっている。現時点でも十回は試せるだけの材料があるので、すぐに取り掛かってほしいとのことだった。

ハヤトとしては断る理由がない。すぐに拠点へ戻り用意をしようと、テレポートのできるアイテム《転移の指輪》を使った。

本来、魔法のスキルを持っていないハヤトは、テレポートの魔法は使えない。だが、そこは生産職。チャージと呼ばれる使用回数が決められているが、魔法スキルがなくても魔法を使えるアイテムを作ることができるのだ。

攻撃魔法が使えるアイテムも使えるのだが、ダメージが魔法スキルに依存している。ハヤトの場合は、それらのアイテムを使ってもダメージが与えられないので作ってはいなかった。

そのような使い捨てのアイテム《転移の指輪》を使い、拠点へ一瞬で戻ってきた。

扉を開けてログハウスに入ると、メイドのエシャが出迎える。

「おはえりなはいまへ、ごしゅひんひゃま」

「食べ終わってからでいいから……あと店の料理が全部ないんだけど、どういうことか説明してもらえる?」

　エシャはモグモグとよく噛んでから喉を鳴らして食べている物を飲み込んだ。そして取り出したハンカチで口元をぬぐい、ビシッと背筋を伸ばす。さらにキリッとした顔つきになった。

「大変美味しゅうございました。さすがご主人様と言わざるを得ません」

「よし、返品だ。別のメイドさんを雇う」

「お待ちください。短気は損気と言う言葉があります。これを聞けば、私に非がないことは明らか。まずは私の言葉に耳を傾けてください」

「……続けて」

「ご安心ください。商品に手を付けたとはいってもきちんとお金を払ってからの行為。この店にある料理はすべて私がお金を払って購入したものでございます。売り上げにものすごく貢献したと言っても過言ではないでしょう。お得意様と言ってもいいかもしれません。お得意様割引ってないですか?　もしくは店員割引」

　ハヤトは店の売り上げをチェックすると確かにお金が振り込まれていた。料理関係の合計金額を把握《はあく》してはいなかったが、これくらいの値段にはなるだろうと胸を撫でおろす。

　だが、疑問にも思った。

(NPCって勝手に商品を買えるのか?)

　NPCの店にアイテムを売ることはよくある行為だが、NPCがプレイヤーの商品を買うというのはハヤトにとって初めて知ったことだった。前のクランでやっていた店頭販売でも相手はプレイヤーだけでＮＰＣが買いに来たことはない。

「えっと、ＮＰＣってプレイヤーの商品を買えるの？」

「あの、なんとおっしゃいました？　よく聞き取れなかったのですが……？」

（聞き取れない？　ＡＩにそんなことがあるのか……？　あ、いや、ＡＩ保護のセキュリティか）

　このゲームのＡＩは高性能であり、ＡＩは自分のことをＡＩだと思っていない、と言われている。また、ＡＩにとってはゲームの世界がすべてなので、ＡＩの自覚や自己矛盾が発生しないようにこの世界がゲームであることや、ＡＩであると言うことは禁止事項とされているのだ。

（ゲーム開始時の規約にそんなことが書かれていたっけ。たぶん、ＮＰＣとかプレイヤーって言葉がフィルタリングされてエシャには伝わらなかったんだろう……そうだよな、これがゲームの世界だとしてもＮＰＣ達にとっては現実。それにＮＰＣが自分の知らない行動をとったからって質問するのはおかしいだろう。そういうものだと思って受け入れよう）

「いや、なんでもないよ。ただ、店の商品を買うなら俺を通してもらえる？　商品があることで客の呼び水になってくれるからね。色々なものが置いてあるとついでに買ってもらえるし、リピーターも増えると思うから、一部の商品が売り切れ状態になるのはできるだけ避けたいんだ」

「そういう理由がございましたか。分かりました。低品質の料理だけは買わないようにいたします。高品質の料理は私の物」

「何も分かってないよね？」

「ところでご主人様。そんなことよりも頼んでいた料理のほうはいかがでしょうか？　私のお腹は暴走寸前。スタンピード前日と言ってもいいのですが」

「そんなこと扱いしないでくれる？　それにスタンピードって大量のモンスターが町へ押し寄せてくるあれだよね？　防衛に失敗したらどうなるのか知りたくないんだけど」

「大変なことになる、とだけ言っておきます」

「本当にメイドギルドへ返品したい。一応材料は買ってきたからこれから挑戦するよ。自室で作るからこのまま店番をしててもらえる？　それとお客さんが来るかもしれないからその対応もよろしくね」

「ご安心ください。このエシャ・クラウン、完璧に仕事をこなしてみせましょう」

（不安しかない）

そうは思いつつも、お願いするしかないので、店はエシャに任せてハヤトは二階の自室へと移動した。

自室に戻ってから早速料理をするための準備に取り掛かる。準備とは言っても装備品を取り換えるだけだ。

基本的に生産するときの成功率はスキルの値が重要になる。ハヤトの場合はそれが１００で最高だ。だが、その状態からも色々な補正により成功率をあげることができる。そもそも生産するアイテムによってはスキルが１００でも成功率が１００％にならない場合がある。それを１００に近づけるためには、補正により上げなくてはならない。

まずはステータスにあるＤＥＸ。dexterity の略で器用さを表す。

料理の場合、DEXが10毎に1％の補正がつく。ステータスの最大は100。当然ハヤトはDEXに100を振っているので素で10％の補正があるのだ。

だが、ステータスはスキルとは違い100以上になる。それは装備品や料理によるステータス上昇効果だ。その効果によりステータスを最大で150まで上げることができる。

ハヤトは装備によりDEXを合計30上昇させた。これでDEXの合計が130。

その後に料理の《サンマの塩焼き》を食べた。DEXを20上昇させる料理だ。魚系の料理はDEXを上昇させるものとして、何かを作るときには必ず食べるべきだと言われている生産職御用達《ごようたし》の料理である。

これでDEXの合計は150。ステータスだけで15％の補正を受けたが、さらにハヤトは装備品を取り出す。料理の成功率だけを上げる装備がいくつかあるのだ。

まずは《シェフの帽子》。成功率が20％上昇する頭装備。

そして《パティシエのエプロン》。これも成功率が20％上昇する腰装備。

最後に《すし職人の下駄》。なぜか成功率が5％上がる足装備だ。

（たぶん、成功率上昇としてはこれが最高だろう。ランダムの効果が付くのが分かって何百と作った一品達。100％の成功率は無理と言われているドラゴンステーキですら100％になるほどのステータスと装備だ。装備を売れば一財産になるだろうけど、これだけは売れないな。それにこれらはみんなと一緒に素材を何度も採りに行った思い出のある物ばかりだ。たとえ高くても売れないよな。それにこれも――）

ハヤトは愛用の包丁を取り出して装備した。《アダマンタイトの包丁・極》だ。

この包丁には料理の成功率補正はない。だが、傭兵のアッシュに見せた《水晶竜のペンダント》と同様にえげつない効果がある。

その効果は「星一、星二の確率を下げ、星三に計上する」というものだ。その下げ幅まではアイテムに記載されていないが、その効果は100。

つまり、この包丁では星一、星二の料理は作れない。品質の最低が星三からなのだ。

（これを見ると自然と笑みがこぼれる。あのペンダントと同じように、持っている人が少ない激レアアイテムと言ってもいいはずだ。これもクランの皆はいまいち価値がよく分かってなかったみたいだけど。まあ、モンスターとの戦いが主だったから、興味がなかったのかもしれないな。それに皆はレジェンド武器という戦闘においては無類の強さを誇る武器を持っていたから、それからすると見劣りするのかも）

ハヤトは包丁を眺めて昔のことを思い出していたが、頭を切り替えた。

（さて、それじゃエシャが希望する料理を作りますか。しかし、初めて作る料理ってワクワクするな。それに料理の効果も気になる。売れそうな効果だとありがたいんだが）

ハヤトは材料をアイテムバッグに入れて料理を開始した。


「……出来た」

ハヤトはメイドのエシャが欲しがる料理を三つ、すべて最高品質の星五で作り上げた。ただし、すべての材料を使い切った上での結果だ。高額の材料は一切残っていないし、これまでに作り溜めしておいた材料もすべてなくなった。

運が良いのか悪いのか、そもそもエシャを仲間にすることが正しいのかを自問自答しながら作った結果ではあるが、ハヤトとしては満足のいく結果と言っても間違いではないだろう。

エシャから貰ったレシピの料理は星三の品質でも破格の性能だったためだ。

マンガ肉は、効果時間はドラゴンステーキに劣るものの、攻撃力の増加はそれを遥かに凌駕《りょうが》する。ドラゴンステーキが攻撃力50％増に対して、マンガ肉は75％。さらには筋力を示すStrengthのステータス、ＳＴＲが30上がるという代物だ。

バケツプリンはスイーツ系の料理なので徐々にＨＰ、ＭＰを回復させるが、その秒間隔における回復量はすべてのスイーツの効果を上回っている。三秒ごとにどちらも5回復させるが、それが三十分続く。

そして超エクレア。スイーツ系の料理であるにもかかわらず、ＨＰ、ＭＰを回復させる効果はない。だが、状態異常無効というあり得ない効果が付いていた。

（こんなものを店で売ったら１００万Ｇでも速攻でなくなるぞ。でも、これを売るってことは敵になるかもしれないクランへ貢献するってことでもある。クラン戦争があるかぎり、売りたくても売れないよなぁ。それにどうやって手に入れたのかをめちゃくちゃ聞かれそうだ）

効果は破格。だが、自分で使うならともかく、敵が使ったらと考えると、売りに出すのは危険な行為。少なくとも普通に流通するまでは売ることができないとハヤトは考えた。

（ほかにも作れる人はいるんだろう。だが、こんなものを売りに出せるわけがない。俺がこの料理を今の今まで知らなかったのも当然だな。とはいえ、クラン戦争に参加していないプレイヤーもいるはず。そういう人達なら自慢するように売り出すと思うんだが……やはり、このレシピのシステムも結構レアな感じなんだろうな）

ハヤトは料理用の装備を自室のクローゼットにしまい、作った料理をエシャに渡そうと部屋を出た。

一階ではエシャがカウンターの中に立ち、ちゃんと店番をしていた様子だった。そのエシャがハヤトを期待した目で見ている。そして涎を垂らした。

「お疲れ様です、ご主人様。して、首尾はいかがでしょうか？」

言葉遣いは丁寧だが、主従が逆になっているような思いをしつつも、ハヤトは出来上がった三つの料理をカウンターに置いた。

「お望みのものだよ。これでクラン戦争に参加してくれるんだね？」

エシャの目が大きく開かれる。眼光だけでダメージを与えられそうな視線を料理に向けた。そして震える手で料理を取ろうとする。

だが、ハヤトはすぐにその料理を自分のアイテムバッグにしまった。

「ああ！」

「エシャ、これは言葉だけの約束でしかないけれど、きちんと君の口から聞いておきたい。本当にクラン戦争に参加してくれるんだよね？　当日に参加しなかったり、参加しても手を抜くような真似をしたりするなら、本気で怒るつもりなんだけど」

「ご主人様、このエシャ・クラウン、料理が絡んだ約束を破ったことは生まれてこのかた一度もありません。その料理を頂けるのなら、必ずクラン戦争で活躍してみせましょう」

（嘘くさい。ＡＩが人を騙す、そんなことはないと思いつつも、エシャの行動を見ているとちょっと――いや、かなり不安だ。もし嘘だったら運営に言えばなんとかなるんだろうか……？　とはいえ、今は信じるしかないよな）

「分かった。信じる。それじゃ好きに食べて」

ハヤトはカウンターに三つの料理を置いた。

するとエシャは目にもとまらぬ速さで料理を取り、自身のアイテムバッグへしまった。

「焦らしプレイをするとはなかなかのご主人振り。ご安心ください。必ずやクラン戦争でお役に立ちましょう。ですが、お願いを聞いていただけますか？　クラン戦争が始まる前までに用意してほしい物があるのですが」

「まだあるの？　お金がかかるのは困るよ？」

「ご主人様でしたら大してお金はかからないと思います。ジュース類の料理を大量に作っていただきたいのです。私の場合、ＭＰが切れると何もできないので、ＭＰを瞬時に回復できる飲み物が欲しいのです。ちなみにメロンジュースを希望しております」

「ああ、そういう。それは責任をもって揃えるよ。戦いが始まる前に準備するのは得意な方だからね。でも、メロンは高いからオレンジね。オレンジなら庭で栽培《さいばい》してるし、大量にあるから」

「……メロンジュースでお願いします」

「……味が違うだけで効果は同じだから」

「その味が大事だと思います」

「お金も大事なんだってば」

そんなやり取りが続いた後、ログハウスのチャイムが鳴った。

「アッシュだ。ハヤトはいるか？」

ハヤトはエシャとのやり取りを打ち切り、入口の扉を開けた。そこには傭兵のアッシュが立っている。ハヤトを見ると笑顔になった。

「よお、さっそく材料を持ってきた。でも、ここが拠点なのか？　あんな装備を持っているんだし、ハヤトが所属しているクランならもっとデカい拠点を建てていてもおかしくないと思うんだが」

「まあ、色々あってね。遠慮せずに入ってくれ」

「それじゃお邪魔するよ」

アッシュが家に足を踏み入れると、エシャがお辞儀をした。

「いらっしゃいませ、お客様」

「ああ、どうも、お邪魔します」

イケメンと美女。ハヤトは絵になるなと思いつつも、なにかこうモヤッとした。現実では見たくない組み合わせだ。

「エシャ・クラウンと申します。以後、お見知りおきを」

「俺はアッシュ・ブランドルだ、こちらこそよろしく――エシャ・クラウン!?」

アッシュは驚きに目を開いた。そしてまじまじとエシャを見る。

ハヤトは黙ってエシャを見つめるアッシュに声をかけた。

「どうかしたのか？」

「あ、いや、本物か？」

「本物？」

「どうやらアッシュ様は私を知っているご様子。少々有名な名前なので驚かれたのでしょう」

「アンタの名前が少々か？　いや、それよりもなんでここに。そもそも何をやってるんだ？」

「メイドをやっておりますが何か？」

「……メイド？　面白いことしてるんだな」

「そちらこそ、ここで何を？　お名前から察するに有名なブランドル兄妹のお兄様とお見受けしましたが」

「俺達のことを知ってるのか」

「ええ、妹様がドラゴンの呪いで引退しそう、ということは知っております」

「詳しいな。その通りだ。それを回避するためにハヤトに最高品質のエリクサーを作ってもらう予定なんだよ。代わりと言ってはなんだが、クラン戦争に参加するのを条件としてな」

「なるほど、そういうつながりがあったのですね。では、私と同じクランに所属するということで、これからよろしくお願いします」

「……マジかよ。アンタと一緒か」

ＮＰＣ同士で盛り上がっているが、ハヤトは話についていけず蚊帳《かや》の外だ。そもそもハヤトはこのゲームのメインストーリーをよく知らない。勇者や魔王がいるという話は知っているが、世界がどういうふうに成り立ち、どんな状況なのかも知らないのだ。

（もしかしたら、二人ともストーリー上、重要なキャラなのか？　仲間にしてもいいんだよな？　クランに入れたらメインストーリーが進行不能になるとかないよな？）

「えっと、二人とも知り合いなのか？」

「いえ、ですが名前だけは存じております」

「俺も名前だけは」

「同じクランでも別にいいんだよな？　今更、一緒は嫌だとか言われたら困るんだけど」

「ご安心ください。そんなことはございません――でも、メロンジュースは譲れないとだけ言っておきます」

「俺の方も安心していいぜ……メロンジュース？」

（なんとなく不穏な感じだけど大丈夫か……？　生産ばっかりやってないでメインストーリーも確認しておくべきだったな……まあいい、まずはクラン戦争で勝つことが目標だ。でも、まだ二人だけ。もっと仲間を増やさないとな）

「ところで聞きたいんだが、他のクランメンバーはいないのか？　この三人だけってわけじゃないんだろ？　紹介してほしいんだが」

「そういや言ってなかったか……そうだな、言っておくべきだな」

ハヤトは言う必要はないと思いつつも、仲間だからということで事情を説明することにした。

拠点であるログハウスの一階、店舗部分でハヤト、エシャ、アッシュは椅子に座ってコーヒーを飲んでいた。

座っている椅子も、囲んでいるテーブルも、ハヤトが木工スキルで作り出した家具だ。品質によって見た目が変わったりはしないのだが、そこはこだわりの生産職。すべて最高品質の星五で揃えている。

そんな最高品質家具に囲まれた場所でハヤトは二人に事情を話した。

とはいえ、ＡＩ保護のセキュリティがある以上、ＮＰＣを雇った話や、クラン戦争に勝ちたいのは賞金のためという話はしていない。単純に、生産職で戦闘力がないからクランを抜けたという話と、生産職がいても一緒に戦ってくれる人を探しているという話だけだ。

そして現在はエシャとアッシュ、そしてハヤトの三人だけであることも説明する。

「なるほどな。さっき見せてもらった装備の材料から考えて、相当強いメンバーを揃えたクランだと思ったんだが、追い出されていたのか」

「追い出されたっていうか、円満に抜けたんだよ」

「そうか？　確かにお金やアイテムを渡されたことを考えるとそうかもしれないが、はたから見たら追い出されたと言っても同じだぞ?」

「僭越《せんえつ》ながら私もそう思いますね。いらないから捨てられたんですよ」

「もっと言い方を考えて。傷つくから。でも、前のクランリーダーから言われた通り、俺には戦闘力が全くない。クランのお荷物だったんだから、追い出されたというのは間違いじゃないな」

エシャとアッシュは、ほぼ同時に溜息を吐いた。

ハヤトを嘲《あざけ》るという感じではない。どちらかといえば、「何言ってんだお前」みたいな顔をしている。

「確かにハヤトには戦闘力がないのかもしれない。でも、お荷物って評価は間違ってるぞ。はっきり言ってハヤトを追い出すなんて、そのクランはもうダメだと思う」

「なにがダメなんだ?」

「そのクランはランキング上位を目指してるんだろう? ハヤトを追い出して戦力になる奴を入れる? 傭兵団の団長をやっている立場からすれば、そんなのは悪手中の悪手だ」

アッシュの説明では、急にメンバーを変えて連携が上手くいくわけがない、ということと、急に迎え入れた相手が信頼できるのか、という点でダメということだった。

クラン戦争は十対十によるチーム戦。一人のウェイトがそれなりを占める戦いだ。常に一対一で戦うわけではなく、作戦を駆使して常に有利な状態を作って戦うのが基本。そんな戦いで、たとえ強くても訳の分からない奴を入れてチーム全体が強くなるわけがない、とのことだ。

「でも、さっき言ったろ? 最近の戦いで俺と敵が一対一になったんだよ。クランが勝てたのは本当にギリギリだったんだって」

「生産職のハヤトを一人にする方が悪い」

「ええ……？　俺に護衛をつけるという意味なら、それはそれで俺が足手まといになってるんじゃないのか？」

「確かにその通りだ。だが、勝敗を決めるのは、クラン戦争中の一時間だけじゃない。戦いというのはその準備から大事なんだ。聞いた話だとハヤトは戦う前から色々と準備をしていたんだろう？　薬や料理の準備、武具のメンテナンス、それに相手の調査もしていたんだよな？」

「まあ、そういうこともしてたかな。クラン戦争が始まると俺は戦力にならないから役に立たないし」

「クラン戦争で役に立つかどうかはもっと全体で考えるべきだ。それに、さっき勝てたのはギリギリと言っていたが、もともと潜入系のスキル構成をしている相手なのを知っていたんだろう？　最初から撃退用のアイテムを用意していたんじゃないのか？」

「よく分かるな。確かにお守り程度に用意はしてたよ。使いたくはなかったけど」

使ったアイテムは捨て身用の自爆アイテム。自分のＨＰをダメージとして相手に与えるアイテムだ。もちろん、相手の防御力によって軽減されるが、潜入系のプレイヤーであれば身軽さを重視して防御力はないと判断し、相打ちならやれるとハヤトが事前に準備していたものだった。

その考えは的中。ハヤトは生産職としてＨＰにはほとんど値を振っておらず、最低の25だ。だが、それは相手も同様。そして相手は防御力も低い装備で揃えている。相打ちという形で終わった。

ただ、自爆アイテムとはいえ、スキルに関係なくダメージを与えられるアイテムは高価であり、その材料も必然的に高価になる。ハヤトに戦闘力があれば使わずに済んだというのも間違いではない。

「ハヤトが抜けたクラン《黒龍》だったか？　悪いが今のランキングよりも上に行くのは無理だと思うぞ。クランメンバーの視野が狭すぎる」

「ご主人様にとってはざまぁ案件ですね。ご飯三杯はいけますよ」

「……なあ、二人とも。もしかして俺を慰めているのかもしれないけど、あまり前のクランメンバーのことを悪く言わないでくれないか？　確かに追い出されたかもしれないけど、今だって仲間なんだよ」

ハヤトはテーブルの上に《アダマンタイトの包丁・極》を置いた。エシャとアッシュはそのアイテムの性能を見て驚く。

「目の前の包丁はただのデータに過ぎないが――」

「すまん、ただの、なんだ？　聞き取れなかったんだが？」

（ああ、ＡＩ保護か。よく考えたらデータって言葉もダメだよな……ただのアイテムでも通じるかな？）

「えっと、この包丁はただのアイテムだ。確かに信じられないような性能を持っているが、10億Ｇ積まれても売る気はない。性能以外にもこれには思い出があるからね」

この包丁を作るにはレアなアイテムが必要となる。

希少価値の高い鉱石であるアダマンタイト、レアなモンスターからしか採ることのできないベヒーモスの角やクラーケンの墨、そしてエルフのクエストを何度もこなして初めて手に入れられる世界樹の枝。売りに出されることがほとんどなく、素材を集めるだけでも相当時間のかかる物ばかりだ。

「この包丁につく効果が知りたくて何度も作ったんだが、その材料を集められたのは前のクランメンバーのおかげなんだよ。俺のために一緒に頑張ってくれてね。レアモンスターを発見するときなんて、何時間も出現場所で張り込んだよ。それに他にも狙っている人達がいて、取り合いになったこともあったね」

今考えるとなんであんなに辛いことをしたんだろうと思うことはあるが、ハヤトにとっては楽しかった思い出だ。確かにクランからは追い出された。だからと言ってあの頃の思い出が薄れるわけじゃない。

「袂《たもと》を分かつことにはなったけど今だって仲間だと思ってる。だから、あまり悪く言わないでほしい。もちろん、気を使ってくれるのは嬉しいけど」

ハヤトはそこまで言って、ふと思う。

(俺、NPC相手に何を言っているんだろう？　なんか語っちゃったみたいになってないか？　まあ、むしろNPCだから言えたって理由もあるが……すごく照れ臭くなってきた)

ハヤトがこの間をどうしようかと思っていたら、アッシュが立ち上がって頭を下げた。

「すまなかった。仲間のことを悪く言われて、いい気分はしないよな。謝罪する。この通りだ、許してほしい」

「いやいやいや、そこまでしなくていいから！　頭を上げてくれ！　許す、許すから！」

そんな形で謝罪されるとは思わなかったハヤトは慌てた。

そしてアッシュはその言葉を聞き、頭を上げる。

「確かに傭兵団でも似たようなことがある。傭兵団から抜けたらもう仲間じゃないなんてことはない。お互いに命を預けた仲間だ。それを貶《けな》されたら嫌だよな」

「まあ、そんな感じ。だからもう謝らなくていいからな」

「分かった。それじゃこれからは俺も仲間としてよろしく頼む。頑張らせてもらおう」

アッシュは笑顔でそう言うと、椅子に座り直した。

(なんかピュアな感じだ。そして青春っぽい)

そんなことを考えているハヤトをエシャが見つめる。

「ご主人様の懐の深さ、そして器の大きさに、このエシャ・クラウン、感服《かんぷく》です。さすが、私のご主人様」

「ご主人様になった覚えはないけど、そう思ってくれるなら嬉しいよ」

「はい。それにアッシュ様との男の友情的な何か――何を隠そう大好物です」

「そういうのは隠したままにして。あと、親指を立てないでくれる？　まあ、そういうわけでこれからよろしく頼むよ」

エシャ、アッシュ、ともに頷く。

ハヤトはなかなかいいNPCを仲間にできたと喜んだ。だが、まだ二人。これからも強そうなNPCを仲間にする必要があると決意を新たにした。

## 三　クラン戦争の準備

ハヤトがエシャとアッシュを仲間にしてから二週間が経った。

クランに所属できるメンバーは十人。ハヤトは残りの七名を揃えようとしたが、残念ながら失敗に終わる。傭兵は雇うには高すぎるし、強そうなＮＰＣと交渉しても仲間にできなかったからだ。

だが、その問題は解決した。

アッシュの傭兵団から団員を七名、クラン戦争に参加させることになったからだ。ハヤトの事情を知ったアッシュが、ハヤトが足手まといではないことを証明してやりたいとの理由だった。

ハヤトとしては、自分が足手まといかどうかでもいいことだったが、その提案に乗った。クラン戦争のメンバーに関しては、戦いの一週間前に決定していなければならないからだ。それを過ぎるとクランに誰かを入れてもクラン戦争には参加できない。そしてクランを抜けることもできず、そのメンバーで戦うことになる。

対戦相手が決まった後は残りの一週間で対策を考えなくてはいけない。戦闘を主とするプレイヤーならメンバーとの連携や作戦などを考える時期だが、ハヤトは生産職。クラン戦争が始まる前にアイテムの準備をするのが主な仕事だ。

まずは料理。基本的にプレイヤーのステータスやスキルは最適解を出していることが多い。差が出るのはプレイヤー本人の身体能力、装備、そして能力を向上させる料理だ。

戦士系が食べる料理の定番はドラゴンステーキ。三十分間、攻撃力を50％上昇させる効果だ。上位クランなら間違いなくこれを用意している。ハヤトはさらに攻撃力を上げるマンガ肉を作ることができるし、現在も三つは持っている。だが、今回はそれを使わないことにした。

ハヤトが新しく作ったクランは当然作ったばかりなので、そのランクは最低のFランク。マッチング形式はいくつかあるが、今回はランダムマッチを選択しているので相手も同じFランクだ。

これから相手を確認する予定ではあるが、そもそもFランクがドラゴンステーキを用意できるわけがないとハヤトは考えている。

なので、料理はお金のかからない材料で出来る《ロック鳥の串焼き》を用意することにした。

ロック鳥とは巨大な鳥のモンスターで倒すのは困難なのだが、材料となる《ロック鳥の肉》を大量にドロップするため、安く手に入れることが可能なのだ。倒したプレイヤーのアイテムバッグや拠点の倉庫を圧迫するという理由で投げ売りされることもある。

三十分間、攻撃力を20％上昇させるという効果だが、今回はこれで十分だろうとハヤトは考えたのだ。

そしてメイドのエシャが希望しているメロンジュース。MPを瞬時に回復させるジュース系の料理だが、材料となるメロンが高い。オレンジジュースでも効果は同じなのだが、どうしてもとエシャが頼むのでハヤトは泣く泣く材料を揃えた。

とはいえ、ハヤトはそこまで嫌がっているわけじゃない。レシピによる料理の追加、さらにはそれが高性能な料理ということがエシャのおかげで判明したので、そのお礼という意味があるからだ。

だが、次はオレンジジュースにするとハヤトは心に誓っている。

次に準備するのは装備。とはいっても、装備品に関してはエシャもアッシュも、それに参加する傭兵団のメンバーも独自の物を持っている。

ハヤトは、装備を新しく用意する必要はないが、耐久は大丈夫だろうかと考えた。

このゲームの装備は基本的に耐久という値を持っている。戦うたびにそれが減り、0になればどんな装備も壊れてしまう仕様だ。例えそれが高性能の激レア装備だったとしても同様。壊れたときに多少の素材は残るが、残った素材だけでは再生できない。なので、壊れる前に耐久を回復させる修理が必要だ。

料理の準備が終わったハヤトは、ログハウスの一階へと移動した。アッシュがエリクサーの材料を持ってきている時間だったからだ。

「よかった、ちょうどアッシュも来てたか。エシャもアッシュも直してほしい装備があったら渡してくれないか。俺がやっておくから」

「なるほど。服を脱げと。セクハラですね」

「いや、そういう反応は本気で困るんだけど。装備の修理が目的だから本当にやめて」

(ハラスメント行為でアカウント停止とかになったらどうする。いや、俺がセクハラされているのか？　どっちだ？)

「おい、ハヤトを困らせるな。分かっててからかっているんだろう？」

「ご主人様は反応がいいので、ついからかってしまうんですよね。さすが私のご主人様と言わざるを得ません」

「全く嬉しくないのはなんでだろう？　で、セクハラじゃないけどどうする？　裁縫スキルも鍛冶スキルもＭＡＸの１００だから、服だろうと鎧だろうと完璧に直せるけど」

「ご安心ください、ご主人様。私のメイド服は自己修復機能が備わっていますので一日経てば新品同様です。このホワイトブリムもメイドエプロンも同様。匠《たくみ》の一品です」

「匠の無駄遣いと言ってもいいような気がするね。自己修復機能ってものすごくレアな効果なんだけど、メイド服についちゃったか。というか誰が作ったの？」

アイテム作成時にランダムでつくと言われる自己修復機能の効果。その可能性は１％以下と言われている。自己修復機能の効果があっても一日で耐久を０まで減らせば壊れてしまうが、壊れる前に装備を外してしまえば耐久は落ちないので重宝される効果だ。

「俺の装備も特に修理は必要ないな。特別な効果があるから、耐久はほとんど減らないんだ」

「そういやそうだったな」

（《ドラゴンイーター》と《死龍《しりゅう》の鎧》一式か。確かにあれなら耐久は減らないな）

ハヤトは数日前にアッシュのステータスを見せてもらった。そのときに装備も一通り見せてもらったのだ。

アッシュはエシャとは違い、普通のスキル構成だった。通常のプレイヤーと同じ構成でしかない。だが、装備品は違う。高性能を誇るレジェンド武具よりも、更に優れていたのだ。

《ドラゴンイーター》と呼ばれる大剣はドラゴンに対して五倍のダメージを与えるという効果を持つが、それ以外にも《ブラッドウェポン》という効果があり、与えたダメージの一部を吸収してＨＰを回復させるという効果がある。また、ＨＰだけでなく、装備品の耐久も回復させるというチート武器だった。ハヤトはその効果を何度も目をこすりながら見たくらいだ。

そして《死龍の鎧》。アッシュは上半身、下半身、腕、足、この四か所に死龍の名のついた防具を装備していた。それぞれの性能は高性能な鎧と言ったところだが、その四つをすべて装備することでさらにセットボーナスが付与される。

セットボーナスとは関連のある武具を装備することで、隠れた効果を引き出せる仕組みだ。《死龍の鎧》シリーズで得られるセットボーナスは物理無効。任意の一分間、物理攻撃を一切受け付けないという効果だ。物理攻撃ではない炎の攻撃などにはダメージを受けるが、相手によっては一分間無敵になれるという、これまたチート装備だった。

（ダメージを受けなければ耐久も減らない。クールタイムが十分あるとはいえ、あり得ない効果だよな。でも、これは奥の手といえるだろう。今回のクラン戦争では使わないでもらうか。使うのは上位のクランと戦うときだ）

「でも、ハヤト、俺の装備のメンテナンスはいらないが、それとは別にお願いがあるんだが」

「お願い？」

「参加する傭兵団のメンバーの装備を一式揃えてもらえないだろうか。アイツら、自前の装備は持っているのだが、メンテナンスが下手で結構ボロボロなんだ。もちろん材料はこっちで用意する」

「なんだ、そんなことか。もちろん構わない。材料を渡してくれればすぐに取り掛かるから」

「ありがたい。すぐに持ってこさせる」

装備に関しては材料が届き次第ということになったので、アッシュからエリクサーの材料だけ受け取り、ハヤトはまた自室に戻った。

今度は薬品の準備をするためだ。

アッシュの妹を助けるために作っているエリクサーは、先ほどアッシュから材料を受け取ったことでも分かるように、まだ最高品質で作れていない。だが、ほとんどが星三で作成できるため、それを渡すだけでもアッシュは喜んでいる。

そのエリクサーだが、クラン戦争で用意できるのはドラゴンステーキと同じように上位クランに多い。だが、ハヤトは前のクランでも最高品質のポーションを用意することが多かった。

それはクールタイムが0になる上に、確率でいえば10%で作れるからだ。連続で飲めるポーションを大量生産。ハヤトが戦闘をすることはないが、間違いなく強いと考えている。その証拠に前のクランメンバーからも評判は良かった。

(あっちのクランは大丈夫かな? 最高品質のポーションを大量生産するにはこのペンダントが必要なんだが。ちゃんと説明しておけば良かったかもしれないな。まあ、作り置きは残してきたし、今回のクラン戦争くらいは大丈夫か)

ハヤトはやや不安を覚えつつも、ポーションの大量生産に入るのだった。

クラン戦争の前日、ハヤトはログハウスの二階でエリクサーを生成しながら考えごとをしていた。考えごとというよりも予想が外れてしまったことによる心配が大半を占めていただろう。

準備期間の一週間でハヤトは生産職として色々なアイテムを準備した。それは抜かりないという状況といって間違いじゃない。問題は相手クランのことだ。

相手も新規のクランということで情報が少なかったことが災いした。確かな情報を得られたのがついさっきだったのだ。

基本的に対戦相手の情報は簡単に得られる。ただ、それはプレイヤーの名前だけだ。ハヤトは王都に張り込み、該当のプレイヤーがいないか確認していたのだ。そして見つけて尾行。はっきり言ってストーカーの行為だが、ハヤトは《黒龍》にいたときも同様のことをしていた。そして相手に気づかれないように装備を確認し、聞こえてくる話を盗み聞きしたのだ。

そして初心者のクランとは思えない装備と、楽に賞金が得られて笑いが止まらないという話。明らかに普通のクランではない。

(ほぼ間違いなく相手は初心者狩りだ。もっと上のランクを狙えるはずなのに、低ランクのままで初心者や弱いプレイヤーに対して無双《むそう》するクラン。クラン共有のお金を貯めすぎたか)

クラン戦争の相手を決める方法は何種類か存在する。今回ハヤトが選んだのはランダムマッチ。同ランクのクランからランダムで相手を選ぶ形式だ。だが、ランダムとは言ってもある程度は決められている。

明確にゲームの運営会社からそういう発表があったわけではない。ただ、ランダムマッチではクラン共有の所持金が似たようなクランから選ばれるという噂があった。

クラン戦争での勝者は敗者からそのお金を手に入れることができる。マッチング前にクラン共有のお金を個人で所有し、0にしてしまえば負けたときのリスクはほぼなくなる。そしてもし勝てばお金を手に入れられるというならリターンしかない。

その対策で、所持金が近いクラン同士がマッチングされて、リスクとリターンのバランスを取っている、と言われているのだ。

このゲームはクラン戦争に勝てば賞金を得られる。その賞金は変動制。クラン共有のお金がその賞金の額に反映される仕組みだ。さらにはランクにより賞金の上限が決められているのだ。

ハヤトはクラン共有のお金を、ランク上限の賞金が貰えるような金額にしていた。それが裏目に出たのだろう。初心者狩りと思われるクランも同様の設定をしていたようで、見事にマッチングしてしまった。

（しくじった。前のクランでそういうことはネイがやっていたから何も考えずに賞金が得られる上限の金額に決めてしまった。上位クランにいたときの感覚が抜けていなかったんだろう。初心者狩りのクランなんて頭の片隅にもなかった）

今回、ハヤトはお試しだという感覚があった。NPCがどれほど戦えるのかを見極めるためだったのだが、思いのほか強敵と当たってしまった。しかも、相手は初心者だと思い料理は手抜き。気づいたときには、オークションで骨付きドラゴン肉を買うこともできなかった。

（エシャのために作ったマンガ肉、これの星三は三つある。だが、効果時間は十五分。全員に行き渡らない上に、一人ですら一時間持たない。相手がこっちを舐めてドラゴンステーキを使わないということもあるが……それに期待するのもな）

そう思った矢先、ハヤトの手元から虹色の光があふれだした。それは最高品質が出来るときの演出だ。

「え、マジか？　こんなときに？」

虹色の光が収まると、ハヤトの手には最高品質のエリクサーが出現した。

（ようやく2％を引いたか。とはいえ、五十回は試していないから運は良かったのかな。クラン戦争で変な相手を引いたから、プラマイゼロって感じもするけど。とりあえずアッシュを呼ぼう。それに明日のことも少し話しておかないとな）

ハヤトはアッシュに連絡を取り、ログハウスまで来るようにお願いした。

十分ほどでアッシュがログハウスを訪れる。

ハヤトはアッシュを驚かせようと思って事情は伝えていない。クラン戦争のことで話をしたいと呼び出しただけだ。

時間は午後八時。一階の店舗にはハヤト、エシャ、アッシュの三人が椅子に座ってテーブルを囲んでいた。ハヤトはお気に入りのコーヒーを出して、自分と二人のテーブルの前に置く。

「二人とも良い報告と悪い報告があるんだけど、どっちから聞きたい？」

ハヤトは前から一度は言ってみたかったセリフを言えて満足した。予想が外れてまずい状況ではある。だが、もうどうしようもないと開き直った上での対応だった。

「良い報告……つまり明日の英気《えいき》を養うために、今日は料理を食べ放題と？　ならば、まずはあんみつからお願いします」

「違うよ」

「なら悪い報告は食べ放題じゃないということですか。ちょっぴり不機嫌と言わせていただきます」

「食べ放題から離れて。後であんみつだけはあげるから」

両手を上げてガッツポーズをするエシャを放っておいて、とっとと本題に入ろうとハヤトは決意した。

「まず悪い報告から。明日戦う相手なんだけど、初心者狩りと言われるクランだ。おそらくランクはBからC。結構強い相手になる。俺の予想はFランクだったから、それを基準とした準備しかしてない。その、すまない」

その言葉にアッシュは首を傾げた。

「クラン戦争で使用するアイテムを倉庫で見せてもらったが、あれはFランク基準の準備だったのか？」

アッシュの不思議そうな声にハヤトも不思議に思った。

「そうだけど？」

「ハヤトは生産職だから分からないのかもしれないが、俺はどこのAランクと戦うのかと思ったぞ？　あんなに料理や薬を用意するなんてちょっとおかしい気がするんだが」

「そうなのか？」

「私もそう思いますね。メロンジュースを百本も作るなんて何を考えているんですか。この私でも全部は飲み切れませんよ」

「いや、安全マージンを取ったんだけど」

「あの半分でも胃が破裂するとだけ言っておきましょう」

（ゲームだから破裂はしないと思うけど、飲みすぎると変な状態異常になるんだっけ？）

「確かにそうだな。《ロック鳥の串焼き》だって、五十本もあるだろう？　俺を含めた八人が食べるわけだが、一人二本で十分だ。それになんだ、あの星五ポーションの数は？　どこの巨大モンスターを討伐するんだって話だ」

「いや、今回は回復魔法を使える人がいないから、回復手段が薬だけだろう？　だからいつもよりも多めに作ったんだが」

「多すぎだ。一人三十本は持てる数だったぞ？」

ポーションは試験管のような瓶に入っているので単位は本だ。このゲームにはアイテムに重量という概念があるが、ＳＴＲという筋力を表すステータスで持てる重量が決まる。ポーションは軽いので大量に持ってもそれほど問題はないが、三十本は常識的に考えても多いほうだろう。

「最低でも一人二十本は持つんじゃないのか？　だから三十本にしたんだけど」

アッシュとエシャはハヤトを残念そうに見ている。ハヤトはその視線に耐えられないので、咳払いをしてからなんとかごまかそうとした。

「ま、まあ、いいじゃないか。多ければ多いほど勝てる可能性が増えるわけだから。それにポーションはともかく、料理に関しては相手の方がいい物を用意してくる可能性が高い。それを注意してほしいって話なんだよ。それに装備品もいい物を揃えているはずだ。直接戦闘をするアッシュ達は特に注意してほしいと思ってる」

ハヤトは早口にそうまくしたてるが、アッシュはさらに残念そうな目でハヤトを見た。

「用意してくれた装備一式のことなんだがな」

「あ、ああ、あれは大丈夫だったか？　できれば星五でさらには何かの効果が付いたものを用意したかったんだが、時間がなくてそこまではできなかったんだ。いくつかは効果もついたからそう悪くないとは思ってるんだが……もしかして評判悪いか？」

「逆だ。なんであんないい物をよこした。いま、傭兵団ではこれを作ってくれるのなら次のクラン戦争にも参加したいって皆が言ってる。最低でも星三の品質で、しかも効果が付いている武具なんて予想してなかった。全部星一とか星二で十分だったんだがな」

「そ、そうか。アッシュの装備や前のクランメンバーの装備と比較するとかなり見劣りするなぁと思ったんだが」

「レジェンド級の装備を全員が装備していたのか？　そんな状態なのによくハヤトを追い出したな――ああ、いや、ハヤトの仲間を馬鹿にしているわけじゃないんだ。ただ、なんというか、一般的な価値観がズレてると思うぞ？」

基本的にハヤトはクラン戦争でプレイヤーと戦ったことはない。前の自爆のときだけだ。さらにはモンスターと戦ったこともないのだ。クランのメンバーと一緒にモンスターを狩りには行った。だが、やることはちょっと離れた場所で料理や薬を作る、またはスキルの恩恵によりドロップアイテムの質を向上させるという戦闘には関係ない要員としてだった。

ハヤトはクランメンバー以外の誰かとパーティを組んで戦ったこともないので、その辺の価値観はかなりずれていると言っても間違いではないだろう。

「えっと、価値観のズレはこれから直すようにするよ。なら、明日の戦いは大丈夫かな?」

「これで勝てないならハヤトのせいじゃないな。俺達の責任だ」

「そうですね。ご主人様は必要以上に仕事を果たしてくれましたから、あとは私達次第でしょう」

意外と問題がなかったことにハヤトは胸を撫でおろしたが、それでも安心はしていなかった。明日もクラン戦争までは時間があるし、何かアイテムを用意しようかと考えたところでアッシュに声をかけられる。

「ところで良い報告っていうのはなんだ? これはハヤトにしたら悪い報告だったんだよな?」

「ああ、そうだ、忘れてた。さっき最高品質のエリクサーが出来たんだよ。妹さんに使ってあげてくれ」

ハヤトはアッシュの前に星五のエリクサーを置いた。喜んでくれると思ったのだが、アッシュが微動《びどう》だにしないので、ハヤトは心配になった。

「あれ? 求めていたのはそれだよな? いまさらエリクサーじゃないとか言わないでくれよ?」

ハヤトがそう言うと、アッシュはいきなり立ち上がり、座っていたハヤトに抱き着いた。

「ありがとう……！　ありがとう、ハヤト！　これで妹は助かる！」

「痛くはないけど、ダメージを受けてるから離してくれ」

「あ……す、すまん、大丈夫か？」

「大丈夫だ。まあ、これからは気を付けてくれ。抱き着かれてダメージを受けたことよりも、それを見ているエシャの目が嫌だから」

「そ、そうだな。その、早速で悪いんだが妹に持っていってやっていいか？」

「もちろんだ。早く治してあげてくれ。その代わりじゃないが、明日、期待してるからな」

「ああ、いつもより強い俺を見せてやるよ。それじゃ、また明日な！」

（普段のアッシュの強さを知らないんだけど、そんなことも気づかないくらい嬉しいのか。こういうときは生産職冥利《みょうり》に尽きるってもんだな）

アッシュはエリクサーを手に取ると、一度だけハヤトに頭を下げてからログハウスを出ていった。

そして店の中にはハヤトとエシャだけが残る。

エシャはテーブルに肘をつき、両手の指を絡めておでこに当てていた。そして大きく息を吐く。

「聞きたくないけど、どうかした？」

「私のツボを押さえた見事な演出。明日のやる気が漲《みなぎ》ってまいりました。いつもより五割増しの強さを発揮するとだけ言っておきましょう」

「ああ、うん。それじゃ今日はもう帰ってくれる？　お疲れ様」

あんみつを渡してから、エシャを追い出すようにログハウスの外へ出した。そして鍵をかける。

最後に精神的なダメージを受けた気もするが、二人のやる気を出せたのは良かったとハヤトは前向きに考えるようにした。そして明日のために今日は早めにゲームからログアウトするのだった。

## 四　クラン戦争一

クラン戦争当日、ハヤト達は開始時間三十分前にバトルフィールドにある砦へ転送された。

バトルフィールドとはクラン戦争を行うための隔離されたフィールドだ。ここには自クランのメンバーと敵クランのメンバーしかおらず、他のプレイヤーどころかモンスターも一切いない。あとは拠点となる砦が味方と敵にそれぞれ用意されているだけだ。

バトルフィールドは一キロ四方と決められているが、地形は当日にランダムで決定される。今回の場合は単純な草原地帯。クランのランクが上がるほど危険なギミックがある場所となるが、今回はFランク同士の戦いのためになんの変哲もない普通の場所であった。

ハヤトは拠点となる砦の中で、メンバー全員を見る。

メイドのエシャに、傭兵のアッシュ、そしてそのアッシュが率いる傭兵団の七人。今回のクラン戦争を勝ち抜くための仲間だ。それがＮＰＣだとしても、ハヤトにとっては普通のプレイヤーと違いはない。

この三週間、ハヤトはエシャをはじめ、多くのＮＰＣと関わった。その思考はＡＩなのかもしれないが、ハヤトには普通の人にしか思えなかったのだ。それはハヤトの持っている包丁と同じだ。たとえNPCがプログラムやデータに過ぎないものであろうとも、ハヤトにはすでに思い出と言えるものがある。

「えっと、それじゃ、皆さん、よろしくお願いします」

ハヤトが頭を下げると、なぜか周囲から笑いが起きた。

「ハヤト、お前はこのクランのリーダーなんだから、もうちょっと俺達の士気をあげるようなことを言ってくれ」

「いや、そんなことを言われてもな……分かった。俺がやれることなんて一つしかない。勝てたら皆にいい武具を作ると約束するよ。もちろん、材料はそっちで用意してもらうけど」

傭兵団の団員から歓声が上がった。

「なるほど。でしたら、私には最高品質のスイーツを食べさせてくれるということですね？」

「ああ、そうだね。いいよ、最高品質を用意しよう。リクエストがあるなら後で聞くから」

エシャは無言で右手を上げガッツポーズをする。

そんなやり取りを見ていたアッシュは笑い顔から真面目な顔になった。

「ハヤト、確認だが戦いの指揮は基本的に俺に任せてくれるんだな？」

「もちろんだ。今までもクラン戦争中は見てただけだし、俺に指揮をとれるはずもない。気になることがあれば連絡するが、基本的にはアッシュがすべて仕切ってくれ」

「任された。ならハヤトとエシャはこの砦でクランストーンを守ってくれ。ここまで相手を侵入させるつもりはないが、絶対とは言えないからな」

「お任せください。私も敵をこの近くに寄せ付けるつもりはありません。クランストーンをしっかり守るとお約束いたします。あと、ご主人様も」

「俺をついでみたいに言わないでくれる？　確かに俺よりもクランストーンの方が大事だけど」

クランストーンとは砦の屋上にある巨大な青い石のことだ。クラン戦争ではこれを破壊されると負けとなる。

クラン戦争で負けるときの条件は三つ。クランストーンを破壊されたとき、メンバーが全員倒されたとき、あとは時間切れになったときに色々な条件から負けと判断された場合だ。

通常、ＨＰが０になったプレイヤーは拠点や教会、神殿などで復活する。だが、クラン戦争中は一度でも倒されると復活することはできない。なので、敵を倒すよりも、倒されないプレイングが重要とされている。

そしてハヤトは戦闘力がない生産職。どちらかといえば、守るのはクランストーンの方だ。

「エシャの冗談にいちいち付き合っていると疲れるぞ？　それじゃ俺達は配置につかせてもらおう。それじゃまたな」

アッシュは傭兵団のメンバーを連れて、砦を出ていった。

「それではご主人様、私達はクランストーンのある砦の屋上へ行きましょう。あそこでしたら、私もアッシュ様達を支援できますから」

「そうだね、その辺は任せるよ」

ハヤトはそう言い、エシャと一緒に屋上へ向かった。

ハヤトとエシャは砦の屋上から全体を見渡す。全フィールドの手前半分が自陣であり、奥半分が敵陣だ。クラン戦争が始まる前にプレイヤーは自陣内であればどこにいてもいい。クラン戦争はその場所からのスタートとなる。

「アッシュ様達はまず相手の出方を見るようですね。自陣中央に横一列で迎え撃つご様子です」

「それがベストだろうね。どんな攻撃をされても対処ができる陣形だ」

「ちなみに相手はどう出てくると思いますか？」

「相手はこっちを初心者だと思って舐めている可能性が高い。もしかすると十人全員で中央突破してくるかもしれないな。いわゆる瞬殺。クランストーンだけを狙う作戦だと思う。初心者が対応できない戦法だ」

ハヤトが予想している瞬殺というのは、クランの全員が一つの塊《かたまり》となって開始直後に突撃する戦法だ。相手陣営の目の前に全員を配置して、開始と同時に対戦相手には目もくれず、クランストーンだけを目指し破壊する。この突撃が上手くいくと、五分もかからずにクラン戦争を終わらせることができるので瞬殺と呼ばれているのだ。

上位クランなら当然その対策をしているため、成功させることはほぼ不可能だ。だが、初心者のクランは違う。どのように対処していいかも分からず、何もできずに負ける可能性があるのだ。

（初心者狩り……褒められた行為じゃない。だが、意図的ではないにしろ、俺がやっている行為も似たようなものだ。追い出されたとはいえ、もともとは上位クランにいたんだからな。相手が本当

に初心者のクランだったら気が引けたんだけど、この相手なら遠慮をする必要はないだろう）

ハヤトがそう考えたところでカウントダウンが始まった。

そして戦いが始まる。

「お見事です、ご主人様。相手は予想通り中央突破のようですね」

開始と同時に敵陣のプレイヤーが可視化される。自陣と敵陣の境目ギリギリのところに相手が出現した。そして一つの塊となってこちらへ向かって移動してくる。

それを迎え撃つのはアッシュ達だが、中央にはアッシュしかおらず、横一列になっていた団員は急いで中央へと移動し始めた。

「いや、残念ながらハズレかな。中央には九人しかいないみたいだ。あれは囮《おとり》でどこかに一人、隠れているんだと思うよ。向こうの砦にはいないみたいだし、フィールドのどこかに隠れてこっちに向かってきてるんじゃないかな――ああ、あそこだ。皆が中央に寄ったところで、フィールドの端っこを移動してる」

ハヤトから見てフィールドの右端を高速で移動しているプレイヤーがいた。中央突破だけでなく、それが失敗しても別の単独プレイヤーがクランストーンを破壊する作戦なのだろうとハヤトは考える。

さて、どうしたものかな、と考えたときに、エシャが一歩前に出た。

「ここはお任せください。どうやら相手は機動力を増やすスキル構成のご様子。防御力は低いと見ました。なら私にもやれるでしょう」

エシャのスキルはなぜか１００を突破しているものがある。その一つが魔法だ。おそらく威力の高い魔法を使うのだろうとハヤトは考えた。だが、疑問に思うことがある。

（そういえばエシャの武器って見たことがないな。魔法主体なら杖とか本の装備があると思うんだが）

ハヤトの疑問をよそにエシャは砦の手すりがある場所まで近づいた。その手すりにエシャは左足をかける。そのポーズにより、メイド服のロングスカートから革製の黒いロングブーツが姿をのぞかせていた。

だが、ハヤトにはそれが目に入らない。他の物に目を奪われていたのだ。

いつ取り出したのかは分からないが、エシャが持っているものはどう見ても銃。銃身が長いライフルという類の銃だ。

エシャはそれの引き金を右手の人差し指にかけ、左手で銃身を支えた。そしてライフルについているスコープを覗く。

「《クリティカルショット》」

エシャがそう言うと銃口に小さな魔法陣が展開される。そして花火が破裂したときのような音がした瞬間、魔法陣から光の弾が高速で放たれた。その光弾《こうだん》はこちらへ向かってきていたプレイヤーを貫く。

貫かれた相手は一瞬で光の粒子となって消えた。それは相手のＨＰが０になった証。エシャは一撃で相手を倒したのだ。

エシャは引き金に指をかけたまま、構えを解き、銃身を右肩に乗せた。そして左手でメロンジュースを取り出し、それを一気に飲む。

メロンジュースが入った瓶をほぼ垂直にして、上を向いたまま喉を鳴らして飲む姿はとてもワイルド。ハヤトは思考がまとまらない頭でそんなふうに思いながらエシャを見つめていた。

だが、直後にハヤトは思考を取り戻す。

「うおい！　ちょ、えっと、そう！　世界観！　世界観をもっと大事にして！」

「なんとおっしゃいました？　何を大事に？　そんなことよりも、メロンジュースは美味しかったです。仕事の後の一杯はいつも格別」

（もしかして世界観って言葉がＡＩ保護対象なのか？　なんで？　いや、そんなことよりもこれはダメだろ？　銃なんて――いや、魔法陣みたいなものが銃口に見えたから、これは火薬で撃ち出すものじゃないのか？　それにエシャはメロンジュースを飲んだ。つまりＭＰが減っている？　ＭＰで撃つ銃ってことか？）

「あの、その武器ってなに？」

「これですか？　これは《ベルゼーブ６６６・ＥＣカスタム》です。ちなみにＥＣはエシャ・クラウン」

「名前はどうでもいいの。それって、その、銃だよね？　おかしいよね？　おかしいって言ってくれ」

「確かにこれは魔法銃と呼ばれるものですがおかしいですか？　あまり出回ってはいませんがおかしくはないですよ。むしろ可愛いと言ってほしいですね。このドクロがチャームポイント」

（このゲームの世界観がよく分からない。でも、そもそもマンガ肉もそうか。この世界に漫画があるとは思えない。あまりこだわっても意味はないんだが、なんかこう変じゃないか？　もしかして

運営とか開発のお遊びみたいなものなのか？）

「ご主人様、そろそろアッシュ様達が戦うみたいですよ」

（考えても仕方ないか。今は置いておこう。このクラン戦争に勝つことと ＮＰＣである皆がどれほど戦えるかを見極めることが目的なんだ。エシャが戦えるのは分かった。次はアッシュ達だ）

　やや納得できないもののハヤトはアッシュ達の方へと視線を向けることにした。

　戦闘で何が起きているのかは分からないが、アッシュが強いことはハヤトにも理解できた。簡単に言えば、アッシュは一人で相手の突撃を止めたのだ。

　最初に相手が突撃してきたとき、アッシュの周りには誰もおらず一人で迎え撃つことになった。アッシュの一番近くにいた団員も、ギリギリ間に合わない状況だったのだ。

　クランストーンの破壊だけを目指す戦略だったとしても、目の前に一人だけいる敵を倒さない理由はない。しかも九対一。相手クランは全員でアッシュへ攻撃しようとした。

　だが、アッシュはウェポンスキルと呼ばれる技の一つ《ワイルドスイング》で相手の出鼻をくじく。《ワイルドスイング》は両手剣で使える技だ。ダメージは少ないが、複数の対象をターゲットにできる範囲攻撃でノックバックという相手を後方へ吹き飛ばす性能を持つ。そしてそのノックバックにはもう一つ、相手の攻撃をキャンセルさせるという性能があった。

　相手が九人の塊で突撃してきたといっても、三人横一列が三列あるだけ。先頭にいる三人にノックバック効果を与えると、後方にいる三人もノックバックする仕様なので、それが連鎖して九人全員がノックバックにより攻撃はキャンセルされた。

つまりアッシュは一撃で敵の突撃を止めたということになる。その間に横一列に展開していた団員達はアッシュの元へ駆け寄ることに成功していた。

そんな説明をエシャからされて、なるほど、とハヤトは感心した。

「すごいね」

「申し訳ないのですが、これは常識的なことです。あまりにもオーバーアクションで感心されたので、逆に馬鹿にされたのかと思いました。銃の引き金には私の指がかかったままであることを思い出してください、と言っておきます」

「怖いことを言わないでくれる？　馬鹿になんてしてないから。前のクランでみんなの戦いを見てはいたけど、細かいことはよく知らないんだよ。ノックバックを誘発する攻撃を適切に使えれば戦いは勝ったも同然って前のメンバーが言ってた気はするけど」

「間違いではありませんね。相手の大技を発動前に潰せるのは間違いなく効果的です」

「なるほどね。そういえば、みんなノックバック無効の防具が欲しいとか言ってたから、全員に用意したことがあったな。あれは後退したくないって意味じゃなくて技を潰されたくないって意味か」

「そんなことも知らないご主人様にちょっとドン引きです。というかランダム効果でしか作れないノックバック無効効果の防具を全員に用意したって、ちょっとどころかかなりドン引きですね。砂漠で針を百本探すレベル」

そんな会話をしながらハヤト達はアッシュ達の戦いを改めて見る。

どう見てもアッシュ達が優勢だ。一人、また一人と相手のメンバーが光の粒子となって消えていく。そしてこちらは誰も倒れない。

「アッシュ率いる傭兵団は強いね。誰も倒れないよ」

「どう見てもご主人様が作った防具の性能だと思いますが？」

「いや、それはないと思う。相手もいい武具を用意している。あのリーダーっぽい人の装備はオリハルコン製の武具だ。アダマンタイトには劣るけど相当いい武具と言える。こっちが用意したのは、品質は高くてもアイアン製だからね。どう考えても相手のほうが装備品としては上だ」

「なら相手の武具は品質が星一なのでしょう。素材の差を品質で埋めているわけですね。それに全部ではないようですが、ご主人様が用意したいくつかの武具には有能な効果が付いているとか。その辺りも影響しているのでしょう」

「品質が星一？　確かに品質の低い装備は素材が良くても弱いけど、星一の装備なんかでクラン戦争に参加するかな？」

「参加したんでしょうね。よく見てください、傭兵団の皆さんはダメージが少なそうです。回復力の低いポーションを飲むだけでしのげているようですから。アッシュ様にいたってはポーションすら飲んでいません。ちなみにMPは全快しておりますが、メロンジュースを飲んでいいですか？　仕事の後でなくともメロンジュースは格別」

メロンジュースのくだりは無視して、ハヤトは色々と考え始めた。

（アッシュの《ドラゴンイーター》は《ブラッドウェポン》の効果でHPが回復するからな。ポーションすらいらなかったか。だが、これで分かった。アッシュ達、というかNPC達はちゃんと戦える。むしろプレイヤー以上に。これならランキング上位を目指せるんじゃないか？　クラン戦争は今回を含めないと後五回。今後はランダムマッチではなく、上位クランと戦えるマッチングを選ぼう。勝てればランクを一気に上げられるはずだ）

「しかしアッシュ様はずいぶんと力を抑えているみたいですね。あの程度の相手ならアッシュ様一人でも問題ないと思いますが」

「それは言いすぎでしょ。さすがに一対九は無理だと――ああ、そうそう、防具によるセットボーナスの物理無効は極力使わないようにお願いしているよ。あれはもっと上位クランと戦うときに使ってほしいからね」

「そんなのもありましたね。ですが、そのことを言っているわけではなく――おや、敵が逃げ出したようですね」

エシャの言葉に反応してハヤトはフィールドを改めて見る。

そこには敵陣へ引き返していく五人が見えた。四人やられた時点で不利を悟り、砦へ引き返すのだろうとハヤトは判断する。

だが、ハヤトには気になることがあった。団員たちがアッシュをその場に残して後退を始めたのだ。

「あれはどういう戦術なのかな？　追撃するのかと思ったら引き返してきてるんだけど？　これも常識だったりする？」

「常識ですね。あそこにいたら巻き込まれますから」

「巻き込まれる？　何に？」

ハヤトはエシャの方を見て質問した。それに対しエシャは左手の人差し指でアッシュがいるあたりを指し「あれにです」と答える。

ハヤトがそちらへ視線を向けると、なぜかそこには金色に輝くドラゴンがいた。後ろ足が太く、前足が小さいタイプの直立型ドラゴン。

そのドラゴンが大きく翼を広げた後に、前足を地面につけ、四つん這いのような恰好で口を大きく開いた。すると、上顎と下顎の間になにかエネルギーのようなものが可視化して集まっているようなエフェクトを出し始める。

「あれ、何？　えっと、何？　なにかの召喚獣？　もしかしてアッシュってサマナーだったの？そんなスキルはなかったはずだけど」

サマナーとは魔物や精霊、悪魔などを召喚して戦わせる者の総称。ハヤトはあのドラゴンをアッシュが召喚したのだと考えたのだ。だが、それを聞いたエシャは「お前、何言ってんの？」みたいな顔をする。

「えっと、なんでそんな顔をするのか分からないんだけど、よく見てなかったんだよ。あれってどういう理由で召喚されたの？　なにかのアイテム？」

「まさかとは思いますが、ご主人様はアッシュ様のことをご存じないのですか？」

「え？　いや、知ってるよ。《三日月の獣》とかいう傭兵団の団長だよね？」

「このエシャ・クラウン、本日最高のドン引きです。太陽が西から昇るレベル」

「どういうこと？」

「あのドラゴンはアッシュ様です。ドラゴンを殺すドラゴン、死龍アッシュ・ブランドル。ブランドル兄妹といったらドラゴンが裸足で逃げ出すほど有名なのですが」

「はい？」

敵陣へ逃げたプレイヤー達からの悲鳴がハヤトの耳にまで聞こえてきた。全長十メートルほどのドラゴンだ。それがいきなり現れたら確かに悲鳴を上げるだろう。しかもどう見ても攻撃態勢に入っている。砦まで逃げなければ一瞬で勝負がつく、そう思わせるほどの攻撃モーションなのだ。

そして敵のプレイヤーが砦に到着するほんの手前でドラゴンから巨大なレーザーのようなものが放たれた。エシャが撃った光の弾レベルではなく、太く長い光線が扇形に左から右へ薙《な》ぎ払う。

敵プレイヤー達は砦に到着する前にその光に薙ぎ払われて、光の粒子となって消えてしまった。

その後、ファンファーレと共にクラン戦争に勝ったことを証明する紙吹雪が舞った。そしてハヤトの後方では花火があがる。

「おめでとうございます。さすが私のご主人様」

ハヤトの耳にエシャの言葉は届かない。ハヤトは思考が止まっていたのだ。

エシャがハヤトの目の前で手を何度振っても正気に戻ることはなく、結局、この砦から拠点であるログハウスに転送されるまで、ハヤトはずっと立ち尽くしていたのだった。

# 五　二人の正体

クラン戦争の翌日、ハヤトはエシャとアッシュをログハウスへ呼び出すことにした。

理由はもちろん、二人のことを自身の口から聞くためだ。

あの後、ログハウスに転送されたハヤトは放心状態のままログアウトした。その後もしばらくは放心状態だったが、運営にメールを送る。

内容は、クランに入れたNPCが銃を使ったりドラゴンだったりするのは問題のある行為なのか、だ。

このゲームには色々な罠があるとハヤトは考えている。システム的に可能でも、やっていいかどうかはまた別の話なのだ。

それは以前あった『メイドさんハーレム事件』で判明している。やれるからと言って実際にやってしまうとゲームを遊べなくなってしまう可能性があるのだ。

このゲームでは運営がアカウントを停止することはない、と言われている。だが、ゲーム内で行動を間違うと遊べなくなるほどの状況に追い込まれる。現実の世界でアカウント停止などのお咎《とが》めがなくても、ゲーム内で似たような状況に陥《おちい》るのだ。

朝、ハヤトがメールを見ると、運営からの返信が届いていた。その内容はこうだ。

「ゲーム内で可能な行為は本人の責任においてすべて許容されます」

そんな答えを聞きたかったわけじゃないが、あれはバグでも不正でもないということだけは判明した。ただ、やるなら自分の責任でやってね、という意味だ。

ハヤトは困った。このままNPCを使うことでゲーム的に詰む可能性があるのかどうか判断できなかったからだ。それにもう一つ懸念《けねん》がある。

確かにハヤトは強いNPCを求めていた。だが、あれは反則と言っていい。あれが他のプレイヤー達にばれたら暴動が起きそうなレベル。これは普通のゲームではなく、賞金が得られるゲームなのだ。不公平すぎる戦力があれば、それは炎上案件と言えるだろう。

エシャの銃はまだ許容範囲だ。超強力なクロスボウ的な何かということで批判も少ないだろう。

それにプレイヤーが手に入れられるチャンスがあるなら逆に盛り上がる要素だ。

だが、アッシュは違う。明らかにオーバースペック。クランの定員枠を使って仲間にしてもいいのか微妙、というかほぼアウトだとハヤトは考えているのだ。

(モンスターテイマーとして考えてもダメだろう。あんな強力なモンスターを使役できるなんて聞いたことはない。イベントで発生する大規模戦闘の巨大モンスター並なんだから当然ダメに決まっている)

このゲームでは定期的にイベントが発生する。その一つに大規模戦闘と呼ばれるものがあった。

スタンピードと呼ばれる大量のモンスターが町へ襲撃してくるものや一体の巨大なモンスターを討伐する、プレイヤーが集団で戦うイベントだ。百人、千人といった集団で戦うため大規模戦闘と言われている。

ハヤトは生産職としてそれに参加したことはないが、強力なモンスターが出るのは知っていた。

そんな大規模戦闘に出てくるモンスターを仲間にする。はっきり言ってチートだ。

ハヤトは敵の情報よりも味方の情報の方が危険だと考えている。二人を呼び出して、どういう人物なのかをちゃんと聞こうとゲームにログインするのだった。


三十分後、エシャとアッシュがログハウスへやってきた。

テーブルを挟み、ハヤトはエシャとアッシュの前に座る。二人が座ったのを確認してから、コーヒーを二人の目の前に置いた。

「二人とも昨日はありがとう。君達のおかげでクラン戦争に勝つことができた。まずその礼を言わせてほしい」

ハヤトは座ったまま頭を下げた。二人からは「お気になさらずに」「仲間なんだから当然だ」という回答があった。

頭を上げ、二人を見つめる。

「それはそれとして、聞いておきたいことがある。それは――」

「みなまで言わずとも分かっております。祝勝会ですね？　私への褒美《ほうび》として星五のウェディングケーキをお願いします。食べたいだけなので勘違いしないでよね、と言っておきます」

「祝勝会には妹を呼んでもいいか？　ハヤトに直接礼を言いたいそうだ。治ったのもそうなんだが、なぜかスイッチ型パッシブスキル、《ドラゴンカース》というスキルを覚えたから、その礼もしたいと言っているのだが」

「ちょっと君達黙ってくれる？　聞きたいのはそんなことじゃないから」

ハヤトはちょっと息を吐きだしてから二人を見つめた。

「君達二人のことをちゃんと知っておきたいんだ。二人をクランに入れちゃったんだけど、このままでいいのか心配になってね。二人とも町の住人とかに嫌われているとかないよね？　どこか出入り禁止になっているところとかない？」

ハヤトが一番危惧《きぐ》しているのは町の住人、つまりNPC達に嫌われることだ。それはこのゲームで確実に詰む。町に入れないどころか、牢屋《ろうや》に入れられるということもあり得るので、二人の状況を確認する必要がある。二人を仲間にすることで自分も同類と思われる可能性を否定できないからだ。

「ご安心ください。私は王都の有名飲食店でほぼ出入り禁止です」

「何を安心するの？　でも、その程度か」

「俺はそんなことないぞ。ドラゴン達には嫌われているけどな。とはいっても強硬派《きょうこう》のドラゴンだけだ。穏健派《おんけん》のドラゴンには嫌われてないから安心してくれ」

「強硬派のドラゴンなんているのかよ。そのドラゴン達に嫌われているけど安心しろっておかしいよな？」

色々とツッコミは入れたが、それくらいなら大丈夫かな、とハヤトは判断した。だが、ハヤトは二人が何かを隠しているような気がしている。今度はそれぞれにどういう人物なのか聞いてみることにした。

ハヤトはアッシュの方を見た。

「アッシュ、今更なんだが、アッシュはドラゴンなんだよな？」

「本当に今更だな。そうだ、死龍アッシュ・ブランドル……自国の王の名前より先に覚えろと言われているくらいなんだが、本当に知らないのか？」

「全然知らない」

「そ、そうか、結構有名だと思っていたんだがそうでもないみたいだな……そういえば、傭兵ギルドで驚かれることもなく登録できた気がする」

「そもそもなんでドラゴンを殺してるんだ？　派閥があるみたいだけど、同じ仲間というか同胞じゃないのか？」

「ドラゴン界隈にも色々あるということだ。人間を支配しようとするドラゴンと、共存しようとする派閥に分かれていてな、俺や妹は共存を目指す穏健派だ。だから敵対派閥のドラゴンを狩っている。そしていつか父を俺の手で――」

「あ、そういうのはいいから。アッシュがドラゴンを殺す理由が分かったからもういいよ」

「……そうか。ここからがいいところなんだが」

ハヤトは極力面倒なことに首を突っ込みたくない主義だ。それにハヤトは生産職。戦闘を行うようなメインストーリーやクエストはすべて切り捨てている。今回もどうせそういう類のクエストだと切り捨てた。

「それでアッシュ。悪いんだが、あのドラゴンの姿はできるだけやらないでくれ。やるとしても俺が指示したときだけだ」

「それは構わないが、理由を聞いても？」

「強すぎる。あれを使ってクラン戦争を勝ち上がるのは不正と言われてもおかしくない。というか、あれをやっているだけでこれから全部のクラン戦争に勝てる気がする」

「それは無理だろう。下位クランでもあれを止めることはできるはずだ。昨日やってみせたのは、相手が逃げ出したからだぞ？　そもそもあれは発動までかなりの時間がかかる。その間にノックバックさせられたら発動せずに終わってしまうんだ」

　あんな巨体がプレイヤーの攻撃でノックバックするのかよ、とハヤトは思ったが、ゲームだから可能なのかと考えを改める。

「それに味方を巻き込むし、使い勝手は悪いんだ。昨日は色々な条件が揃ったからやれただけで、毎回やれるわけじゃない」

「そういうものなのか」

「それにクラン戦争中はドラゴンへの対策がされているのか、本来の姿だとMPが減っていくんだ。昨日確認したが、0になると人の姿に戻るみたいだな」

「なるほど。強力ではあるが、それなりに制限もあるのか。それなら問題ないかな」

　ハヤトは胸を撫でおろした。そういうデメリットがあるならプレイヤーからの文句も少ないと考えたからだ。もちろん、デメリットが周知の事実として知られていないと意味はないのだが。

次にハヤトはアッシュからエシャへ視線を動かした。

「エシャ、次は君のことが知りたい。タダのメイドじゃないんだろう？」

「お気づきでしたか。実はタダのメイドではなく、美少女メイドなのです」

「よし、解雇」

「お待ちください。メイドギルドから来月もちゃんと雇われろと涙ながらに訴えられましたので解雇は困ります」

「どんな状況ならそんなことになるの？」

「うっすらとお気づきかもしれませんが、このエシャ・クラウン、メイドの技能を全く持っていないのです」

「よし、解雇」

「ですからお待ちください。そんなわけで、私はどこにも派遣されずメイドギルドでタダ飯を食う日々だったのです。それはそれで美味しかったのですが、そんなとき、ハヤト様から『文字の読み書きと計算ができる可愛いメイド』と依頼されたので、条件に合う私が派遣されたのです」

「可愛いなんて要望は出してないけど？　それにメイドの技能がなくていいなんて言ってない」

「まあ、それは誤差のようなものです。それから三週間、特に問題なく働けているのでメイドギルドからとても応援されております。ちなみにハヤト様はメイドギルドで英雄扱いです。感謝状を贈りたいからメイドギルドへ足を運んでほしいと言われているのですが、いつ受け取りに行きますか？」

（いらねぇ……それにこれもはぐらかしているな。そもそも、だ。ドラゴンだったアッシュがエシャの名前を聞いて驚いていた。普通のメイドのわけがないんだ）

「エシャ、メイドギルドのことはいいから、本当のことを言ってくれ。エシャは本当にメイドなのか？　アッシュがここに来たとき、エシャの名前を聞いて驚いていた。そのときはそんなに気にしなかったけど、アッシュがドラゴンなら話は別だ。それは普通のことじゃないはずだぞ？」

「そういえばそうでしたね。でも、メイドなのは間違いないですよ。ちょっとだけ有名なのです――分かりました。雇われないとメイドギルドを追い出される可能性があるので話しましょう。でも、本当に大した話じゃないんですよ？」

エシャはハヤトを見つめた。

「実は三年前のクラン戦争で優勝したクランの一員なんです。そのときに名前が知れ渡っただけなんですよ。しかし、私やアッシュ様のことを全く知らずにクラン戦争に誘うとは――さすがご主人様と言わざるを得ません」

ハヤトはゲームのメインストーリーをちゃんと確認しておこう、と心に誓った。

## 六　クラン戦争の結果

ハヤトは王都《アンヘムダル》へ足を運んでいた。

六つある国の中で最も栄えていると言われている王都は、プレイヤーが大量にいる場所としても知られている。プレイヤーが集まる一番の理由は狩場へのアクセスがいいことだろう。

テレポートなどの瞬間移動魔法が使えるとはいっても、どんな場所でも行けるというわけではない。それは登録されている場所だけだ。プレイヤーが倒されたときに復活する場所、つまりクランの拠点や教会、神殿などだ。

そのため、モンスターを狩るような場所へは徒歩や乗り物で移動するしかない。そしてこの《アンヘムダル》はあらゆる場所へのアクセスが楽なのだ。

そんな場所にハヤトがいる理由、それは前に所属していたクランの拠点へ行くためだ。

ハヤトが所属していたクランの拠点は王都のすぐそばという一等地だ。ハヤトは一度王都の神殿へ転移してから、その拠点へ向かっている最中だった。

エシャとアッシュの話を聞き、メインストーリーを確認する必要があると判断したハヤトだったが、いまさら最初からメインストーリーのクエストを進めようという気持ちはなかった。そもそもハヤトはメインストーリーを進めることができない。

クエストの大半は戦闘が必要になる。そしてハヤトには戦闘力が一切ない。それに武具を装備するために必要なステータスであるＳＴＲ、つまり筋力が最低値のため、大半の武具を装備できないのだ。

ステータスはスキルと同じように合計値が決まっている。その中でやりくりするわけだが、生産特化のハヤトは器用さであるＤＥＸを１００にしているため、筋力のＳＴＲや魔力のＭＡＧは最低値だ。しかもその値に連動してＨＰやＭＰも最低値となっている。

（ナイフを装備して攻撃してもダメージは最大でも1だろう。それに反撃されたらすぐにやられる。誰かと一緒にクエストを進めるという手もあるけど、確かメインストーリーのクエストはどこかでソロクエストになるんだよな。簡単らしいけど俺には無理だ）

ソロクエストは一人でしか戦えない。強力な仲間がいたとしても戦闘に参加できないのなら意味はないのだ。

これらの事情から導きだしたハヤトの答え。それは、メインストーリーの内容を誰かに聞く、だ。

以前はストーリーをまとめているサイトがあったが、それはクラン戦争が始まった頃に消えてしまった。どういう理由なのかは不明だが、それらもクラン戦争を勝ち抜くための情報になると思われたのではないか、とハヤトは推測している。

そんな理由からメインストーリーをやっていた前のクランメンバーに話を聞こうと考えたのだ。

（準備期間になる前に、代わりの仲間を入れたとか聞いたし、戦力だけなら俺がいたとき以上だろう。負けたってことはないと思うから行っても大丈夫だと思う。でも、負けていたら俺が嫌味で笑いに行ったってことになるのか……？　一応、クラン戦争の結果を見ておくか）

ハヤトは拠点へ向かうのを止め、クラン戦争での結果が分かる施設の方へ足を向けた。

施設はレンガで出来た四階建ての大きな建物だ。その入り口では多くの人が出入りしている。

クラン戦争直後は結構な人で賑わうので、人混みが苦手なハヤトはあまり近寄りたくない。だが、今日は仕方ないと割り切ってその施設へ足を踏み入れた。

ハヤトの予想通り、その施設内は多くの人でごった返していた。ここはクラン新設の申請を行う場所でもあるので、ハヤトもクランを抜けたときに一度だけここへ来たことはあるのだが、それとは比較にならない混みようだった。

早速、クラン戦争の結果を確認しようとハヤトは掲示板に近づいたが、そのとき、「ふざけるな！」という大きな声が施設内に響き渡る。

プレイヤーと受付のＮＰＣが言い争っているようだが、どちらかといえばプレイヤーが一方的に怒っている状況だった。人だかりが出来て詳しい内容は聞こえてこないが、問題が発生しているのはハヤトにも分かった。

ハヤトは面倒なことに関わりたくはないと思いつつも、好奇心に負けた。近くにいた蛮族《ばんぞく》のような恰好をしたプレイヤーに声をかける。

「何かあったんですか？」

「ん？　ああ、なんだかクラン新設の申請書を出したようだが拒否されたようだよ。そのペナルティに納得いかなくて騒いでいるみたいだね」

「ええ？　そんなことがあるんですか？　クランの新設ができないって」

「周りの人の話だと、申請書を出したプレイヤーが所属していたのは初心者狩りのクランみたいなんだ。ほら、初心者狩りをするクランは、メンバーを代えずにクランの新設と解散を繰り返してＦランクを維持するから。解散させたクランリーダーは一ヶ月新しいクランを作れないけど別のクランに入ることはできるし、メンバーはクランを作れるからね。メンバーが交代でクランリーダーをやりながら常に新しいクランにしていたみたいなんだけど、それが不正だって言われたみたいだね」

（初心者狩り？　もしかしてあれって昨日の対戦相手か？）

受付で大きな声を出しているプレイヤーは昨日戦った一人のように思えた。着ているオリハルコンの鎧に見覚えがあったのだ。

「どうやらクランの仕組みを悪用している可能性があると、そのクランにＮＰＣの審査が入るみたいだね。必要以上にクランを作り直すとか、メンバーの強制脱退が多いとか、メンバーの入れ替えが多いとか、そういうのは審査対象になるっぽいよ」

「仕組みの悪用ですか。でも、やむを得ずそういうことをしなくてはいけない場合もありますよね？　そういうのもすべて処罰対象ですか？」

「分からないけど、だからＮＰＣが審査するんじゃないかな？　審査して不正が認められたらクランが作れなくなるってことみたいだね。そうそう、さっき聞こえたけどね、クランを作れないペナルティを解除したい場合は１億Ｇ払えって受付が言ってたよ」

「１億Ｇ⁉　上位クランならそれくらいあるかもしれないですけど、普通のプレイヤーにそんなの無理なんじゃ」

「そうだね。さらに不正利用していた罰金として毎月１００万Ｇを不正した期間と同じ六ヶ月間納めろって言ってたよ。しかも払えなければアイテムや装備品を没収するってさ」

「……なんかすごいですね。ちょっと同情したくなる」

「そうだね。でも、初心者狩りってあまり褒められた行為じゃないからね。やむを得ずそうなる場合もあるだろうけど、彼らは意図的にやって賞金を得ていたわけだから、自業自得とも言えるかな。ペナルティが軽いか重いかについては、判断が難しいところなんだけど」

　ハヤトはその言葉に頷く。

（これだ。システム的に可能だとしても、やってしまうとペナルティを受ける可能性がある。それならシステム的に最初からできないようにすればいいと思うんだが、ゲームプログラム的に難しいということなのだろうか。ゲームにはＮＰＣのＡＩも連動しているわけだし、簡単に修正はできないってことなのかもな）

「そうそう、そういえば面白い話もしてたよ」

「面白い話？」

「なんでもクラン戦争で巨大なドラゴンが出現してレーザーで薙ぎ払われたみたいだよ。それは不正じゃないのかって文句を言ってたね」

「……へー」

「もしかしたら相手は不正クランを殲滅《せんめつ》するためのクランで、運営が用意したんじゃないかってみんな噂してるよ。まあ、これまでの運営から考えると介入している可能性は低いだろうけど」

「そうかもしれませんね。ところでドラゴンについて受付はなんて言ってました？　それも不正とか？」

「いや、そんなことは言ってなかったね。それの何が悪いんですか、くらいの回答だったよ。まあ、テイマーやサマナーだってモンスターを使ってクラン戦争に参加してるんだから当然だよね。そのドラゴンがなんのドラゴンなのかは知らないけど、みんな探そうとしているみたいだよ。金色で人型になれるドラゴンって言ってたかな。君、知ってる？」

「初耳ですね」

「そっか。さて、それじゃ僕はそろそろ行くよ。クラン戦争も終ったし、しばらくは普通に冒険したいからね」

「あ、はい。どうもありがとうございました」

プレイヤーは軽く手を振ってから施設を出ていった。

受付と言い争いをしていたプレイヤーも受付に「衛兵を呼びますよ」と言われて退散した。そのプレイヤーがいなくなることで、人だかりは自然と解消される。そして今度はクラン戦争の結果が張り出されている掲示板に人だかりが出来た。

（アッシュは大丈夫みたいだけど、色々やっちゃいけないことが多いみたいだな。ＮＰＣをクランに入れること自体は問題なさそうだが、いつかなにかやらかしそうで怖い。たとえば魔王をクランに入れたら人間と敵対して町に入れないとかありそう。これからはちゃんと審査したうえでクランに入れよう）

ハヤトはそんなことを考えながら、当初の目的である所属していたクランの勝敗情報を探した。

クラン《黒龍》はＡランクだが、その中では順位は低い方だ。なので、ハヤトはＡランクの勝敗をランキングの下から一つ一つ確認していく。

そして見つけたが、その結果にハヤトは目を見開いて驚いた。

（おいおい、嘘だろ？　完全試合で負けた？　誰も相手を倒すことなく全員がやられたのか？　Aランク同士の戦いで？）

掲示板には《黒龍》の横にＬＯＳＥと表示され、対戦相手にはＷＩＮという文字に、完全試合の勝ちを表すＰＥＲＦＥＣＴの赤い文字が斜めに重なって表示されていたのだった。


ハヤトはクラン《黒龍》の拠点であるレンガの砦へやってきた。

クランが負けた直後に行くのは嫌味に取られるかもしれないと思ったが、その負け方が完全試合だったため、事情を確認するために来たのだ。

完全試合とは味方が誰一人倒されることなく相手を殲滅したときの勝ち方だ。今回の場合は逆。誰も倒すことなく、味方が倒された。Ａランク同士の戦いでは珍しい結果だ。

完全試合をすることで特に何かがあるわけではない。称号が得られるとか、アイテムが貰えるとか、賞金が増えるとか、そういったことは全くなく、単にどういった勝ち方をしたかを示す情報でしかない。

今回、ハヤトのクランもその完全試合で勝っている。誰一人倒れることなく、相手を殲滅した。つまり完全試合での勝利。だが、本来それをやるには相手との実力差がなくてはできない。ハヤトの場合は味方と敵の実力差があったとも言えるが、どちらかといえば初見殺しだった。

初見殺しとは、初めて見せる戦術により相手に対策を取らせない戦い方だ。

アッシュの広範囲ドラゴンブレス。これも初見殺しだといえるだろう。対策はある。味方を巻き込ませるようにアッシュを一人にさせない、ノックバックで攻撃をキャンセルする、などの方法はある。だが、初めて見る相手がそれを知っているわけがない。知らなければ、ほぼ何もできずに食らうことになる。

今回はそのおかげでハヤトは完全試合をすることができた。だが、《黒龍》はAランクなのだ。確かにAランクでもランキングは下の方だが、たとえ相手がランキング一位だったとしても、完全試合で負けるのはよほどのことだ。

(初見殺しをされた可能性はあるが、みんなは慎重派だ。最高品質のポーションが大量にあるわけだし、拠点に近い場所でまずは相手の出方をみる戦術を取る。そう簡単にはやられないだろうし、この時期にAランクに対して初見殺しができるほどの戦術があるとも思えない。それにあの剣がある限り誰も倒せないなんてことはないと思うんだが)

ハヤトはそんなことを考えながら、扉をノックした。

「ハヤトだ。開けてくれないか」

扉の向こう側から「ハ、ハヤト⁉」という声が聞こえた。ハヤトはその声からクランリーダーのネイだと判断した。そしてハヤトの耳には聞きなれない男の声も聞こえた。

「入ってもらったらどうですか？　もう話は済みましたから、別に構いませんよ」

数秒後、扉の鍵が開く。驚いた感じのネイが顔を覗かせた。やや疲れ気味の顔をしているネイにハヤトはなにかがあったのだろうと推測する。

「ハ、ハヤト、ど、どうしてここに？」

「クラン戦争の結果を見た。ちょっと心配になってきたんだよ。まあ、他にも理由はあるけど。もしかして客がいるのか？」

「あ、ああ、客というか――」

「そんなところにいないで中へお入りください。ハヤトさんにはお礼をしておきたいですから」

（お礼？　何を言っているんだ？　俺の知ってるやつなのか？）

ハヤトは疑問に思いながらも扉をくぐり、中へと足を踏み入れた。

一ヶ月ぶりの拠点にハヤトは懐かしさがこみ上げた。内装が一ヶ月前と全く変わっていなかったのだ。

中世の薄暗い食堂をイメージした造りで、光源は天井にあるロウソクのシャンデリアのみ。中央には木製の長机が白いテーブルクロスに覆われ、同じ木製の椅子が机の両サイドに五脚ずつ、そして周囲には壁に沿ってそれらに見合う家具が置かれていた。

その内装はすべてハヤトが木工のスキルで作り出したものだ。ハヤトはこだわりすぎだと仲間に苦笑いをされた記憶がよみがえり、少しだけ笑顔になる。

思い出に浸ってから、ハヤトは中にいる人を見た。二人の男性と一人の女性だ。

騎士のような装備をした男を中心に、右側に白いドレスを着た女性、そして左には世紀末にいそうなトゲトゲの肩パットをしたモヒカン男が座っていた。

（面識はないはずだが、誰だ？）

ハヤトの不思議そうな顔に、騎士の男性は笑顔で返した。そして自分の家のように椅子へ座るようにハヤトへ促す。その態度にちょっとイラっとしたが、ハヤトは言われるままに椅子に座った。そしてネイも同じようにハヤトの右隣に座る。

「まずは自己紹介をしましょう。Aランククラン《殲滅の女神》のクランリーダーをやっているクロードと申します」

男が椅子から立ち上がり頭を下げる。礼儀は正しいが、ハヤトにはそれがわざとらしく見えた。

（《殲滅の女神》？　完全試合をしたクランの名前だよな？　なんで敵クランがここに？　それに腰に差している剣。なぜそれを持っている……？　いや、まずは話を聞くべきか）

「ハヤトです。初めまして。ところで俺に礼をするとか聞こえたのですが？」

「ええ、今回、《黒龍》に勝てたのはハヤトさんのおかげと言ってもいいので。その節は助かりました。ありがとうございます」

「……理由を聞いても？」

「《黒龍》から貴方が抜けたおかげで私達は勝てた、ということですね。《黒龍》のクランリーダーさんも信用できない相手をクランに加えるのは危険だと気づけたでしょう。いい勉強になったと思います」

その言葉にネイは悔しそうに下を向く。ハヤトはそれを横目で見たが、それは一旦置いておくことにした。

「もう少し具体的に説明をしてもらっても？」

「構いませんよ。貴方が抜けた後に入ったメンバーは工作員、つまりスパイだったんですよ。まあ、私達のクランとは全く関係のない工作専門の方ですね。クラン戦争前にその方から連絡を頂いたので裏切ってもらいました。なかなかのお値段でしたが、それで勝てるなら安い物です」

（そういうことをしている奴がいるとは聞いたことがあるが本当にいたんだな。つまり、クラン戦争を九対十一で戦ったようなものか。クラン戦争では一人抜けただけでも痛手だ。しかもその一人が敵に回ったら勝ち目はないだろう。でも、その剣を持っている理由にはならない）

「事情は分かったけど、もう一つ聞きたい。その剣を持っている理由は？　それは俺が仲間のために作った剣だと思うけど？」

「ああ、これですか。確かにハヤトさんが作ったものですね。いや、素晴らしい。《エクスカリバー・レプリカ》。片手剣の中で最強の一角ともいえるこの武器を星五で作れる運に驚きですよ」

「質問の答えになってないかな」

「失礼。簡単に言えば、クラン戦争で貰いました」

「貰った？　ベッティングマッチだったのか？」

ベッティングマッチとは、いわゆる賭け試合だ。クラン戦争でお互いにアイテムなどを賭け、勝った方がそれを手に入れられるマッチングの一つ。

何かを賭けている場合は、同じように何かを賭けているクランを自由に選べるため、主に下位クランが上位クランに戦いを挑むときに使われている。お互いに対戦許可を出せば晴れて対戦だ。

ただ、クラン戦争に勝てば現実世界で賞金が得られるため、八百長《やおちょう》防止のために相手を選んでもそれが認められるためには多くの審査がある、と言われている。現実世界のつながりは追えないが、ゲーム内におけるプレイヤー同士の繋がりやこれまでの戦績、色々な要素から判断されているのではないか、と言われているのだ。

「いえ、ベッティングマッチではないですよ。貰ったとは言いましたが、正確にはクラン戦争中に盗んだものですね」

（盗んだ？　窃盗スキルのことか？　でも、それは無理だろう。窃盗スキルは相手のアイテムバッグにあるものしか盗めない。装備している物は盗めないはずだ。その剣はネイのメイン装備。クラン戦争中に装備を外すわけがない……いや、耐久が落ちて破壊を免れるために外したのか？）

ハヤトはさらに考えようとしたところで、隣に座っているネイが体を少しハヤトのほうへ寄せた。

「スパイがずっとその剣をアイテムバッグに入れて持っていたんだ……戦いが始まると同時に敵陣に走っていって、相手の砦で盗ませた。……すまない、みんなが素材を集めて、ハヤトが作ってくれた剣だったのに……」

ネイが蚊の鳴くような声でそんなことを言った。

ハヤトはその言葉を聞き理解する。

クランでは任意でアイテムをクラン共有アイテムという設定にすることができる。クランメンバーなら誰もが使えるアイテムとなり、ログアウトするたびにクラン倉庫という共通のアイテムボックスに戻る仕組みだ。

クラン共有アイテムを誰かに売ったり渡したりすることはできない。持ったまま脱退してもクラン倉庫へ戻ってしまうし、クランを解散した場合は元の持ち主に戻るため、たとえクランメンバーになったとしても盗むことはできないのだ。

だが、クラン戦争で相手に盗ませることはできる。

スパイだったプレイヤーは、ネイがログアウトした後、アイテムバッグに《エクスカリバー・レプリカ》を入れ、そのままログアウトせずにクラン戦争に参加。そして相手に盗ませたのだ。

憶測《おくそく》ではあるが、ハヤトはそう考えた。

（ネイにあげた物なんだから固有のアイテムにしろって言ったのに、頑なにクラン共有のアイテムにしていたからな。状況はなんとなく分かってきたけど、コイツらがここにいる理由が分からないな）

「だいたいの状況は分かったよ。それでクロードさん達は何をしに来てるのかな？　まさかそれを返しに来たって話？」

「ええ、その通りなんですよ」

（マジかよ……いや、それはないな。スパイを使うような奴がそんなことをするわけがない。なら、なにか交換条件か？）

「この剣はお返しします。ただ、欲しい物がありまして、それと交換してほしいと思いましてね。その交渉に来ていました。まあ、すぐに了承していただけましたがね」

「交換してほしい物？　なにか聞いても？」

「この拠点です。ここは王都に近い一等地だ。今なら1億G以上の値段が付くでしょう。そしてこの剣も似たような値段が付く。等価交換ということです」

（盗んだもので等価交換か、冗談のセンスはあるね……いや、待て。了承したって言ったか？　もしかして応じたのか？）

「ネイ、その交換に応じたのか？」

「……拠点も大事だが、その剣だけは返してもらわないといけない。皆が作ってくれた大事な剣なんだ。メンバーにも許可を貰ってるから、砦を譲渡する見返りに返してもらうつもりだ」

「このバカ」

「え？」

「ええと、クロードさんだっけ？　悪いね、剣と拠点の交換はなしだ」

「どういうことでしょう？　そもそもハヤトさんはこのクランを抜けている。そんなことを決める権限はないと思いますが？」

「残念だがある。この拠点は俺が作った。クランを抜けた後でそれを思い出してね。今日はこの拠点を返してもらおうと思ってきたんだよ。この拠点が欲しかったら俺と交渉するしかないね」

（面倒なことに首を突っ込みたくはない……でも、俺が作った物で変なことをされるのは許せないし、仲間をコケにされたのも許せない。なんとかしてやらないとな）

　ハヤトのスジが通っているようで全く通っていない発言に相手のクランメンバーは白けた感じになった。

　そして混乱しているのはネイだ。

「ま、待ってくれ、ハヤト。今日来たのはそれが理由なのか？　でも、それじゃ剣を返してもらえない――」

「ネイ、ちょっと来い。ええと、クロードさん、少しの間、席を外しますよ。拠点のことで話をしておきたいので」

（俺が拠点の所有権を主張したことで向こうは面食らったはずだ。少しは時間を稼げるだろう）

ハヤトはネイを連れて、クロード達に話が聞こえない場所、二階へ上がるための階段まで移動した。念のためにクロード達の状況を確認してから小さな声でネイに話しかける。

「あのな、拠点とアイテムをどうやって交換するつもりだ？　システム的にそういうトレードはできないだろう？」

拠点と拠点のトレードはできる。アイテムとアイテムのトレードもできる。だが、拠点とアイテムのトレードはシステム的にできない。やるとすれば、どちらかが先に渡し、その後に渡してもらうしかないのだ。

「こちらが拠点を渡した後で、剣をトレードしてもらう予定になっているんだが――ハヤト、痛くもダメージもないが、なんで頭にチョップした？」

「気分だ。いいか、そんな約束を守る奴がどこにいる。お前が拠点を渡したところで向こうが剣を返す保証はないだろうが。実際に拠点を渡す前で良かったよ、本当に」

「ええ？　約束を破る奴がいるのか？」

「お前のその答えにびっくりだよ。スパイに騙されたのに、また騙されるつもりか。ポンコツにもほどがある」

「……ハヤトにポンコツと言われるのも久しぶりだな――なんでチョップする？」

「嬉しそうにしてる場合か。あの男が剣を腰に差しているのを見ただろ？　アイテムバッグに入れてるんじゃなくて装備しているんだよ。剣を返そうっていう奴が装備なんかするか。性能を気に入って装備してるんだから返すつもりなんてないんだよ。たぶんだが、拠点を先に渡したら剣を返すと言われたんじゃないか？」

「その通りだ」

「お前、本当に……まあいい。それにここにいるのはネイ一人だろう？　向こうが指定したんじゃないか？　交渉の場にはお前一人って」

「すごいな。まさしくその通りだ――そう何度もチョップは食らわないぞ。見切った」

「お前のそのドヤ顔にイラっとする。ちょっとは痛い目に遭え……今、遭ってるのか。詮索《せんさく》するつもりはないが、お前、バリバリのキャリアウーマンって嘘だろ。どう考えてもお嬢様学校に通うような学生だ。しかも箱入り」

「ち、違うぞ、全然違う。都会で一人暮らしして、実家に仕送りしている感じのできる女だ。お嬢様の大学になんか通ってない」

（できる女のイメージってそれなのか？　それに大学って言っちゃったよ、コイツ）

「できる女ならこんな状態にはならないんだよ。できる女をロールプレイしたいなら、もうちょっと頑張れ。まあ、それはいい。今は剣を取り戻すことが先決だ……なんでさっきから嬉しそうにしているんだ？　状況は最悪だぞ？」

「いや、やっぱりハヤトは頼りになるなと思って。ついさっきまでは心細かったけど、今は全然平気だ」

（そんなに信頼してるのになぜ俺を追い出した？　いや、生産職だからか……まあいい、どうやって剣を取り戻すかを考えないと――盗み返すしかないよな）

ハヤトはそう思ったが、今の状況でそれは無理だと考えた。クロードはすでに剣を装備している。つまり窃盗スキル対策。盗まれないように注意しているのだ。

この状態ではたとえ窃盗スキルが１００だったとしても盗むのは不可能。つまりなんらかの形で装備を外させなくてはいけない。しかもそれをするにはクラン戦争中でしかできない。対人戦はクラン戦争中だけなのだ。

考えられるのは、剣の耐久力を限界近くまで減らして自分から外す状況を作る、もしくは装備の条件を満たせない状況にして強制的に装備を解除させる、の二つだ。

（あの剣は耐久が多い。クラン戦争中にギリギリまで減らすのは無理だろう。なら強制解除だ。たしかあの剣の装備条件はＳＴＲが60以上。戦士系なら間違いなくＳＴＲが１００か……ＳＴＲを41以上減らすなんて無理だよな。呪詛系の魔法を使っても減らせるのは最大で二割だったはず。強制解除も無理か……）

ハヤトはそこまで考えたとき、アッシュの言葉を思い出した。アッシュの妹のことだ。

（確かアッシュの妹が呪い系のパッシブスキルを覚えたとか言ってたか？　効果は知らないが、呪われていたときに自分を含めた周囲のステータスを半分にしたとか聞いた気がする。もし同じ効果ならいけるか？　ＳＴＲが半分になるなら確実に装備が外れる。くそ、確認したいところだが、そんな悠長なことをしている時間はないな。仕方ない、それに賭けよう。駄目なら諦める）

「おい、ハヤト、考え込んでどうした？　やっぱり剣を返してもらうのは無理か？」

「まだ考え中だ、もう少し待ってくれ。ところでネイの知り合いに窃盗スキルが１００の奴って――」

（いや、ダメか。たとえ剣を盗めてもそれをこちらへ返してくれる保証がない。ＮＰＣだって返してくれる保証はないが、そちらの方がまだ可能性はありそうだ。探すしかないな。となると後はアイツらとクラン戦争をするように持っていかないと。どうやらアイツらはこの拠点を狙っているみたいだから、それを賭けの対象にすれば食いつくだろう）

　拠点が自分の物だと主張したのは交渉の場を荒らすための嘘だったが、それを餌《えさ》にクラン戦争に持ち込もうとハヤトは考えた。

「ネイ、この拠点を俺にくれ。いや、貸してくれ。さっきの主張を本当にしたい」

「ハヤトに拠点を渡すのは構わないと思ってる。皆もそうだろう。でも、この拠点がないと剣が――」

「まだ言ってんのか。拠点を渡しても剣は返ってこないんだよ……ええと、俺とアイツ、どっちを信じるんだ？」

（めっちゃ恥ずかしい。こういうのってログに残るのかな……うお、ネイの目がキラキラしてる。こういうセリフに憧れるタイプだと思っていたが、チョロすぎだろう。引かれるよりはましだが、これはこれでキツイ。黒歴史確定だ）

「もちろんハヤトを信じるぞ！」

「声が大きい。でも、なによりだ。ならすぐに拠点のトレードをしよう。安心してくれ、上手くいったら全部返す。あくまでも一時的な交換だ」

（早く拠点を預かっておかないとすぐに渡しそうだから危険だ）

「そうなのか？　いや、なんでもいい！　ハヤトを信じるぞ！」

（お前の将来――いや現在が心配だよ。詐欺《さぎ》とかに引っかかってないよな？）

ハヤトとネイはシステムメニューからトレードを選択し拠点のトレードを行った。一瞬で拠点と設置している家具の所有権がすべて移り、クランの共有倉庫も入れ替わる。これでこの拠点はハヤトの物になった。そしてログハウスは《黒龍》の拠点となる。

（とりあえずこれでいい。あとはこれを餌にクラン戦争に持ち込むだけだ）

ハヤトとネイはクロード達がいる部屋に戻った。

クロードはニコニコと笑顔だが、左右の二人はどう見ても不機嫌そうな顔をしている。

「お話はまとまりましたか？　そもそも拠点を建てたからといって所有権を主張するのは無理があると思いますが」

「盗んだ剣と拠点を交換するのも無理があると思いますよ」

ハヤトとクロードはお互いに笑顔、言葉遣いも丁寧だが、明らかにお互いをけん制している。周囲が重い雰囲気に包まれた。

「盗んだといってもこれはゲームシステムに則った正当な行為です。批判される謂《いわ》れはないと思いますが？」

「ええ、もちろんです。批判なんてしてませんよ。スパイについても同様です。ただ、詐欺は良くない。返すつもりのない剣を餌に拠点を奪おうとするのはいけませんね」

「失礼ですね。ちゃんと拠点と剣を交換すると言ってるじゃないですか」

「なら先に剣を渡してもらえますか？　その後で拠点を渡しましょう」

クロードは答えに詰まる。だが、まずいと思ったのか、すぐに口を開いた。

「剣を返した後で拠点を渡してもらえる保証があるのですか？」

「そのままお返ししましょう。拠点を渡した後で剣を返してもらえる保証があるのですか？」

ハヤトはそう言って微笑む。

（うう、胃が痛い。会社を辞めた後に、またこういうやり取りをする羽目になるとは。でも、ここで引くわけにはいかない。とりあえず、その剣にはもう興味がないという形にして、なんとかクラン戦争をするように持ち込まないと。剣に興味があると思われたらクラン戦争で装備をしてこない可能性がある。まあ、クラン戦争に持ち込んでも絶対に取り戻せるって保証はないんだよな。それに下手をしたら拠点も奪われる。分が悪い賭けっていうか、ただの無謀と言われても間違いじゃないな。俺、ゲームで何やってんだろう？）

クロードはネイを見た。そして不思議そうな顔をする。先ほどまでと違って元気になっているからだろうとハヤトは考えた。

「ネイさん、ハヤトさんはこう言っていますが、同じ考えですか？　先に拠点は渡せないと？」

「もちろんだ。それに拠点はもうハヤトに渡したから、私にはもうなんの権限もない。でも、剣を返してくれたらハヤトは間違いなく拠点を渡すから安心だぞ」

その言葉に三人は驚く表情を見せた。

「マジだ、拠点の所有者がハヤトの名前になってる……」

モヒカンの男がシステムメニューからその情報を見て結果を口にする。そこで初めてクロードの顔が笑顔ではなくなった。だがすぐにニヤリと口角を上げて笑う。

「タイミングが悪かったですね。トレードが終わるまで貴方を入れなければ良かった」

「俺はタイミングが良かったよ」

「でしょうね。さて、どうしましょうか。ハヤトさん、どうです？　剣と拠点を交換しませんか？　もちろんそちらが先に渡す形ですが」

「保証があってもクロードさんとは嫌かな」

「嫌われたものですね。しかし困りました。せっかくここまで来たのに手ぶらで帰るのも癪《しゃく》ですね」

（やはりこの王都に近い一等地は魅力的か。なら釣れるかな？）

「そんなクロードさんに提案だ。俺は次のクラン戦争でこの拠点を賭けてベッティングマッチを行う。それに挑んでこないか？」

クロードは目を細めてハヤトを見る。そしてちらりと腰に差している剣を見た。

「この剣を賭けて挑んでこいという意味ですか？」

「いやいや、その剣はもうクロードさんの物だよ。賭ける必要はない。適当なナイフでも賭けてくれれば十分。俺が欲しいのはランキングでね」

「ランキング？」

「《殲滅の女神》はAランクなんだろ？　ジャイアントキリングのルールで下位クランは上位クランに勝てばそのランキングをそっくり貰えるからね。今日ここに拠点を貰いに来たのは、上位クランと戦うために賭けの対象が欲しかったからなんだ。この拠点が賭けの対象なら、上位クランは下位クランと戦う理由になるだろう？」

ランキングが欲しいというのは本当だが、拠点が欲しかったというのは嘘だ。辻褄《つじつま》が合いそうな嘘を吐くことでより信憑《しんぴょう》性《せい》を持たせている。

「Aランクに勝てる自信があると？　確かハヤトさんはクランを抜けたばかりのはず。そもそも所属クランのランクは？」

「Fだけど、昨日勝ったからEかな。ランダムの同ランク対戦だったからポイントが足らずに、まだFかもね」

ハヤトのEやFという言葉に、モヒカンの男性とドレスの女性が笑い出す。だが、クロードは真面目な顔でハヤトをジッと見つめた。

「何を企んでいるんです？　どんなクランなのかは知りませんが、私達に勝てるとでも？」

「昨日の戦いでこれはいけると思ってね。アニバーサリーの賞金を狙いたいと思ってる。どうかな？　そっちも勝てる自信があるなら合法的にこの拠点を貰えることになるよ？　負けたらランキングは落ちるが、剣はそのまま。それに詐欺まがいのことをして変な噂を立てられるよりは遥かにましだと思うけどね？」

クロードは顎に手を当てて考える。

そして数秒後、笑顔になるとテーブル越しに右手を差し出してきた。

ハヤトも同様に右手を出して握手をする。

交渉が成立した瞬間だった。

## 七　新しい仲間

夕方、ハヤトは王都に近い新しい拠点にエシャとアッシュを呼び出した。事情を説明するためだ。とくに待つこともなく二人は現れる。

二人はこれまでのログハウスとは打って変わって大きな砦の拠点をハヤトが持っていることに驚いた表情を見せていたが、とくに何も言わずに椅子に座った。

ハヤトはテーブルの上に人数分のコーヒーを置いてから、これまでの事情を説明する。

一通り説明が終わったところでハヤトは自分のコーヒーを飲み、ようやく一息ついた。

「このエシャ・クラウン、ご主人様の手腕に感服いたしました。最高と言わざるを得ません」

「え、そうかな？　確かにクラン戦争に誘い込めたのは良かったと思うけど」

「ご謙遜《けんそん》を。それはただのフェイク。ご主人様を追い出したクランを騙してこの拠点を奪ったのですね？　私達に前のクランメンバーは仲間と言っておきながらのこの仕打ち。敵を欺《あざむ》くにはまず味方から。今日ほどこの言葉の意味を理解したことはありません」

「話を聞いてた？　この拠点を餌にして剣を取り返すんだって。上手くいったら剣も拠点もネイ達に返すんだよ」

「またまた。みなまで言わずとも分かっております。拠点を奪い、たとえ剣を奪っても返すことはないのでしょう？　さすが私のご主人様。なんと素晴らしい悪の所業」

「だから違うって」

「ハヤト、それは人としてどうかと思うぞ」

（ＡＩから人としてどうかと思われたぞ。それこそ人としてどうなんだ？）

ハヤトはややショックを受けながらも反論する。

「そういう筋書きとかじゃなくて、本当にそうするつもりだから。ここの拠点も一時的な物だから、汚したり壊したりしないようにね」

「……あの、本当に剣を取り返すために拠点を借りただけなのですか？」

「そうだね」

「……マジで？」

「……マジで」

エシャは盛大な溜息をついた。そしてちらりとハヤトを見て、また大きな溜息をつく。ハヤトが見た中で過去最高の溜息と言えるだろう。

「とんだヘタレご主人様ですね。どれだけ甘ちゃんなんですか。あれですか？　みんなに好かれてないと死んじゃうような人なんですか？　これだけの仕打ちをされて怒らないこといい、しかもそのクランの自業自得な問題のために相手にやり返すなんて、生ごみ野郎と言われても仕方ありませんよ？」

「傷つくからもうちょっとオブラートに包んでくれる？」

「分かりました……ご主人様は馬鹿なんですか？」

「そのオブラートは破れてるよね？」

　とはいえ、ハヤトも確かに甘いとは思っている。

（でもなぁ、ゲームが開始されてから二年半。それなりに楽しくやってきたメンバーなんだ。クランを追い出されたくらいでそのすべてが怒りに変わるような話でもないと思うんだけどな。別に有無を言わせず追い出されたわけでもないし……そう考えるのが甘いのか）

「エシャ、あまりハヤトを責めるな。ハヤトは面倒見がいいタイプなんだろう。それにそれくらいの奴じゃないと、お前を雇えるわけがない。ハヤト以外ならお前なんて一日で解雇だぞ？」

「それは盲点でした。確かにその通りですね。ご主人様は最高です」

「うん、もう少し気持ちを込めようか。でも、まあ、自分でもちょっとは甘いかなと思ってはいるから」

「ちょっと？　砂糖にハチミツをかけたレベルの甘さですよ？　でもまあ、元のクランメンバー全員を説教したくだりは良かったと思いますよ。それでも甘いとは思いますけど」

　ハヤトは《殲滅の女神》との交渉後、《黒龍》のメンバーを呼び出した。そして状況を伝える。

そこでとある事情が分かり、ハヤトはメンバーを説教したのだ。

その事情とはハヤトをクランから追い出した理由だ。

《黒龍》は同ランク内ではランキングが低いといっても、そこはAランク。賞金が貰えるクラン戦争では、上位クランを称賛する人もいれば、嫉妬、ひがみ、妬み、やっかみ、色々な負の言葉を浴びせる人もいる。

とくにモンスターの狩場では酷かった。本来、狩場は先に来た方に優先権がある。パーティが多いとせっかく来ても帰らなくてはいけないのだ。プレイヤーによっては無駄足を踏んだことに怒り、嫌味のように先にいたパーティに罵声を浴びせる場合がある。

《黒龍》は何度か「装備は一流だが、メンバーは三流のクラン」という言葉を受けた。

そんな言葉は無視すればいいのだが、クランメンバーはそれが事実であると重く受け止めていた。ハヤトの作る装備やアイテム、料理や薬品は確かに最高品質の物だったからだ。

そんなとき、よく狩場で一緒になるプレイヤーに提案をされる。ハヤトが抜けた状態でクラン戦争に勝てば、その批判を払拭《ふっしょく》できるのではないか、と。

ハヤトをクランから抜くなんてできないと最初のうちは否定していたが、最後の戦いでハヤトが敵を道連れにして倒したことが決定打となった。

自分達はハヤトの生産スキルに頼っているだけでなく、戦闘力のないハヤト自身からも守ってもらえていると考えたのだ。それにハヤトが戦闘系スキルを鍛《きた》えないのも生産系スキルで不甲斐ない自分達を守るためなのだと。

そしてハヤトはプレイヤーとして一流だが、自分達は三流という考えにシフトする。残念なことにクランリーダーのネイは思い込んだら止まらない。ハヤトと同じクランで肩を並べるためには自分達が一流であることを証明しないといけない、という謎理論に取りつかれ、ハヤトを追い出しクラン戦争に勝利しようとした。

そしてハヤトなしでクラン戦争に勝てたら戻ってきてもらうつもりだったという。

それを聞いたときのハヤトの胸中は酷い物だった。

（どれだけ俺を評価しているんだ。たとえ他のクランにいたとしても、俺なら絶対に戻ると信じていたみたいだし。ちょっと怖いくらいなんだが……まあ、戻った可能性は高いけど）

クラン戦争が始まってからハヤトに戦闘系スキルを覚えろと言っていたのは、ハヤトにもっと自由にやってほしいという意味だった。追い出す事情を説明しなかったのも、ハヤトは優しいから、事情を知ったら見えない形で支援してくる可能性があると、心を鬼にして追い出したとのことだ。

それを聞いたハヤトはそういうのはちゃんと言葉にして言え、とメンバーを説教したのだ。あと、ネイには暴走するなとかなり説教した。とはいえ、これはハヤトにも問題がある。クラン戦争で勝ちたい理由を伝えていないし、《黒龍》のメンバーとならランキング上位を目指せるとも言ったことはなかったのだ。

（自分が大人だとは言わないが、みんなはまだ子供なんだろう。このゲームはクラン戦争前から人気があったし、ヘッドギアも安めだ。若い人が始める敷居は低かったと言える。クラン戦争が始まると賞金のおかげで多くの大人、しかも悪い大人が増えた。クラン戦争が始まる前までは気にしなくていいようなことも気にしなきゃいけなかったんだろうな。それに俺もダメだった。理由も言わずにクラン戦争で負けられないなんて言ったからだ。みんなの強さを信じていると言っておけばよかった。二年以上も一緒にやっていたのにな）

人が増えれば治安が悪くなる。ゲームも同様だ。それに現実のお金がかかっている。悪意を持って接する人がいないなんてことはない。

ハヤトなしで勝てばいいと教えてきたプレイヤーは、剣を盗み相手に渡したスパイだった。ハヤトの代わりに一度だけ《黒龍》に入り、クラン戦争に参加すると提案してきたのだ。つまり最初から《黒龍》に忍び込むためにメンバーを前々から唆《そその》かしていたことになる。

《黒龍》はそいつ一人に負けたと言ってもいいだろうな。戦いじゃなくて話術で崩壊させた。褒められた行為じゃないが、敵ながらあっぱれか。しかし、賞金が貰えるのは嬉しいが、クラン戦争は余計なことをしてくれたよ）

色々と話し合いをした結果、《黒龍》は解散することになった。

メンバーはお金欲しさでクラン戦争に参加してはいなかった。クランに所属している以上、クラン戦争には強制参加になる。強制参加を避けるため、《黒龍》は解散してクラン戦争には参加せず、ゲーム内で遊ぶだけにしようという結論に至った。

（俺も勘違いしていた。ネイ達も俺と同じようにお金が欲しいからクラン戦争を頑張っていたんだと思ってた。こんな結果になったのは、俺がみんなのことをちゃんと見ていなかったからだな。俺のせいでみんなをクラン戦争に巻き込んでしまったわけだ。たぶんだけど、みんなは俺とこのゲー

ムで遊びたかっただけなのだろう。悪いことをしてしまったな）

ハヤトはその考えをネイ達に説明し、「俺の事情に巻き込んですまなかった。一流とか三流とか関係ないから、これからも俺と一緒に遊んでほしい」と、のちに恥ずかしさで身悶えるようなセリフを言ってのけた。このことも少なからず解散に影響している。

そしてハヤトは解散の決定に異を唱えなかった。

《黒龍》のメンバーがクラン戦争というイベントに向いていないと思えたからだ。ハヤト自身も向いているとは思っていないが、そもそもメンバー全員が他人と競うような性格をしていない。解散することでクランを組んでいるときに使える共有アイテムなどのシステムは使えなくなるが、やや不便になるだけで特に問題はない。そのため、ネイ達はなんの未練もなく解散した。

ハヤトはそれを見ながら、二年以上続いたクランを簡単に解散するなんて軽いな、とは思ったが、クランというシステムに縛られなくとも友達とか仲間だという意識があるから関係ないんだろう、と考えを改めた。

そしてネイは「これからはもう一緒に遊んでも大丈夫だな！」といい笑顔になり、みんなを連れて拠点を後にした。

その様子を思い出し、お前はもっと反省しろとは思いつつも、ハヤトは少しだけ笑った。

それとは逆にエシャは溜息をつく。

「追い出されたクランを解散させ、拠点を奪い、上位クランと戦ってランキングも奪う予定。完璧な結果なのに、ご主人様がヘタレすぎてがっかりだと言っておきます。ご主人様が悪なら、私もメイドから悪の女幹部というポジションにつくつもりでしたのに」

「今でもそんな感じだけどね？」

「俺はハヤトの行動が好きだぞ。男は細かいことなど気にしないくらいが格好いいもんだ」

「そう言ってもらえると助かるよ。さて、それじゃ事情は説明したから今後のことを決めたいんだけど」

「確か妹の力を借りたいんだよな？」

「そうなんだ。剣を奪い返すには強制的に装備を解除させる必要がある。以前聞いた呪いの効果を使えるのか確認してほしい。もし可能なら今度のクラン戦争に参加してほしいと思ってる」

「分かった。明日、妹をここに連れてこよう。スキルに関しては俺も良く知らないから本人に聞いたほうが早い」

「頼む。それとは別に窃盗スキルが１００の知り合いはいないか？　装備が外れてもそれを盗めなければ意味がないんだ」

ハヤトのその言葉に二人は沈黙した。だが、アッシュがエシャの方へ不思議そうな顔を向ける。

「言わないのか？」

「なんのことでしょう？」

「いや、エシャにならそういう知り合いがいるはずだと思ったんだが」

「いえ、記憶にありませんね」

「エシャ、知り合いに窃盗スキルが１００の人がいるのか？　ならぜひとも紹介してほしいんだが……紹介してくれたら、望んでいた星五のウェディングケーキを用意しよう」

「なかなか交渉がお上手ですね。実は昔の仲間にそういう人がいることはいるのですが、色々面倒なので紹介したくないのです」

「面倒？」

「私の天敵とも言えますね」

ハヤトは頭を下げる。

「エシャ、アッシュの妹さんが俺の望んだスキルを持っていなくても、別の方法で強制解除させる。ただ、どちらにしても窃盗スキルが最高値の人が必要なんだ。ぜひその人を紹介してほしい」

エシャはハヤトを見つめると、今日何度目になるか分からない溜息を吐いた。

「分かりました。明日、アッシュ様の妹様が来る前にその人のいる場所へお連れしましょう……ウェディングケーキに目がくらんだだけなんだからね、とだけ言っておきます」


翌日、メイドのエシャがハヤトを案内した場所は、王都のバトラーギルドがある建物だった。

バトラーギルドとは執事を雇うためのギルドだ。

表向きにはメイドギルドとバトラーギルドに確執《かくしつ》はないのだが、似たようなギルドということもあり、お互いをライバル視し、覇権《はけん》を争っている、と言われている。

そんなバトラーギルドにハヤトと一緒に現れたメイドのエシャ。

バトラーギルドにいる執事達は少しざわついた。

そんな状況を全く意に介さず、エシャはハヤトを連れ、受付へと移動する。受付の男性は訝《いぶか》しげな顔をしていたが、すぐに笑顔で応対した。

「いらっしゃいませ。バトラーギルドへようこそ。本日はどういった御用でしょうか？」

「レリック・バルパトスに面会したいのですが」

「……失礼ですが、お名前を伺っても？」

「エシャ・クラウンです。こちらは私がお仕えしているハヤト様です」

受付の男性が驚きの顔になる。そしてなぜかハヤトの方を見て、残念そうな顔をした。

（やっぱりエシャは有名なんだな……しまった、メインストーリーを確認してなかった。今は忙しいから、今度の戦いで剣を取り戻したら、ネイに聞こう。でも、俺はなんでこの受付に残念そうな顔をされたんだろう？）

受付の男性は「少々お待ちください」と席を外した。そして一分ほどで戻ってくる。

「お会いになられるそうですが、今は手が離せないようで、少し時間がかかるようです。応接室でお待ちいただけますか？」

エシャはハヤトの方を見た。ここで待たないという理由はない。ハヤトが頷くと、エシャはそれを確認し、受付の方を見た。

「では、それでお願いします。応接室には美味しいお茶菓子を期待します」

受付は複雑そうな顔をした後、またハヤトの方へ残念そうな顔を向けた。

（エシャは強いから雇っているんだよ。他にも強いメイドがいるならそっちにしたい。まあ、あまりにもメイドっぽくされたらそれはそれで困るからこのレベルでいいのかな……）

ハヤトはそんなことを考えながら、男性の案内に従った。

応接室は二十畳ほどの広さだった。そして部屋の中にはセンスのいい調度品や机、革張りのソファなどがある。

受付の男性にソファへ座るように促されて、ハヤトはそのまま座った。そして目の前のテーブルにはコーヒーとお茶菓子が出てくる。

男性にお礼を言うと、「しばらくお待ちください」と言って出ていった。

そしてエシャは何も言わずに隣に座りお茶菓子を食べ始める。

それを咎める理由もないので、ハヤトはコーヒーを飲みながら部屋の中を見回した。ゲーム内ではあるが家具職人と言ってもいいハヤトは、それらを見てシンプルだがセンスがいいなと判断する。

少々上から目線なのは、品質が星五ではないからだ。褒めたのは家具の配置や選択。自分ならこの状態ですべて星五を揃えるなどと考えていた。

部屋のチェックが終わったと同時にエシャもお茶菓子を食べ終わったので、ハヤトは話を聞いてみることにした。

「えっと、ここへ来る人が窃盗スキル１００の人なのかな？」

「はい、その通りです。もう七十歳を超えた老人ですが腕は確かですよ」

「そうなんだ？　でも、窃盗スキルが１００あるのに執事なんてやっていいの？　普通なら雇ってくれないと思うんだけど」

泥棒《どろぼう》の技術を持っている執事を雇う物好きはいない。もちろんハヤトだって通常であれば雇いたくはなかった。

「さあ？　前のクランで一緒のときは違ったのですが、なぜか執事になりまして。仕事をしてるんですかね？」

（エシャも似たようなものだと思うけど。それはいいとして理由は知らないのか。もしかして同じクランだったけどそんなに仲は良くない？）

その後もエシャに情報を確認した。

名前はレリック・バルパトス。七十二歳。男性。

執事になる前は盗賊だった。盗賊とはいっても、いわゆる義賊で、悪徳な貴族や商人からしか盗んだことはない。また、盗む前は予告状を出すタイプで怪盗とも言われていた。捕まったことはなく、今では引退しているが、全盛期は知らない人がいない程有名だったという経歴の持ち主だ。

（全然知らない。これもメインストーリーをやっていれば分かるのか？　よくは知らないけど、クラン戦争で優勝したっていう経歴があるならエシャと同じように強いのかも。今回だけのつもりだけど、もし強いなら正式にクランへ入ってもらいたいな）

そこまで考えたところで、ドアをノックする音が聞こえた。

ハヤトは慌てて「あ、はい」と言いながら、ソファから立ち上がった。エシャも同様に立ち上がる。

そして「失礼します」と、男性が入ってきた。エシャが言っていた特徴と同じ男性だ。

白髪のオールバックで髪を後ろで結び、鼻の下には整えられた白髭がある。執事服を着て、白い手袋をはめ、背筋をピンと伸ばした百八十cmほどの長身。歴戦の戦士を思わせる眉間から右の頬にかけた傷跡。そして七十歳を超えた老人と聞いていなければ、五十代でも通ったほどの若々しさ。

ハヤトは訳アリの執事というイメージが詰め込まれていると思った。

老人はハヤトとエシャにそれぞれ視線を向けてから、丁寧にお辞儀した。

「レリック・バルパトスと申します」

レリックの紹介に合わせて、ハヤトとエシャも挨拶する。それが一通り終わると、レリックは柔和《にゅうわ》な笑顔になった。

「エシャ、貴方から私を呼び出すとは驚きました」

「会いたくなかったのですが、ご主人様が泣いてお願いするので仕方なく」

「頭は下げたけど、泣いて頼んではいないよね?」

レリックはそのやり取りに少し驚いた顔をする。

「ご主人様、ですか。貴方が誰かの下につくなんて、それだけでも驚きです。ハヤト様は一体どんな手を使ったので?」

「……餌付け?」

この場に沈黙が訪れる。だが、次の瞬間にレリックはむせるほど笑い出した。

「な、なるほど、た、確かにそれなら、エシャも従いますね、く、くくくっ」

「ご主人様、月が出ていない夜道にはお気を付けくださいと忠告させていただきます。むしろ太陽が出ていても注意したほうがいいです」

「月が出ている夜道しか安全じゃないってこと？」

そんな会話をいくつか繰り返し、ようやく場が収まった。緊張感の欠片もない雰囲気になったが、ハヤトとしてはありがたい状況だと、少しだけエシャに感謝する。

そして本題に入るべく、真面目な顔をしてレリックの方を見た。

「レリックさん、本題に入らせてもらってもよろしいですか？」

「もちろんでございます、ハヤト様。ただ会いに来たというわけでないのは、エシャを見れば分かります。私にどんな御用でしょう？」

「まず確認したいのですが、窃盗スキルが100あるのは間違いないでしょうか？　エシャからそう聞いているのですが」

「ふむ？　確かに間違いではありません。すでに盗賊稼業は引退しておりますが、スキル自体は100でございます」

「なら次のクラン戦争で手を貸してもらえないでしょうか？」

「クラン戦争で？　どういう理由か伺っても？」

ハヤトは少しだけ躊躇《ちゅうちょ》した。NPCではあるが、まだクランに入ってもいないレリックに事情を説明してもいいか迷ったのだ。

エシャやアッシュはなんとなく信頼できるので説明したが、これは情報が漏れたらまずい話である。相手が剣を装備してこない状況になったら作戦が水の泡だからだ。

「ご主人様、レリックは情報を漏らすような人物ではありません。そう思っていたらそもそも連れてきませんから」

「貴方からそんなに信頼されているとは驚きですね。ですが、その信頼には応えましょう。言葉だけではありますが、ここでの話は漏らさないと誓います。事情を説明してもらってもよろしいですか？」

ハヤトは頷き、これまでの事情を説明した。レリックはそれを遮ることなくハヤトの言葉に耳を傾けている。

大まかではあるが、十分程度で説明が終わった。

「いかがでしょう？　剣を取り返すために、レリックさんのスキルが必要なのです」

「事情は分かりました。ただ、お聞きしたいのですが、よろしいですか？」

「何でも聞いてください」

「剣については同じ物を作って差し上げれば良いのではないですか？　確かに素材集めやらなにやら大変なことは多いと思いますが、ハヤト様の腕なら同じものを作れるのでは？　奪い返すよりもはるかに楽だと思いますが」

ハヤトは自身でも同じことを考えた。無理に取り返さなくても、同じものを作ってやればいい。だが、その考えはハヤトの中ですでに否定している。

おそらくネイは認めない。前に皆で作ったあの剣じゃなきゃ嫌だ、と言うに決まっているとハヤトは思っている。そしてハヤト自身もネイと同じ考えだ。たとえデータ上完全に同じものを作ったとしても意味はない。あの剣でなくてはいけないのだ。

「それじゃ癪ですし、同じものが欲しいんじゃないんです。あれを取り返したいんですよ」

取り返したいのは感情的な理由だ。たとえ難易度が高くてもやらないわけにはいかない。駄目だったときは仕方ないが、何もせずに諦めるわけにはいかないのだ。

レリックは少しだけ驚いた顔をしていたが、すぐに笑顔になる。

「なるほど、エシャが貴方を気に入るのも頷けますね」

「意味が分かりませんが？」

「いえ、こちらの話です。そうですね、お手伝いするのは構いませんよ」

「本当ですか！」

「ええ、本当です。ですが、条件があります」

「条件？　なんでしょうか？　さすがに盗んだ剣をくださいと言われるのは困るのですが」

「そんなことは言いません。そうですね――私は美しい物が好きなのですよ」

「照れますね」

「エシャ、貴方のことを言っているわけではありません。人ではなく宝石や装飾品のことを言っているのです。ハヤト様、貴方は生産系スキルが高いとのこと。私の心を奪うような装飾品を作れますか？　それを用意することができるならお手伝いいたしましょう」

その言葉を聞き、ハヤトの職人魂に火が付いた。そんなことを言われて引き下がれるわけがない。

「ええ、用意しましょう。レリックさんの心を奪う装飾品を用意してみせます」

ハヤトとレリックの視線がぶつかる。

これはセンスを問われた戦い。ハヤトに戦う力はない。だが、自称職人としてこういった戦いで負けるわけにはいかないのだ。

ハヤトはそう考えてどんな装飾品を用意するべきかと、これまでに作ったことのある作品を思い出していた。


バトラーギルドでレリックと面会を果たしたハヤトとエシャは、現在の拠点であるレンガの砦まで戻ってきていた。この後、アッシュの妹に会う予定になっているからだ。

ハヤトはその妹こそが今回の作戦の鍵を握ると思っている。

武器を奪い返すには色々な手順が必要になる。その手順で重要なのが相手の装備を強制的に解除させることだ。これができなければ、そもそも武器を奪うことができない。対人戦で相手から盗めるものはアイテムバッグの中にあるものだけ、というゲームの仕様があるからだ。

武具には装備条件というものが存在する。それはステータスで筋力や器用さを表すＳＴＲとＤＥＸの値で決まることが多い。その値が装備毎に決められた数値以上ないと装備ができないのだ。もしなんらかの理由でステータスが下がった場合、装備条件を満たすことができず、装備が外れアイテムバッグに戻ることになる。

これを意図的に引き起こすことをゲーム内では装備の強制解除といい、弱体魔法を好んで使うプレイヤーの戦術の一つになっている。

この装備の強制解除を行った上で、武器を窃盗スキルにより奪うところまでがハヤトの作戦だ。

ここで問題になるのが奪われた剣、《エクスカリバー・レプリカ》の装備条件だ。これはＳＴＲが60以上あれば装備できる。つまり、相手のＳＴＲを59まで下げなくては装備の強制解除はできない。そして相手はほぼ間違いなく戦士系のプレイヤー。そのＳＴＲはどう考えても１００なのだ。

ハヤトの知っている弱体魔法の効果は最大でも二割減らすだけ。そして同じ弱体効果は重複しない。相手のＳＴＲが１００なら80までしか落とせないのだ。

そこで鍵となるのがアッシュの妹だ。

ドラゴンの呪いというバッドステータスの効果は自分とその周囲の敵味方関係なくステータスを半分にするという話だった。ハヤトが作った最高品質のエリクサーによりその呪いは治ったが、《ドラゴンカース》というスイッチ型のパッシブスキルを覚えたというアッシュの言葉をハヤトは覚えていた。

もし、ステータスを半分にできるというスキルなら、ＳＴＲが１００であっても50になり、《エクスカリバー・レプリカ》の装備条件を満たせなくなる。ハヤトはそこに目をつけた。

（本当にそんなことができるのかどうかが分からないな。ステータスを半分、自分や味方を巻き込むとはいっても破格の性能だ。他のプレイヤーが真似できないなら、それはチートと言ってもいい

だろう。相手の装備をほとんど外せるってことだからな)

プレイヤーの強さを決める一番の要素はスキル構成だという人は多い。だが、二番目に来るのが装備というのはほぼ全員の意見だろう。特に武器がない場合、素手での戦いを強要されるため、格闘スキルを持たなければ碌《ろく》にダメージをあたえることができなくなる。

もともと素手によるダメージは低いのだが、格闘スキルが上がると素手によるウェポンスキルが使える。いざというときのために格闘スキルを習得するプレイヤーもいるが、かなり少数派といえる。

(アッシュの妹さんが俺の期待するスキルを持っていることを祈るしかないな)

ハヤトはそう考えて、アッシュ達が来るのを待った。

午後二時、アッシュ達が拠点へやってきた。

ハヤト、エシャ、アッシュ、そしてアッシュの妹の四人が砦の中にある食堂で顔を合わせる。

アッシュの妹の名前はレン・ブランドル。

見た目は十代半ば、アッシュと同じ金髪碧眼。膝《ひざ》のあたりまであるストレートの髪型で、服装は黒のローブを身に着けている。アッシュから妹は呪術師と話を聞いていたハヤトだが、典型的な魔法使いのイメージに思えた。

(これがアッシュの妹さんか。幼い感じはするけど、将来は美人さんになりそうな顔立ちだな。NPCが歳をとるかどうかは知らないけど。それにこの子もドラゴンなんだよな。アッシュと同じよ

うにドラゴンに変身してブレスが吐けるのだろうか）

ハヤトはそんなことを思いながらレンを見る。そしてレンは笑顔でハヤトを見つめ返した。

「ハヤトさんのおかげで元気になりました。本当にありがとうございます」

「元気になってよかったね。でも、お礼ならアッシュや傭兵団にしたほうがいいかな。俺はエリクサーを作っただけで、材料を揃えてくれたのはアッシュ達だからね」

「もちろん感謝しています。でも、なんといってもエリクサーは作るのが大変ですからね。一番に感謝しないといけないのはハヤトさんですよ」

丁寧にお礼をされてハヤトはまんざらでもない気分だった。自分の作った物で誰かが喜んでくれる、ハヤトは生産職をしていてこれが一番嬉しい瞬間だと思っている。

それにレンに関しては現時点で好感度が高い。第一印象でしかないが、レンがまともに見えたからだ。ハヤトの周りにいる女性は何かと個性的だ。本人に言うことはないが、はっきり言って疲れる。

「ご主人様、なぜ私を見て溜息をついたのかご説明いただけますか。千文字以上で」

「言いたいことがたくさんあることは分かってくれてるんだ？　まとめるから三日くらい待ってくれる？　超大作にするって約束する」

（とはいえ、こういうやり取りをするのも悪くはないよな。気を使わなくていいのはありがたい……そもそもＮＰＣに気を使うってどうなんだ？）

ハヤトはそんなことを考えたが、そろそろ本題に入ろうと考えた。まだクラン戦争まで期間があるが、やらなくてはいけないことが多い。それにもし、レンのスキルで対応できなければ、別の手を考えないといけないのだ。

「えっと、呼び方はレンちゃん、でいいかな？」

「はい、構いません。傭兵団の皆からもそう言われていますから」

「私は今後エシャ様でお願いします」

「このみかんを食べてていいからちょっと黙ってて。それでレンちゃん、アッシュから聞いたんだけど、《ドラゴンカース》とかいうスイッチ型パッシブスキルを覚えたって聞いたんだ。その効果を教えてくれないかな？」

　スイッチ型パッシブスキルというのは、パッシブスキル、つまり常時発動型スキルを任意で別の効果に切り替えられるスキルだ。

　剣術スキルを上げると覚えられる《構え》のパッシブスキルは、攻の型、守の型のどちらかの効果を得られるスイッチ型パッシブスキルだ。攻の型は攻撃を10％、守の型は防御力を10％それぞれ増やすことができるが、効果はどちらかしか得られない。それを状況に応じて切り替えられるのだ。剣士系のプレイヤーはこれを上手く使い分けるのが必須と言われている。

「《ドラゴンカース》はステータスを半分にする効果ですね。ただ、以前の呪いのように味方を巻き込んだり、全部のステータスを下げたりするわけじゃなくて、ＳＴＲ、ＤＥＸ、ＭＡＧのいずれかから下げるステータスを任意で選べるようになりました。それと対象は一人だけです」

「任意で一つ、それに一人だけということだね？　ＳＴＲを一人だけ半分下げられるならそれで十分だ」

ハヤトは光明が見えた気がした。これなら《エクスカリバー・レプリカ》の装備を強制解除できるからだ。

「アッシュ、レンちゃんを次のクラン戦争に参加させてもいいかな？　どうしてもお願いしたいんだが」

「その気がなければそもそもここまで連れてくるわけがないだろう？　だが、一応、レンに聞いてくれ。その、俺が勝手に色々決めると、後で怒られるから」

ハヤトは怒られたことがあるんだなと思いつつ、レンの方へ視線を動かした。

「レンちゃん、次のクラン戦争に参加してもらいたいんだけど、了承してもらえるかな？」

「はい、もちろん構いません。兄さんから大体の話は聞いています。助けてもらった恩を返しますよ！」

レンが胸元で両手にそれぞれ握りこぶしをつくり、ふんすふんすと鼻息を荒くしている。

「ありがとう。よし、あとは――」

執事のレリックの心を奪う程の装飾品を用意すればいい、そう思ったところで、レンが右手をちょこんと上げた。

「レンちゃん、何か質問かな？」

「あ、あの、ハヤトさんは色々な生産系スキルを極めているんですよね？」

「まあ、そうだね。料理に鍛冶に木工に製薬、裁縫や細工もスキルは１００あるよ。かなり苦労したといえるね」

「な、なら、ハヤトさんに五寸釘《ごすんくぎ》を作ってもらってもいいですか……？」

「ごす……？　えっと？」

「あ、もちろん、材料はこちらで用意します。今回のクラン戦争に参加する条件でもありません。愛用の五寸釘が壊れたので新しい装備が必要だなって思っていたところでして。あ、あの、も、もしよろしければ、ワラ人形もお願いしたいのですが……」

レンは頬を染めて控えめに言ってはいるが、言っている内容にハヤトは混乱する。

「ごめん、材料を知らないんだけど。というか五寸釘って装備品なの？　呪殺系魔法のチャージアイテムとかじゃなくて？」

「ご存じなかったんですね？　なら、作り方と材料の内容をお渡しします」

レンは紙に何かを書き、それをハヤトに渡す。なんとなく受け取りたくはなかったが、そういうわけにもいかず、ハヤトは受け取った。

（五寸釘は鍛冶スキル、ワラ人形は細工スキルで作るのか。でも、ワラ人形の作り方って。もし現実で五寸釘とワラ人形の作り方を渡されたら恐怖以外の何物でもない）

「五寸釘ならオリハルコンが最適だと助言します。ミスリルだと呪いダメージの持続時間が増えませんから」

「エシャさん、よく知ってますね！　実は私もオリハルコンの五寸釘が一番いいと思ってるんですよ！　アダマンタイトだと物理攻撃力が上がるだけで意味がないんですよね！」

「あ、うん、それは良い情報だね。なんでエシャが知ってるのか不思議だけど。使ったことがあるの？」

「使ったことはありませんが、メイドの嗜《たしな》みです。おやつをあまりくれないご主人様に出会ってしまったときの対策と言っておきます」

「……今日のおやつは星五のチョコレートパフェを用意しよう。もちろんレンちゃんにも」

エシャとレンが二人同時に両手をあげてガッツポーズをする。

ハヤトはやれやれと思いつつも、チョコレートパフェの作成を始めるのだった。


執事のレリック、アッシュの妹であるレン、この二人に出会ってから一週間が経った。

そしてハヤトはその間、ずっと頭を悩ませている。

それはレリックに手伝って貰う条件の『心を奪う装飾品』をどれにするか迷っているからだ。

通常のゲームであれば、それっぽいアイテムを多く用意して、一つ一つ渡せばいい。渡して駄目なら別のアイテムを渡す、つまり正解が出るまで何度でも試せばいいのだ。

だが、今回の場合は相手が高性能なＡＩだ。間違ったアイテムを渡した時点でそもそもの約束がご破算になる可能性が高い。そしてハヤトの職人的なプライドが何回も渡すという行為を良しとしない。

ハヤトが考えているのは当然一撃必殺。一回の提供で相手の望む物を用意する。

次のクラン戦争を控えているので、本来であればそんなことをしている場合ではないのだが、前回のクラン戦争で余ったアイテムなどがあり、少しだけ余裕はある。

そのため、ハヤトはこの一週間、渡すアイテムを吟味《ぎんみ》していたのだ。

(単純に高価な物ということではないだろう。性能がいいとか、特別な効果があるとか、そういうのではない。そもそもレリックさんは美しい物が好きだと言っていた。たとえなんの効果がなくても美しいならいいはず。でも、その美しさの基準がな……一応、細工スキルを上げるときに一通りのアイテムは作ったことがある。あの中から思い出して作るしかない。しかし、生産系スキルのスキル上げは地獄だった。正直、思い出したくないな)

ハヤトの言う地獄。それはスキルを100にするのが過酷だということだ。

基本的にスキルは何度も使うことで値が上がる。剣術スキルを上げたければ剣で戦う、魔法スキルを上げたければ魔法を使う。使うことでスキル上昇の判定が行われ、判定に成功すればスキルが上がる仕組みだ。

ただ、どのスキルも90以降はその判定が厳しくなる。上昇する確率は0.1%以下と言われ、千回スキルを使用して上がるか上がらないか程度だ。またそれ以外でもスキル上昇には難易度の判定があり、スキルの値に見合った難易度での挑戦が必要になる。

戦闘系スキルはまだ楽な方と言えるだろう。確率は低いが戦闘を繰り返せばスキルは自然と上がる。0.1%以下の確率だとしても、モンスターと戦っているだけでいいのだ。もちろん、弱いモンスターと戦っているだけでは難易度のチェックに引っかかり、全く上がらなくなるが。

そして生産系スキルは何かを作り出すことでスキルが上がる。モンスターと戦う必要はないが、材料を集めて何度も作らないといけない。材料の少ない物を何度も作るならそれほど手間ではない。だが、材料の少ない物は難易度が低く、一定の値までしかスキルが上がらないのだ。そのため、スキルの値に合わせたアイテムを作り出さなくてはいけない。

スキル90以降はそれが厳しくなる。スキルに見合ったアイテムは材料が多く、さらに手に入りにくいのだ。材料が多い、もしくはレアな材料を集める時点でお金がかかり、そもそもの上昇率が低い。生産系スキルを100まで上げるには相当な手間とお金がかかると言えるだろう。

ハヤトの場合は、クランメンバーが材料を集めてきてくれたのでそれほどお金はかかっていないが、それでも相当苦労した。

(材料の値段は高いし、作った物が材料の値段以上で買ってもらえるわけじゃない。それに作成に失敗したら材料そのものが失われる。赤字なんてもんじゃない。ソロじゃ絶対に無理だよな)

ハヤトが生産系スキルを手放さないのもこれが少なからず影響している。全スキルの合計は100が上限。その中でやりくりしなくてはいけない。苦しい思いをして上げた生産系スキルを戦闘系スキルに変更することはできないのだ。

(まあ、辛かったのは過去のことだ。今はそのおかげでモンスターと戦わずともお金が稼げるし、強いNPCを仲間にできている。レリックさんの課題もしっかりクリアして、次のクラン戦争で活躍してもらおう)

ハヤトはそう考えて、どんな物を作るか候補を絞っていった。

「ご主人様、まだ悩んでいるんですか？　片っ端から作った物を渡せばいいんですよ。どれか当たりますって」

　砦の二階にあるハヤトの部屋にエシャがノックもせずに入ってきた。

「これはセンスを問われた戦いなの。一つだけ渡してレリックさんに納得してもらいたいんだよ」

「面倒な性格をしてますね。剣を奪い返すことが目的なんですから、そんなこと言っている場合じゃないでしょうに」

「それはそうなんだけどね……そうだ、この中ならどれが一番美しいと思う？」

　ハヤトはテーブルの上にいくつかの候補を置いた。それなりに要求スキルの高い物だ。

「よくこんな高性能の物を作れましたね、材料的な意味で……ああ、ネイさん達ですか」

　作るための材料は元黒龍のクランメンバー、ネイ達から提供されている。材料があってもなぜか上手く作れないからハヤトにすべて渡すと言って持ってきたのだ。しかも今後は定期的に材料になりそうなものを持ってくることになっている。代わりにあとで自分達の装備を作ってくれとも言われているが、ハヤトはその提案を快く引き受けた。

「材料を女の子に貢がせるなんて……それは悪ではなく、ヒモと言うのです。もしくは外道」

「間違ってないけど、言い方を考えてくれない？」

　そんなやり取りをしながらも、エシャはテーブルの上の物を手に取って眺めた。一つ一つ吟味しているが、その反応は良くない。

「どれも美しくないですね。まず食べられない時点でダメです」

「エシャに聞いた俺が馬鹿だった」

「冗談です。でも、実はこれらを見て思い出したことがありまして」

エシャの思い出した話とは、レリックの盗賊時代のことだった。

レリックは盗賊時代、予告状をだしてアイテムを盗み出していたが、その傾向をエシャは覚えていたのだ。

「シンプルなものか」

「小さな指輪とかブレスレットが多かった気がします。レリックが盗みに入った屋敷にはそれなりにお高い物があったらしいですけど、そういう物には目もくれない感じだったとか。それに、わざわざ魔法で警報が鳴る感じのケースから盗んだみたいですよ。ケースに入っていない物なんかもあったのに、そっちは手をつけなかったと聞いたことがあります」

「もしかしてこういう物だったりする？　なんの変哲もないただの指輪なんだけど、一応星五なんの効果もなく、ステータスも上昇しない。本当にただの指輪だ。だが、これは材料にかなりレアな物が使われており、スキルを１００まで上げられるほど難易度が高いアイテムなのだ。

「綺麗だなとは思いますが、私には分かりませんね。そもそも、なんで効果のない指輪を持っているんです？　効果がついていない指輪なんてなんの役にも立たないと思いますが。しかも食べられない」

「そうなんだけどね。これって細工スキルが１００になったときにちょうど出来た物なんだよ。だから記念にとってあるんだ」

ハヤトはこれを見るたびに細工スキルが１００になったときのうれしさを思い出す。たとえなんの役に立たなくても売ったり捨てたりはできないのだ。

「ああ、記念品ということですか」

「とはいえ、これは渡せないな。同じものを星五になるまで作るか。よし、エシャの情報に賭けるよ」

「そうですか。まあ成功したら言葉じゃなくて食べ物でお礼してください。まんじゅう怖い。あと熱いお茶も怖い」

「たまにはブレてくれてもいいんだけどね？　まあいいや、それじゃ作業に入るから、また後で――」

「ああ、そうそう、ここへ来た理由を思い出しました。これをお返しします」

エシャがハヤトに渡したのは、開けると毒針が飛ぶ罠が発動する箱だった。ハヤトが木工スキルを上げるときに作った箱だ。特に記念品ではない。

「なんで開けたの？」

「そこに美味しい物が隠してあるかと思いまして。毒消しポーションをください。そろそろＨＰが危ないので」

「毒状態なのに、ここへ来た理由を忘れちゃったのかー」

ハヤトはエシャに呆れながら毒消しポーションを渡した。その後、星五の指輪を作り、バトラーギルドへ向かったのだった。


ハヤトはバトラーギルドでレリックを呼び出すと、先日と同じ応接室へ通された。

数分後、レリックが応接室に現れる。

「ハヤト様。お待たせして申し訳ありません」

「いえいえ、無理を言ってお願いしているのはこちらですから。今日は約束の物をお持ちしました」

「実はこの一週間、楽しみにしていたのですよ。どんなものを用意してくれたのか、さっそく見せていただいても？」

「はい、こちらです」

ハヤトはシンプルな指輪を手の平にのせ、レリックに見せた。レリックは「拝見します」といって、その指輪を手に取り眺める。

（レリックさん、モノクルまで取り出して真剣だな。物自体は星五だけど、どうだろうか）

指輪を眺めていたレリックは、その指輪をハヤトに返した。

「私の好みを的確に捉えた見事な品です」

「それなら――」

「ですが、心を奪われるほどではない。良い物ではありますが、盗みたいとは思いませんね。この指輪は不合格です。そうそう、何度もチャレンジしてくださって構いませんよ。次を楽しみにしておりますね」

（ダメだったか。でも、盗みたい？　盗みたいと思わせろってことだよな？　そういえば、エシャがなにか言っていた気がする――そうだ、ケースに入っていない物は盗らなかったと言っていた。つまり簡単には盗めない状態にしろってことか？　なら――）

ハヤトは記念の指輪を毒針の罠が作動する箱に入れた。それをレリックに渡す。

「自分にとって記念となる指輪を罠のある箱の中に入れました。これならどうですか？　レリックさんなら盗みたくなるのでは？」

レリックは少し驚いた顔をしたが、すぐに笑顔になる。

「素晴らしい。正解を出せなくても手伝おうとは思っていたのですが、こんなに早く正解を見つけるとは。そう、何かに守られた大切な物ほど私の心を奪うものはありません。今日のヒントからあと何度か掛かると思ったのですが、お見事です、ハヤト様」

「いやいや、偶然ですよ。では、今度のクラン戦争の件、お願いしてもよろしいですね？」

「はい、もちろんでございます。必ずや剣を盗んでみせましょう」

ハヤトとレリックは固い握手を交わした。

（エシャは答えを知っていたんだろう。帰って最高品質のまんじゅうとお茶を用意してやらないとな）

ハヤトはそんなことを考えながら、バトラーギルドを後にした。

## 八　殲滅の女神

レリックの課題をクリアした翌日、ハヤトがしたことは味方の戦力確認だった。

剣を取り戻す準備は整った。だが、もう一つ考えなくてはいけないことがある。それはクラン戦争で《殲滅の女神》に勝てるかどうかだ。

たとえ剣を取り戻したとしても、クラン戦争に負けてしまえば拠点を奪われることになる。それでは意味がない。剣を取り戻し、拠点も無事であることがハヤトの勝利条件なのだ。

クラン《殲滅の女神》はAランク。前回戦った初心者狩りのクランとは比べ物にならないほどの強さを持っているとハヤトは考えている。

スパイがいたという状況ではあったが、《殲滅の女神》は《黒龍》に完全勝利した。ネイの《エクスカリバー・レプリカ》がなかったとはいえ、異様ともいえる結果だ。

何かしらの理由がある可能性はあるが、まずは味方の戦力を調べる必要があるとハヤトは考えた。エシャ、アッシュ、それに傭兵団員に関しては大体把握している。ほとんど知らないのが、アッシュの妹であるレン、それに窃盗スキルは100あるが戦闘力があるかどうか分からないレリックだ。

そのこともあり、アッシュ達傭兵団がモンスターを退治にいく狩場へ一緒についていくことにした。レンがどれくらい強いのかを見るためだ。また、《ドラゴンカース》の詳細な情報も確認したいという気持ちがハヤトにはあった。なお、レリックについてはエシャが戦えますよと言っていたので後回しにしている。

（相手チームのことは気になるけど、それよりもまずは味方だ。上位クランでの戦いは相手の戦術を対処するよりも、味方の戦術を相手に対処させるほうが勝てるって聞いたことがある。つまり、戦術を押し付けたほうが勝つ。基本的な戦術はアッシュに任せるけど、いざというときのために色々勉強しておかないと……なんか、軍師っぽいポジションで格好いいし）

ハヤトはそんなことを考えながら、アッシュ達と狩場へ移動した。

アッシュ達が主としている狩場は、《ボボダの山》と言われる多数のドラゴンがいる場所だ。

この場所はプレイヤーもよく狩場にしている。ドラゴンの素材は高価な物が多い。もし、ドラゴンを狩れるほどの戦力があるなら、まず間違いなくここを狩場にするだろう。

とはいえ、ここには厄介なモンスターがいる。二時間おきにレアなドラゴンが出現するのだ。このドラゴンはすさまじい強さを誇り、数人のパーティではまず勝てない。つまりこのドラゴンが出た場合は、狩場を撤退しないといけないのだ。一時間ほど経てば、そのドラゴンはどこかへ行ってしまうので、いなくなるまで狩りをしないのがプレイヤー達の暗黙の了解になっている。

「レアなドラゴンってアッシュのことじゃないよな？」

「俺が人間を襲うわけないだろう。あれは強硬派のドラゴンだ。暴龍アグレスベリオン。親父の右腕と言われる奴で――」

「あ、そういうのはいいから」

「……そうか？　ここからがいいところなんだぞ？　ちょっとくらい聞かないか？　冥龍と雷龍の戦いとか――」

「兄さんの話は長いから聞かないほうがいいですよ。そんなことよりも呪いの話をしましょう！　ハヤトさんが好きな呪いの人形ってなんですか⁉　やっぱり髪が伸びるタイプですか⁉」

「……首がぐるぐる回るタイプ……かな？」

「やっぱりハヤトさんは分かってるぅー！」

（分かりたくない）

そう思いながらハヤトはレンを見る。

レンは見た目が普通で普段から礼儀正しいのだが、呪いの話になるとテンションが上がるというか、かなり饒舌《じょうぜつ》になるのだ。

（まさかレンちゃんがここまで呪いについて狂気的だとは思わなかった。五寸釘やワラ人形を用意したときもかなりのテンションだったからなぁ）

ハヤトが作り出した《オリハルコンの五寸釘》と《ワラ人形・呪》を渡したとき、レンは叫び声を上げげた。《オリハルコンの五寸釘》には特別な効果がついたのだが、それがレンの琴線《きんせん》に触れたのだ。右手に五寸釘、左手にワラ人形を装備して両手でそれを天に掲げて涙を流していたときは、何かのバグが発生したのだろうかとハヤトは思ったほどだ。

詳しい話を聞くと、その特別な効果がレンのコレクションを有効に活用できるからだった。これからの狩りでそれを試せるのが、レンのテンションを上げているのだろうとハヤトは推測する。

「えっと、呪いのことはよく分からないけど、頑張ってね」

「はい、頑張ります！　ハヤトさんには私が格好いいところを見せますから！　バリバリ呪いますよ！」

「あ、うん。そこから俺の意識とは違うけど、まず呪うのって格好いいの？」

そんな話をしながら、ハヤト達は狩りの準備を進めるのだった。

数十分後、ハヤトは驚いていた。

アッシュ達がドラゴンを狩るスピードが異様に早いのだ。

一番の理由はアッシュが持つ剣の性能だろう。《ドラゴンイーター》と呼ばれる剣は、ドラゴンに対して五倍のダメージをあたえるというあり得ない性能を持っている。それで攻撃されたドラゴンは一撃で相当なダメージを受けていた。

次の理由としては、レンの呪詛魔法だ。本人の《ドラゴンカース》というスキルは今回初めての運用ということもあってあまり効果的に使っているとは言えない。だが、呪詛魔法は違う。呪詛という定期的にダメージを与える魔法があるのだが、そのダメージがえげつない。みるみるドラゴンのHPを奪っていくのだ。

「ハヤトさんに作ってもらった五寸釘は最高ですね！　ものすごく呪詛のダメージが高くなりました！　うひひひ……」

「……頑張った甲斐があったよ。でも、ダメージが高いのは俺のおかげじゃなくて、レンちゃんのコレクションが理由じゃないかな。なんかこう全身が禍々《まがまが》しい装備になっているけど、さっきのうひひってそのせい？　――あ、違う？　それは素なんだ？」

ハヤトはレンのために五寸釘を作った。エシャの助言通りにオリハルコンで作った五寸釘だ。

物が物だけにあまり作りたくはなかったが、それはそれとして職人であるハヤトは星五を目指した。そして出来たのが、現在レンの持っている《オリハルコンの五寸釘》だ。

性能は普通の物とそれほど変わらないが、一つだけ特別な効果がついた。それは『呪われた装備

を付けるほど呪詛の威力が上昇する』だった。

呪われた装備というのは、メリットとデメリットが共存しているタイプの装備だ。デメリットが大きいほどメリットが大きいのが特徴で、デメリットが酷い場合は普通の装備のメリットを遥かにしのぐ。プレイヤーによってはそういった装備を使っているほどだ。

レンはその呪われた装備の収集家だった。

レンはハヤトが作った五寸釘を見て、今までため込んだコレクションをここぞとばかりに装備した。これまではただのコレクションであったが、その五寸釘により実用性が出たからだ。その結果、呪詛のダメージが跳ね上がっている。

ただ、その呪われた装備のせいで、レンのステータスは魔力を示すＭＡＧ以外はすべて減少してしまい最低。ＨＰも同様に最低な上に、徐々にＭＰが減るという状態だった。このＭＰが減る状態はチョコレートパフェの回復効果で相殺《そうさい》している。

呪われた装備と《オリハルコンの五寸釘》の運用も今回が初めてではあったが、上手く立ち回れるのを確認してレンは大変ご満悦だった。

（このゲームはバランス重視よりも火力を上げたほうがいいと言われている。確かに特化構成にしたほうが強そうだ。それにソロでやるわけじゃない。仲間と一緒なんだから特化したこと以外ができなくてもなんの問題もないよな）

ハヤトはそんなことを考えながら、アッシュ達の戦いを眺めていた。

「そろそろ嫌な奴が来るから狩場から撤退するか」

三十体目のドラゴンを倒した後、アッシュがそんなことを言いだした。

「さっき言ってた暴龍って奴のことか？」

「その通りだ。このメンバーじゃ倒すのは無理だろう。俺がドラゴンになって倒してもいいんだが、アイツを完全には消滅させることはできないから戦うだけ無駄だ」

（よくは知らないが、そういう設定なんだろうな。その龍も倒せることは倒せるはずだし……二時間後にまた出現するから、それを完全には消滅させられないって言っているんだろう）

「それに今日はなぜか戦利品が多い。アイテムバッグの中もいっぱいだから拠点に戻って分けよう」

「戦利品が多いのは俺の解体知識スキルが影響していると思うぞ」

「ハヤトは生産系スキル以外のスキルも持っていたのか？」

「生産系スキルは七個だけだし、残りは知識系スキルを持ってるよ。一部の生産系スキルの補助スキルだし、上げないわけにはいかないかな」

ハヤトの持つ解体知識スキルは料理スキルの補助スキルとして使われる。すべての料理に影響があるわけではなく、主に魚系料理を作るときの成功率に影響するという性能を持っているのだ。また、それ以外にもモンスターの落とすアイテムの数を増やす、レアなアイテムを落としやすくなる、などの効果もある。どちらかといえば、後者の性能をメインとして使うスキルだ。

「これから狩りに来るときは、ハヤトを連れてきた方がいいかもしれないな。体感でこれだけ変わるのだから相当な効果なのだろう」

「時間があるときなら構わないぞ。クラン戦争が近くなると準備で忙しくなるから無理だけど。ただ、全く戦力にならないことはちゃんと理解してほしい」

「戦力にならないのは別に問題ない。代わりに料理や薬、武具の耐久を全く気にしなくていいというメリットがある。休憩せずに戦えるからむしろ効率はいつもより良かったと思うぞ」

ハヤトは戦えない分、生産系スキルを活用することで色々な物を作っていた。それが連戦を可能としていたのだ。

「そう言ってもらえるとありがたいよ。それじゃ、帰ろうか」

ハヤトがそう言ったところで、レンが手を上げた。

「ハヤトさん、料理の効果が切れました。MPが切れて動けません。チョコレートパフェをお願いします」

「もう帰るからMPを減らしていく呪いの装備を外したら？　……え？　察して？　ああ、そういう理由にしたいだけなのね。それじゃこれ。今日はここまでだよ」

ハヤトはこれからチョコレートパフェの作り置きがたくさん必要になるなと思いながら、《転移の指輪》を使い、全員で拠点へテレポートした。


クラン戦争までちょうど一週間となった。

ハヤトの提案通り《殲滅の女神》は、ベッティングマッチに乗ってきた。そのマッチングが今日、正式に認められたのだ。運営からこの戦いに八百長はないと判断されたということである。

（しかし、向こうは本当にナイフ一本を賭けるだけだったな。まあ、俺から言ったんだけど。負けるとは思っていないだろうが、余計なリスクを背負うこともないと思っているのだろう。小心者と見るか、慎重と見るか、それともこれ自体が挑発か――そんなことが分かったところで意味はないんだけど）

戦いたい相手と戦えることになった。対策も考えてある。ここまでは順調だが、ハヤトには最後の問題があった。

（問題はあのクロードって人が剣を装備してくるかどうかなんだよな。性能を考えたらまず間違いなく装備してくるとは思うんだが、こっちの狙いに気づいて持ってこないという可能性もある。でも、今までのプレイヤーが使えるスキルでは絶対に盗まれることがない状態だし、たとえ慎重な性格だったとしても大丈夫だとは思うんだが）

基本的にＳＴＲを下げる呪詛魔法は二割が上限と言われている。なので、装備の強制解除の対策として装備条件がＳＴＲ81以上の装備は付けないというものがあった。他にも対策はあるが、主にこの対策をするプレイヤーが多い。これならどんな状態でも強制解除できないからだ。

奪い返す予定の剣、《エクスカリバー・レプリカ》の装備条件はＳＴＲ60以上。今までのプレイヤーが持っている知識であれば絶対に盗めない安全圏にある武器だと言えるだろう。

（レンちゃんが《ドラゴンカース》というあり得ない効果のスキルを持っていることは誰にも知られていないはず。なら、たとえ慎重な相手だったとしても装備してくる……と思いたい。それにあの剣を対人戦で試せる最初のクラン戦争だ。そして相手は格下。装備してくる可能性は高いはずだ）

《エクスカリバー・レプリカ》は対人戦用の武器と言える。その効果は『相手の防御力を無視する』だ。基本ダメージは低く設定されているものの、相手の防御力を完全に無視する性能はプレイヤーのHPが最大であっても割合的に一割弱ほどを簡単に削ってしまう。もともと防御力の低い魔法使い系のプレイヤーには効果が低いが、戦士系のプレイヤーには脅威だと言えるだろう。

そんな武器の試し斬り。上位クラン相手に初めて使うよりは、格下相手に試すはずだとハヤトは考えている。

（どれだけ考えてももうどうしようもないか。あとはもう運を天に任せよう。次は敵の戦力や戦術を確認するか）

ハヤトはそう思い、拠点の砦を出て、王都のある施設へ向かった。

ハヤトが目指したのはクラン関係の申請ができる施設だ。

目的は申請ではない。ここではクラン戦争の結果を見ることができるのだが、それともう一つ、クラン戦争の動画を見ることができるのだ。ハヤトの目的はそれだった。

とはいえ、動画が公開されているのは上位クランの対決のみで、運営がピックアップしたものだけだ。戦っているプレイヤーの装備などは見た目しか分からないが、主に戦術を研究するために観覧するプレイヤーが多い。

ピックアップされた動画は過去のクラン戦争を含めすべて残されている。ハヤトは《殲滅の女神》が戦っている動画がないか探しに来たのだ。

掲示板のメニューから過去の動画を漁り、目的の動画を探す。

（ピックアップの基準がよく分からないけど、いい試合をしたものが選ばれているのかね。そういえば、《黒龍》は一度もピックアップされなかったな）

そんなことを考えながら検索していくとハヤトは目的の動画を見つけた。さっそく動画を再生して確認を始めるのだった。

動画を見終わってハヤトは考える。

（なるほど、《殲滅の女神》というのは、あの白いドレスを着た女性のことを指しているのか。もともとはあの女性が立ち上げたクランだったのかな？）

ハヤトはそんなことを考えながら拠点の砦へ向かって歩いていた。

クラン《殲滅の女神》の戦術は、主にあの女性の攻撃によるものだった。それは魔法《メテオスウォーム》を連発するという戦術だ。

《メテオスウォーム》とは敵陣にランダムで隕石《いんせき》を落とす魔法でそれは十秒間続く。難点を言えば、発動までに時間がかかることと、ＭＰの消費が激しいこと、そして魔法を使うプレイヤーが相手の陣内にいないと使えないこと、の三つだろう。

もしソロで使うなら、はっきり言って実用性はない。発動するまでに余裕で倒せるからだ。だが、その魔法を使った一人を多くの味方が発動まで守り切れば、かなりの攻撃手段となる。隕石は三発当たれば瀕死《ひんし》、四発当たれば確殺というレベルだからだ。

クラン戦争でその魔法をしのぐには、攻撃範囲外の敵陣へ行くか、砦に立てこもるしかないだろう。砦からフィールドへの攻撃は可能だが、フィールドから砦内への攻撃はできない仕様となっている。砦の中は魔法の攻撃範囲外。一切ダメージは受けない。

そんな魔法を連発するドレスの女性を動画で確認したが、ハヤトの見立てでは発動までの時間を短縮させる装備を身に着けていると思えた。本来発動まで五分はかかる魔法が、それよりも早く発動していたからだ。

（魔法の威力は上げずに、連発を目的とした装備だと思う。初っ端からそれをやられたら、砦まで戻れないプレイヤーはすぐに瀕死だろう。下手したらそれでやられる。それに砦に立て籠ったとしても相手を攻撃できないなら総ダメージ数で負けだ。一か八かで飛び出るしかない。そこを迎え撃たれて終わりか。ネイなら間違いなく全員で玉砕アタックか）

クラン戦争ではお互いにプレイヤーが倒れず、クランストーンも壊れていない場合は、お互いが与えたダメージ量で勝敗が決まる。ダメージ量の総数が多い方が勝ちだ。たとえ《メテオスウォーム》で相手を倒せなくてもダメージは高い。そして砦から外に出さないように魔法を連発すれば勝てるという寸法だ。

（こっちにはエシャがいるから砦からの攻撃は可能だ。たしか、《メテオスウォーム》は相手の陣でないと使えないはず。ならエシャの射程範囲だろう。でも、どう考えても防御されるよな。あのモヒカンがおそらく盾役。ドレスの女性に向けられた遠距離攻撃を防ぐわけだ）

動画ではドレスの女性を守るようにモヒカンと数人のプレイヤーが立っていた。魔法を止めに来るプレイヤーの攻撃を邪魔するために配置されているのだろうとハヤトは考える。

（そしてクロードは砦のクランストーンを守る役目か。ドレスの女性を無視して砦へ向かってきたプレイヤーの邪魔をするんだろうな。敵陣まで通り抜けられるのは数人だろうし、通り抜けてもほぼ瀕死。なら独りでも勝てるというわけか。エリクサーとかあればまた別なんだろうけど、砦へ向かおうとしている敵がいて、モヒカン達がそのままでいるわけがない、クロードを助けに行くだろうし）

クロードの動きを見た限り、砦の中で防衛する形ではなく、自陣のフィールドに出て相手の動きに合わせて邪魔をする動きだった。モヒカン達もそれに合わせて微妙に行動を変えている。基本の戦術はそのままで臨機応変に対応しているのだ。

（さすがはAランク。なかなか隙がないね。それにこっちは色々条件がある。ただ勝つだけならいいんだけど、そうもいかないんだよな）

開幕、アッシュのブレスならドレスの女性を倒せる可能性はある。だが、もし先に《メテオスウォーム》が発動してしまったら、ドラゴンとなって体が大きくなっているアッシュは隕石に当たる可能性が増え、生き残れない。それにもしドラゴンブレスが先に発動したとしてもクロードを巻き込んで倒してしまったら意味がない。クロードには剣を奪うまで生きていてもらわないといけないのだ。

そして窃盗スキルは邪魔をするプレイヤーがいると失敗する可能性が高い。欲を言えば、クロード一人の状態で窃盗スキルを使わせたいのだ。

（レリックさんの戦闘力を聞いた限りでは格闘スキルが１００だ。素手による攻撃には様々な状態変化を起こさせるスキルがあるけど攻撃力は低い。《ドラゴンカース》によって装備の強制解除をされたクロード一人ならともかく、周囲に敵がいるとまずいだろう）

格闘スキルは素手や蹴りによる攻撃なので武器のダメージに比べると遥かに低い。だが、その技は多様だ。

相手の攻撃を一度だけ完全に無効化する《白刃取り》や、一時的に行動不能にする《ローキック》、料理による効果を一時的に打ち消す《ストマックブレイク》などがある。とはいえ、どの攻撃も相手を倒すというより補助的な技だ。

同じ素手のクロードなら圧倒できる可能性はあるが、周囲に武器を持った敵がいるなら危険だとハヤトは考えている。

（Aランクのクラン相手に条件が多すぎる。俺がやると言っちゃったから仕方ないんだけど……ちょっとみんなに相談してみるか）

ハヤトは皆に拠点へ集まるように連絡した。

拠点に集まった全員にハヤトは自分の考えを説明する。だが、全員が上の空というか、気になっていることがあるようだった。

「えっと、みんなどうかした？　俺の考えは今の通りだけど、何か気になることがあるの？　というか、なんでみんなエシャを見てるのかな？」

ハヤトは情報共有として知っている情報を全部伝えた。そしてどう戦えばいいかを聞いてみたのだが、なぜか全員がソワソワして話を聞いていないのだ。

緊張に耐えられないのか、それとも年長者という立場からだったのか、執事のレリックが「よろしいでしょうか」と声をかけてきた。

「もちろん。何か問題があったかな?」

「いえ、問題があったわけではないのですが――いえ、問題ですかね。確認したいのですが、相手クランの名前は《殲滅の女神》で間違いないでしょうか?」

「そうだね。あれ? 言ってなかったっけ?」

「私は初めて聞きましたが皆さんも同じですか?」

レリックの質問にエシャ以外が頷いた。

「ああ、エシャには言ってたっけ? 準備で忙しかったから誰に言って誰に言ってないかよく覚えてないんだよ」

「いえ、私も初めて聞きました。そうですか、相手のクラン名は《殲滅の女神》ですか。さすがはご主人様。そういう大事な話をこの時点で言ってくるとは」

「何かあるの?」

「恥ずかしながら、このエシャ・クラウン、以前、《殲滅の女神》という二つ名で呼ばれておりました。個人的にはタダの女神だけで良かったのですが」

「おう……え? 殲滅はともかく女神?」

「その疑問的な言い方は私に対する宣戦布告ですか？　いまここで《殲滅の女神》と言われた私の力を見せてもいいのですが？　マジでデストロる」

「すみませんでした」

「謝罪は受け取りましょう。相手のクランがどの程度なのかは知りませんが、クラン戦争でその名前を受け継げるかどうか試してみます。受け継げるほどなら私はその二つ名を二度と名乗らず、タダの女神と名乗ります。女神エシャ・クラウン、良い響きです」

「女神を自称する気？　まあ、やる気になってくれたのはいいけど、頼むから剣を取り戻すまで殲滅はしないでね」

ややや不安を覚えたものの、ハヤトは皆と一緒に作戦を考えるのだった。

# 九　クラン戦争二

クラン戦争当日、時間三十分前になったと同時にハヤト達はバトルフィールドの砦へ転送された。砦の中には、メイドのエシャ、ドラゴンのアッシュとレン、それに執事のレリック、そして五人の傭兵団員、そしてハヤトが集まっていた。

ハヤトはバトルフィールドの情報を確認する。

フィールドは昼間の晴天で遮蔽物《しゃへいぶつ》のない草原。とくにおかしなギミックもなく、お互いに戦いやすい状態と言えるだろう。

（こっちがFランクだからそれに影響されたのかな。簡単なフィールドで良かった……それは相手も同じだから別に良くはないのか。それはともかく、戦いが平日の午後二時って。俺は無職だからいいけど、相手は大丈夫なのか？　まあ、月末に休むことをフロンティア休暇とか言うくらいになっているから大丈夫だとは思うけど……よく考えたらクロードが来ないなんてことがあるのか？　Aランクなんだからそれはないよな？）

《アナザー・フロンティア・オンライン》は有名なゲームで、そのヴァーチャルリアリティのリアルさにより、知らない人がいないという程になっている。賞金が出る戦いがあることも知られており、ネット上では月末に社会人が休暇を取ることをフロンティア休暇と言っている。

ハヤトがそんな心配をしていると、その相手クランから音声チャットの申請が来ていた。

クラン戦争中は相手クランと音声チャットができる仕様だ。どちらかが申請し、相手が許可を出せばそれが可能になる。言葉による惑わしや嘘の作戦、いわゆる精神的な揺さぶりにも使えるので、利用者は少ない方だが、ランキングの高いクランほど利用している。

ハヤトとしてはあまりメリットがないと思いつつも、嫌なら途中で拒否すればいいので、リーダー間のみのチャットだけを許可した。

「こんにちは、ハヤトさん」

「そっちはクロードさんだよね、こんにちは」

とりあえず第一段階はクリア、ハヤトはそう考えた。あとは剣を装備しておいてくれよ、と祈る。

「まずは感謝を伝えようと思いましてね。ありがとうございます。私達にタダで拠点をくれるなんてどう感謝を伝えていいか分からないほどです」

いきなりの挑発。だが、ここで何か返さないと精神的に負ける。ハヤトはそう考えて挑発を返した。

「気にしないでいいよ。でも、感謝なら簡単かな。負けてくれればいい。ああ、でも、そんなことしたら八百長扱いになってお互い負けになるのかな？　仕方ないね、弱い者いじめは嫌いだけど今回は普通に戦わせてもらうよ」

「……ははは、ハヤトさんは面白いですね。私達に勝てると？」

「負ける要素がないかな。それにそっちも勝てると思ってないでしょ？　賭けてきたのが本当にナイフ一本だしね。自信があったらもっといい物を賭けるよね」

「それはハヤトさんからの提案でしたから。それにナイフがお好きなのかと思いましてね。まあ、もし勝てたらコレクションに加えてください」

「俺の提案はなんでも聞いてくれるんだ？　なら、今回の戦いで善戦してくれるかな？　簡単に決着が付いたら八百長と思われちゃうからね」

（俺って性格が悪いな。でも、スパイ行為で剣を盗むだけじゃなく、詐欺まがいの行為で拠点まで奪おうとしたんだ。システム上可能な行為なんだろうけど、尊敬できるような行為じゃないし許せん）

ハヤトはそう考えながら、クロードの回答を待った。

「口調は丁寧ですけど、ずいぶんとお怒りですね。ランキングが欲しいというよりも、単なるリベンジですか？」

「そうだね、古巣のことだったとはいえ、剣を奪われて、拠点まで奪われそうになった。ちょっと怒ってるかな」

「なるほど。ですが、ハヤトさん、貴方はその盗まれた剣で拠点まで奪われるかもしれませんよ？　そうなったら滑稽《こっけい》じゃないですかね？」

「盗んだ剣を装備していると？」

「もちろんです。これほどの剣はそうない。ＨＰの多いモンスター相手には不向きですが、ＨＰの上限をそこまで伸ばせないプレイヤーが相手となれば話は違います。ランキングの上位を目指せるほどの剣ですよ」

ハヤトはこれで条件がそろったとクロードの言葉に喜んだ。

取り返す予定の剣を装備しているのが分かったからだ。あとは取り返せばいい。実際に目にはしていないが、まず間違いないだろうとハヤトは右こぶしをぐっと握りこんだ。だが、喜びを悟られないように極めて冷静に言葉を返す。

「それは俺が作った剣だから褒め言葉と受け取っておくよ——ええと、チャットはこのままにしておくのかな？　戦いの前に切るかい？」

「いえ、こちらからは繋いでおきますよ。切りたければどうぞ」

ハヤトは悩んだが、相手の情報が得られると思い、繋げたままにすることにした。大半は嘘の情報である可能性はあるが、最初からすべて嘘だと思っておけばある程度問題ないだろうと考えた。

「いや、こちらも繋げたままにするよ。それじゃ、お互い正々堂々頑張ろう」

「それには少し同意しかねますね」

「というと？」

「スパイを送り込むことはできませんでしたが、ハヤトさんの仲間を買収したとだけ言っておきましょう。クラン戦争は戦う前から色々と始まってます。お気をつけて」

ＮＰＣを買収したのか、とハヤトは心の中で笑ったが、裏切る可能性はあるかもしれないな、と考えを改める。そしてこちらからも本当か嘘か分からない情報を紛れ込ませようと考えた。

「忠告ありがとう。ならこっちも情報を教えるけど、その剣、アイテム欄には表示されない特殊な効果があるから、扱いには気を付けたほうがいいよ」

「……信じられませんね」

「お好きに。でも、忠告はしたからね」

クロードは剣をすでにクラン戦争に持ち込んだ。この状態なら装備しているか自分のアイテムバッグに入れるかしか存在できなくなる。いまさらどうしようもない状態なら剣について揺さぶりをかけても問題ないだろうとハヤトは考えたのだ。多少でも迷いがでれば十分な効果だろう。

これで一旦クロードとのチャットを打ち切る。

そして砦にいる全員の顔を見た。

「今回の戦いは勝つだけじゃなくて、剣を取り返すという条件がある。正直、かなりの負担を掛けてしまうけど、どうか協力してほしい」

ハヤトがそう言うと、アッシュは首を縦に振った。

「仲間の大事な剣なのだろう？　なら取り返そうとするのは当然だ。それに条件が厳しいほど燃えるじゃないか。腕が鳴るというものだ」

「その通りですな。私もクラン戦争に参加することは何度もありましたが、盗みの技術を買われたのは初めてでございます。必ずやその期待に応え、目的の剣を奪ってみせましょう」

「わ、私も張り切って呪います！」

そして傭兵団のメンバーも頑張ると言った。だが、エシャだけは黙っている。

「えっと、エシャはまだ納得してないのかな？」

「いえ、そんなことはありませんよ。ご主人様のそういう考えは嫌いではありません。甘ちゃんだとは思いますが」

「甘ちゃん……それじゃ、何か考えごと？」

「今日はメロンジュースを何本飲めるかな、と。あとバケツプリンも用意してくださったんですよね？」

「お願いされたから作っておいたけど、本当に食べるの？」

「もちろんです――レン様、どこへ行く気ですか？　クラン倉庫に入っている料理は全部私の物ですよ？」

「いや、みんなのだから。ああそうだ、向こうのリーダーに誰かを買収したって言われたんだけど、誰か心当たりはある？」

NPCだって裏切る可能性はある。だが、ハヤトはここにいる全員を信じていた。NPCにリラックスという状態があるのかは分からないが、冗談で場を和《なご》ませようという考えでそう言ったのだ。

冗談ではあったが、エシャに視線が集まる。

エシャはニヤリと笑った。

「やれやれ、ばれてしまいましたか。ご主人様、裏切られたくなかったら、これから毎日超エクレアをください。品質は星三以上」

「言っておくけど、このクラン戦争で負けたら、拠点とお金を奪われるからエシャを来月から雇えなくなるよ？」

「……死ぬ気で頑張ります。仕事もせずにメイドギルドで待機しているのは視線が痛いので。あと、近くに転職雑誌を置かれるのがつらい」

（なんでメイドをやってるんだろう？）

そんな疑問を思いつつも、ハヤトは全員と作戦の確認を行った。

この一週間、クラン戦争で使う料理や薬を用意しながら、アッシュ達と何度も作戦を考えた。

結局、クロードを最初に倒してはいけないということから、相手の状況に合わせて戦うしかないという結果になってしまった。

本来であれば、敵陣近くに味方を配置して、開幕に《メテオスウォーム》を撃たせないようにするか、瞬殺の戦術によるクランストーン狙いが対処としては一番いいだろう。だが、クロードから剣を取り戻す都合上、それができないのだ。

必然的にクロード以外を一人一人倒していくことになる。なので、最初は全員で砦に立てこもり、エシャが砦から攻撃するという作戦になった。

つまりエシャが《メテオスウォーム》を放つドレスの女性を倒せるかが重要になる。

「エシャ、いくら食べても飲んでもいいから、必ずドレスの女性を倒してくれ。できれば短時間で」

「バケツプリンを食べ、メロンジュースをがぶ飲みできる私は無敵と言えるでしょう。《殲滅の女神》と言われた我が妙技《みょうぎ》、ご主人様にお見せいたします」

「頼もしいね。よろしく頼むよ。それじゃ、屋上へ行こう」

全員が頷いてから砦の屋上へ移動する。

そして屋上へ着いたと同時にクラン戦争が開始された。

開始と同時に敵陣に配置されたメンバーが可視化される。ハヤトが調べておいた通り、ドレスの女性をガードするように八人のプレイヤーがゆっくりと進行してきた。そしてその一団の後方にいるのがクロードだ。

ハヤトはクロードへ視線を向ける。現実なら見える距離ではないが、これはゲーム。視点を拡大することで、クロードの武器を確認した。

(ちゃんと装備しているようだな)

クロードの腰にある剣を確認して、ハヤトは安堵した。言葉で聞いてはいても見るまでは安心できなかったのだ。

「ハヤトさん、砦に閉じこもってどうしたんですか？　八百長だと思われたくないので出てきてくださいよ」

クロードからの音声チャットが届く。明らかに挑発しているが、そんな挑発に乗るハヤトではない。

「悪いね。《メテオスウォーム》が怖いからここでしばらく待機するよ。隕石が降る日は外に出るなってよく言われているから覚えておいたほうがいいよ」

そんな話をしている間にドレスの女性はハヤト達の陣に入ってきた。そしてすぐに魔法を使い始める。

相手がフィールドにいようがいまいが関係はない。この戦術は相手を砦の中に釘付けにすることが重要なのだ。当然相手がフィールドに一切出てこなければダメージを与えられず最終的には引き分けになるが、それならそれでやり方を変えるだけのこと。クロード達が数人で直接砦に乗り込むという方法に変わるのだ。個人の戦闘力に自信のあるクロード達だからこそできる戦い方だろう。

ハヤトは魔法が使われたと同時に時間を数え始めた。エシャでなんとかならなかった場合にはアッシュ達に突撃してもらうしかない。魔法の発動時間を確認して、安全な時間がどれくらいなのかを調べるためだ。

「長いですね。もうやっていいですか?」

「時間を計ってるからちょっと待って」

エシャの言葉を遮り、時間を計る。そして魔法の行使から三分、《メテオスウォーム》が発動し、空から直径十メートル程度の火の玉がハヤト達の陣に降り注いだ。

(動画で見たときの時間よりも早い。俺が見たのは数回前のクラン戦争だったから、それ以降に発動時間を短縮する装備をさらに身に着けたか。面倒だな。それに《メテオスウォーム》の魔法は威力もそうだが、見た目が怖い。痛みがないのは分かっていても、間近で見たら恐怖で体がすくみ動けなくなる。ヴァーチャルリアリティってこういう部分でも影響があるよな。派手な魔法ほど当たりやすいっていうのは間違いじゃない）

現実ではないと分かっていても、リアルな物を見たらそれなりの状態になる。派手、もしくは巨大なエフェクトを持つ魔法は相手をすくませる効果もあるのだ。

《メテオスウォーム》の魔法が終わったと同時に、ドレスの女性は何かしらの飲み物を口にして、また魔法を使い始めた。

（これ以上、魔法の発動時間を短くする装備はないと思うが、念のためもう二、三発撃たせるか？突撃の振りをして揺さぶりをかけるのもアリだな。それに魔法を使わせることでＭＰ回復の飲み物を使わせることができる。もしかしたらクラン戦争中にＭＰ切れを狙える可能性もあるか？）

ハヤトが色々と考えを巡らせていると、いきなりエシャが目の前に現れた。

「うお！」

「ご主人様、そろそろ攻撃してもよろしいでしょうか？　何もしていないのでメロンジュースを飲みづらいのです。あと早くバケツプリンを食べたい」

「目的と手段がちょっと——いや、かなり間違っていると思うけど。いや、そうだね。相手の防御がどんな感じなのか確認しておきたいかな。うん、攻撃をよろしく」

「かしこまりました」

エシャは砦の屋上にある手すりまで近寄り、左足を手すりにかける。そして《ベルゼーブ66

6・ECカスタム》を取り出した。

（エシャの《クリティカルショット》。前回のクラン戦争では一撃で相手を倒した。でも、あれは防御力が全くなかったからだろう。ドレスの女性も防御力は低そうだが、周囲のプレイヤーは重装備で防御力が高そうだ。技の名前のとおり致命的なダメージを与えられるだろうか？　射程範囲は自陣全体のようだが、基本的に遠距離攻撃は相手と離れるほどダメージが減る。向こうはギリギリの位置にいるし、下手したらダメージなしってことも考えられるな）

そんなことを考えていたハヤトだったが、ふと、おかしなことに気づく。なぜかアッシュ達がエシャから離れたのだ。

「あれ？　みんな、なにしてるの？」

「ハヤト、そこにいると危ないぞ。ダメージはないと思うが」

「危ない？」

「《デストロイ》」

ハヤトが言葉を言ったと同時に、エシャも言葉を発した。その瞬間、ベルゼーブの銃口から相手に向かって、大きさの異なる魔法陣が十個並ぶ。

「え？　なにあれ？」

ハヤトが以前見た《クリティカルショット》は魔法陣が一つだった。それがなぜか複数あることにハヤトは異様な不安を覚える。

次の瞬間、大砲の発射音と言ってもいいほどの音が聞こえ、弾らしきものが発射された。その反動でエシャの持つ銃の銃口が上に跳ね上がる。そしてエシャ自身もその反動で後ろへ滑るように後退した。ハヤトもそのときの衝撃で少しだけ吹き飛ばされた。

銃から放たれた弾らしきものは、並んでいた魔法陣を突き破り、一直線にドレスの女性へ向かう。そして数秒とかからずに、盾役のモヒカンとドレスの女性を撃ち抜いた。

二人は悲鳴を上げる間もなく、光の粒子となって消える。当然、敵はパニックになっていた。

エシャはそれを確認した後、アッシュのほうを見た。

「ではアッシュ様、残りはよろしく頼みます。私はこれからおやつタイムなので」

そしてエシャはアッシュの返答を聞くこともなくバケツプリンを食べ始めた。

「よし、それじゃ俺達はフィールドに出て残りを一掃するぞ。ただし、クロードには手を出さないようにしろ。アイツは俺が相手をする。レンとレリックは後から来てくれ。二人はクロードが一人になってからだ」

「うん、呪うのは最後だから、それまで我慢するよ。そして活躍したら私もデザートを食べる！」

「かしこまりました。アッシュ様達もご武運を」

アッシュ達が話を進めている間に、ようやくハヤトは放心状態から回復した。

「うぉい！　ちょっと待て！　あれなんだ⁉　二人とも貫いたぞ！」

ハヤトの言葉に全員が一瞬だけ止まる。だが、アッシュは「説明は任せた」と言い、団員を連れて屋上からいなくなってしまった。

「え？　おかしいよね？　重装備の相手を貫いて、さらには普通にドレスの女性も倒したんだけど？」

このゲームの常識ならハヤトの驚きは大げさではない。重装備をしている相手を一撃で仕留めるなど、防御力無視の《エクスカリバー・レプリカ》でも不可能なのだ。しかも遠距離攻撃。アッシュのドラゴンブレスも似たようなものだが、こんなことが可能なら絶対に運営に文句を言うレベルだ。

「ハヤト様、落ち着いてください。あれはエシャの《デストロイ》というウェポンスキルです。効果は全ＭＰを消費して直線上の相手を倒す、ですね。当たれば確殺という攻撃ですが、クールタイムが長いのが玉に瑕《きず》でしょう。時間制限のあるクラン戦争では二回が限度と言ったところでしょうか」

「むしろあれが二回も使えるっておかしいよね？　おかしいって言ってくれる？　大体、確殺って言葉が出てくること自体がおかしくない？」

ハヤトはレリックにすがるような顔をした。今まで考えていた作戦がなんだったのかという程の威力なのだ。しかも、自分以外は知っていたように思える。そんなものがあるなら最初から言っておいてほしかったとハヤトは思った。

「ハ、ハヤトさん！　あ、あれはなんですか！　い、一体、どんな攻撃を！」

「ちょっと黙って。いま、それどころじゃないから」

ハヤトはクロードからのチャットを雑に扱う。実際にそれどころじゃないのだ。接続を切ることはなかったが、ミュート状態にしてクロードの声が聞こえないようにする。そして改めてレリックのほうを見た。

レリックは柔和な笑顔でハヤトの方を見る。

「これが《殲滅の女神》と言われたエシャの技なのですよ。砦の屋上から面倒な相手を確殺する。エシャの射程範囲内で発動まで時間のかかる魔法を使うなど、倒してくれと言っているようなものです」

「俺を含めて誰もがそんなこと知るかって言いそうだけどね。でも、みんなは知ってたわけ？　なんで黙ってたの？　一応このクランのリーダーなんだけど、そう思ってるのは俺だけ？」

「エシャから秘密にするように言われまして。それは良くないと言ったのですが、言ったら使わないと脅されたのです。おそらくハヤト様を驚かせたかったのかと」

ハヤトはぐるりと首を動かし、エシャを見る。

エシャはモグモグと口を動かしていたが、ゴクンと飲み込んだ後、ハンカチで口を拭いた。そしてキリッとした顔になり、ハヤトの方へ左手を出して親指を立てる。

「ご主人様の驚く顔が見たくて口止めしました。あと、この一週間、色々な作戦を考えながら苦悩するご主人様を眺めてゾクゾクしておりました。お恥ずかしい限りです」

「よし、来月は別の仕事を探せ」

「そんな殺生な！　役に立ちます！　役に立ちますから！　なんならもう一発撃ちますから！　それに私をクビにしたら、今度はドジっ子メイドを送り込みますよ！　私のあらゆる権限を使って！」

「そっちの方がマシに思える――はぁ、まあ、もういいよ。おかげでやりやすくなったとは思うから。それじゃ、今度はアッシュ達を援護してくれる？　バケツプリンのおかげでＭＰは徐々に回復してるよね？　え、全然足りない？　メロンジュースを飲みたくて嘘ついてない？」

そんなことはないと言い張るエシャはアイテムバッグからメロンジュースを取り出して美味しそうに飲み始めた。

ハヤトはやれやれと思いつつも心境は複雑だった。

（規格外なのは知っていたけど、これって大丈夫かね。また運営にメールしておかないとな。バランス調整に失敗しているレベルじゃなくてバグだよ。一般的に、明らかにバグなのを分かっていて使うのは処罰対象になることが多いから、《デストロイ》という技は運営の回答があるまでは封印だ）

ハヤトがそんなことを考えている間に、フィールド上ではアッシュ達の戦いが始まっていた。

クロード率いるクランはたとえ《メテオスウォーム》による攻撃がなくても強い。あの戦術だけでAランクになれるほど簡単ではないのだ。だが、戦闘に関しては素人のハヤトから見てもクロード達は明らかに動きが悪かった。

ハヤトは横でメロンジュースを飲んでいるエシャをちらりと見る。

（相手からしたらエシャの攻撃がいつ飛んでくるか分からないからな。それにかなりのインパクトだったはず。冷静になれない分、普段の半分の力も出せていないんじゃないか？　《メテオスウォーム》と同じで派手なエフェクトは人をすくませる。一度あれを見たら、こっちが気になって戦いどころじゃないよな）

見た目はアッシュのドラゴンブレスに劣るが、その威力と音に関してはほぼ互角。当たったらやられる、そう思わせる見た目で、まさにその通りの威力なのだ。気にするなと言う方が無理だろう。

本来なら射程範囲外に逃げるのが得策だが、それすら頭が回っていないのか、クロード達はいまだにハヤト達の陣内で戦っていた。

そんな状態でアッシュ達に勝てるわけがない。

「アッシュ様達はお強いですな。六対八、それに相手の一人は倒すことはできず、さらに防御力無視の剣を持っているというのに、かなり押しているようです」

レリックが感心したようにそう言うと、レンがちょっとだけ得意げな顔になった。ハヤトはそれを見てちょっと和む。

ハヤトはアッシュの方へ視線を送る。どうやらクロードと一騎打ちをしているようだった。

「アッシュは物理無効の効果がある鎧を着ているからね。任意発動の一時的な効果だけど、あれならクロードの攻撃を防げる。効果が切れた後は再使用まで時間があるから厳しいだろうけど」

《エクスカリバー・レプリカ》は相手の防御力を無視するが、その攻撃属性は単純な物理攻撃だ。防御力が無視された状態だったとしても、物理無効の効果でダメージはない。一分という短い時間しか使えないが、それでも効果的だろう。

「物理無効もありますが、あれほど大量の最高品質ポーションを持っているのです。飲みながら戦えば負けることはないでしょうな。あれほどの量を用意するハヤト様にはかなり驚きましたが」

「そういうのが好きなんだよね」

ハヤトは圧倒的な物量差で戦うのが好きだ。というよりも生産系スキル構成で戦おうとすればそれしかない。良い物を惜しげもなく使うのがハヤトのプレイスタイルだと言える。アイテムは使ってこそだ。

そして前回に引き続き今回も大量に用意した最高品質のポーションは自ら作った《エクスカリバー・レプリカ》の対策ともいえる。

防御力無視の効果と武器の攻撃力により、大体十回かそこらの攻撃を受けるとプレイヤーは倒れる計算になっている。料理により攻撃力を上げていても、ほぼ同じ程度だろう。

アッシュは人型だと普通のプレイヤーと同じだけのＨＰしかないので、受けられる攻撃の回数は同じだ。ポーションなどでＨＰを回復させようにも、普通、連続での使用ができないのでいつかは負ける。

だが、最高品質のポーションはクールタイムがない。つまり飲み続けられるのだ。ポーションの回復量はＨＰの三割程度だが、三回攻撃される間には飲める。また、今回アッシュはスイーツ系の食べ物を食べているので徐々にＨＰが回復している。ポーションが無くならない限り負けることはないだろう。

「さて、それでは私も援護射撃をしましょうか——ご主人様はなんでそんな目で私を見るのでしょうか？　ちょっとだけゾクゾクします」

「なんか変な技を隠してない？　また俺を驚かせようとしてる気がする」

「変な技とは心外な。ご安心ください。私の使える技は《クリティカルショット》と《デストロイ》の二つだけです。それにもう驚かそうとは思ってません。先ほどご主人様のいい顔が見られましたので。私のベストメモリーの中でも上位とだけ言っておきます」

（強いんだけど解雇したい。今度メイドギルドにクレームを入れようかな）

ハヤトがそんなことを考えている間に、エシャは遠距離攻撃による援護を始めた。

アッシュ達は人数的には負けていたものの、相手の混乱やエシャの援護射撃により、かなり優位な状態で戦えている。

数分後、一人、また一人と相手プレイヤーが光の粒子となって消えていった。

「さて、そろそろ出番ですな。今から向かえばちょうど良い塩梅《あんばい》でしょう。レン様、準備はよろしいですか？」

「大丈夫です！　ばっちり呪いますよ！　うひひひ……」

「頼もしいですな。では、行ってまいります、ハヤト様」

「行ってきます！　上手くいったらバケツプリンをお願いします！」

「ああ、用意するよ。それじゃ気を付けて」

二人はハヤトに見送られて砦を出ていった。そして砦の屋上にはハヤトとエシャだけが残る。

「あ、クロード以外のプレイヤーがいなくなったね。あとはレンちゃんとレリックさんの仕事だけか。まあ、大丈夫かな――エシャ、もうメロンジュースは飲まなくていいよ。攻撃する必要はないし」

「いえ、これはいざというときのためにです。何かあったときにはご主人様を守らないと。戦いが終わるまではいつだって全力」

「嘘くさい」

そんな会話をしていると、アッシュと戦っているクロードの近くにレンとレリックが近づいた。

逃げてももう無理だと思っているのか、クロードは砦の方へ向かわずにフィールド上で戦っている。

そしてレンがクロードの十メートル前まで移動すると、クロードに黒いモヤのようなものがまとわりつく。これはレンの《ドラゴンカース》が効果を発動している合図だった。

だが、ハヤトは様子がおかしいと思い始める。いまだにクロードは武器を手放さずに戦っているのだ。

「ハヤト様、問題が起きました」

レリックからクラン内のメンバーで共有されるチャット音声が届く。

「ここからでも見えるからなんとなく分かるよ。武器がアイテムバッグに戻らないみたいだね？」

「はい、防具に関しては強制解除できたようですが、武器はそのままです。いかがいたしますか？」

「ちょっと待って、考えてみる」

ハヤトはどうするべきか考え始めた。

（防具が外れている以上、ＳＴＲが下がっているのは間違いない。見た限りアダマンタイトの鎧だから、なんの効果もなければ装備条件はＳＴＲ80のはず。つまり、79以下にはなっているはずだ。だが、武器の解除には至らなかった。あれは俺が作った剣だ。装備条件を間違えるわけがない。絶対にＳＴＲ60以上が装備条件だ。ならクロードはＳＴＲが半分にされてもＳＴＲが60以上あるということか？　つまりＳＴＲ１２０以上？　確かに装備の効果でＳＴＲの底上げはできる。だが、その防具は外れた。剣以外は装備していないのにＳＴＲ１２０以上ってなんだ？）

クラン戦争の終了時刻まではまだかなりある。だが、時間があっても剣の強制解除ができないのなら意味はない。ハヤトは焦った。

（音声チャットでクロードと話すか？　話をすれば理由が分かるかもしれない）

ハヤトがミュートにしていたクロードとのチャット音声を戻そうとしたとき、エシャが近寄ってきた。

「ご主人様、口直しに別の料理を食べてもいいですか？　甘いものを食べすぎたので肉料理が食べたいです」

「……あの、エシャ、もう少し空気を読んでもらっていいかな？」

「そんな高等スキルは持っておりません」

「高等スキルなんだ？　ああ、もう、好きに食べていいよ。肉料理ならクラン倉庫に――あ」

「ではさっそく倉庫へ行ってきますね」

エシャはスタスタと歩き、砦の屋上からいなくなった。

（アドバイスするなら普通に言えばいいのに。照れ隠しみたいなものかね？　まあいい、レリックさんに連絡だ）

「レリックさん、確か格闘スキルに料理効果を一時的に無効化できる技があったよね？」

「《ストマックブレイク》ですな。確かにありますが――ああ、なるほど。料理効果でＳＴＲが上がっているのですね？」

「たぶん。やる価値はあると思う。お願いできるかな？」

「もちろんでございます」

上位クラン御用達のドラゴンステーキにSTRを上げる効果はない。だが、他の肉料理にはマンガ肉のようにSTRを上げる物がある。クロードはそれを食べているとハヤトは判断した。

ハヤトはすぐに屋上からレリックがいる場所を見る。

レリックが左手でクロードの腹部にパンチを繰り出すと、次の瞬間にはクロードの手から武器が消えた。すかさず、レリックは右手の手刀をクロードの胸あたりに突き刺すように放つ。

そして手刀を引き抜いた後で、レリックはニコリと微笑んだ。

「任務完了です。剣を奪い返しました」

「よし！」

ハヤトは右手を強く握りこんでガッツポーズをした。自分の思い描いた状況で勝利を得られたことに喜ぶ。

「ありがとう、レリックさん。それじゃ、アッシュ、クロードにトドメを刺してくれるかい。もう用はないからね」

「お待ちください、ハヤト様」

「レリックさん？　どうかした？」

「クロード様が身に着けていたのはアダマンタイトの防具のようでかなりの価値があると見ました。いかがいたしますか？」

ハヤトはレリックの言葉の意味をすぐには理解できなかった。だが、徐々に何を言っているのか理解する。

（クロードの防具も盗めると言っているのか）

剣と同じように防具もアイテムバッグの中にある。その状態なら盗めるとレリックは言っているのだ。アダマンタイトの防具は防御力だけで考えれば最強だ。オークションなどでもかなりの高値で取引されている。品質までは分かっていないが、星一だったとしても、１００万Ｇはするだろう。

ハヤトはエシャの「甘ちゃん」という言葉が頭をよぎった。ここで見逃すことはエシャの言う、甘ちゃんである行為なのだろうと考える。

数秒後、ハヤトは答えを決めた。

「ランキングを貰うだけで十分だよ。それにそんな鎧なんかよりも俺の方が数倍優れたものを作れるからいらないね。それじゃ、とっととクロードを倒しちゃって」

「フフッ、そうですか。ならハヤト様の希望通りに致しましょう。では、アッシュ様、よろしくお願いします」

「心得た」

アッシュが剣を振るうと、それに当たったクロードは光の粒子となって消えた。

次の瞬間に、ファンファーレが鳴り、紙吹雪が舞った。そして花火が上がる。

（よし、ジャイアントキリングのルールで相手のランキングを奪えた。これでＡランクになったわけだ。剣も取り返したし、完璧な状況だな）

ハヤトがそんなことを考えていると、エシャが串焼きを両手に持って屋上へやってきた。

そのエシャを見てハヤトは笑顔になる。

「エシャのアドバイスで剣を取り返せたよ。ありがとう」

「はて？　私はアドバイスなんてしていませんが？」

「さすがにそれはとぼけすぎでしょ？　レリックさんのときといい、今回も俺が答えを出せるようにアドバイスしてくれたんだろう？」

「何を言っているのか分かりませんね。まあ、そんなことよりも、です」

エシャは真面目な顔になり、ハヤトを見つめた。

「甘ちゃんは治せなかったみたいですね？　せっかく極悪非道のご主人様になれるチャンスでしたのに」

「防具を盗まなかったこと？　そんなチャンスはいらないよ。まあ、甘ちゃんだとは思うけど、ゆるい感じも悪くない。下手に極悪非道なことをして恨みを買っても嫌だしね」

エシャはハヤトの言葉にきょとんとしていたが、数秒後にはかなり長めの溜息をついた。

「そんなことじゃ、いつか酷い目に遭いますよ？　クラン戦争をスポーツマンシップに乗っ取った正々堂々な戦いのように考えていたら、ランキング上位なんてとても目指せません」

「ああ、なんだ。エシャは俺のことを心配してくれてたんだ？　忠義に厚いメイドさんだったんだね」

「……そろそろ《デストロイ》のクールタイムが終わるのですが、最後に撃っていいですか？　安心してください、ＭＰは満タンです」

「一応完全勝利を目指してたから止めてくれるかな？」

まだ文句を言いたそうなエシャとの会話を打ち切り、ハヤトは空を見上げる。

（俺が甘ちゃんでもエシャ達がなんとかしてくれるような気がするんだよね。まあ、この考えも甘ちゃんなんだろうけど、不思議と皆を信頼している自分がいる。相手はＮＰＣ、高性能なＡＩだっていうのにな）

ハヤトは空に舞っている紙吹雪と花火を見ながらそんなことを考えていた。

# 十　メインストーリー

《殲滅の女神》とのクラン戦争が終わった翌日の午後、ハヤトはログハウスへやってきた。元のクランメンバーであるネイ達に剣と拠点を渡すためだ。

ハヤトは午前中にその連絡をした。立場や状況を考えるならネイ達がハヤトのところへやってくるべきだろう。だが、ハヤトはそちらへ行くと連絡したのだ。

理由は簡単。メイドであるエシャの機嫌が悪いからだ。この状態でネイ達を呼ぶと色々と問題がありそうなので、ハヤトの方からログハウスへ行くことにした。

エシャの機嫌が悪い理由はハヤトにもなんとなく察しはついている。剣や拠点を渡すことに不満があるのだろうが、根本的にはハヤトの行動そのものが不満なのだろう。

そんなふうに思えるようになったのは、午前中に執事のレリックと話した内容だ。

「ハヤト様はランキングで上位を目指しているとおっしゃっていますが、はたから見ると必死さが感じられません。駄目なら駄目でも構わないと言った感じです。エシャはそれが気に入らない――いや、心配なのかもしれません。先の戦いも相手は上位クランでしたが、これからはさらに上との戦いが始まる。拠点も剣もこれからのクラン戦争を勝ち抜くために必要になるかもしれないのに、それを簡単に手放そうとしている。そんな甘い考えではこれから生き残れない、勝つためならたとえ仲間でも裏切るくらいの気持ちでいてほしい、そんなふうに思っているのですよ。それがハヤト様に伝わらなくて不機嫌なのでしょうね」

「それならそうと直接言えばいいのに」

「そんなことをするような人物でないことはご存知でしょう？　エシャはツンデレと言えばいいでしょうか。以前のエシャを知っている私としては大変驚きですがね」

「俺はレリックさんからツンデレという言葉が出てくることに驚いたよ。でも、そうか。エシャは俺の必死さが足りないことが気に入らないのか。だからあんなに不機嫌なんだ」

「全然違います。というか、私が近くにいるのに勝手に語らないでくれますか。名誉毀損で訴えますよ。機嫌が悪いのは報酬のケーキがまだ貰えていないからです。ご主人様はすぐにケーキをおこしください。むしろ剣や拠点を返しに行く前に渡すべきだと助言させていただきます」

エシャは否定していたが、ハヤトとしてはレリックの話が正しいと思っている。

確かにエシャはハヤトをからかったり、普段からとぼけた回答をしたりしているが、ここぞというときにはハヤトを助けているのだ。なんとも思っていなければ、そもそも手伝わないだろうし、ハヤトの行動に対して不機嫌になることもない。まず間違いなくエシャは自分を心配しているのだとハヤトは思っていた。

（ＮＰＣに心配されてるってどうなんだろうね。でも、エシャはなんでそこまで必死というか、勝ちにこだわるんだろう？　もちろん俺もお金のために勝ちにはこだわりたいけど……まあ、それは後で考えよう。まずはやることをやってからだ）

ハヤトはそう考えて、以前の拠点であるログハウスへ向かった。


ハヤトがログハウスへ着くと、ネイが出迎えてくれた。

久々に見るログハウスは何も変わっておらず、中にある家具も変化はない。一ヶ月程度しか住んでいなくても懐かしいとハヤトは思った。

ネイに促されてハヤトは椅子に座り、テーブルを挟んで向かい合った。ハヤトは招かれた方だが、ついいつもの癖でコーヒーをネイと自分の前に出した。ネイもそれを気にすることなく、ありがとうとだけ答えた。

ハヤトはコーヒーを少し口に含んでから周囲を見回して、少し気になった。

ログハウスにはネイ以外のメンバーがいないのだ。連絡を入れた時点ではログインしているメンバーが何人かいるはずだったのだが、そのメンバーが誰一人としてここにはいない。

「みんなはどうしたんだ？　いると思ったんだが」

「いや、私にもよく分からん。急に狩場へ行ってくると言って出ていってしまったんだ。ハヤトによろしくと言ってたぞ」

「そうなのか？　もしかして俺って避けられてる？」

「いや、そんなことはないぞ。剣や拠点のことを話したらハヤトに感謝していたし……ああ、もしかしたら、なにか生産の材料になる物を採りに行ったのかもしれないな。ハヤトへのお礼として」

「気を使う必要はないのに。でも、それなら嬉しいけどね」

「喜んでもらえるなら何よりだ……ああ、そうか、なるほどな」

「どうかしたのか？」

「いや、皆がログハウスを出るときに笑顔で――いや、あれはニヤニヤって感じもしたが……まあ、笑いながら、頑張れよ、と言ってくれてな。あれはハヤトへのお礼として、もてなしを頑張れ、という意味だったのかと思ったところだ」

「もてなしなんか気にしなくていいぞ。剣を取り返したのは俺が勝手にやったことだし――そうだ、まずはこれを返そう。本当の所有者が持っていた方がいいだろうからな」

　ハヤトはアイテムバッグに入れていた《エクスカリバー・レプリカ》をネイに渡した。

　ネイはそれを受け取ると、ちょっとだけ涙ぐみながら剣を見つめる。そしてゆっくりと息を吸ってから吐き出す。

「ありがとう、ハヤト。これは皆からの誕生日プレゼントだったからな。どうしても取り返したかった」

「ああ、うん。でもな、たとえ信頼できる仲間でも個人情報は言うなよ？　誕生日くらいなら問題ないんだろうけど、言い出したときはかなりびびったから」

「う、うむ。これを貰ったときに皆にちょっと怒られたから今はそんなことしてない……本当だぞ？」

「まあ、信じてるよ。それはいいとして、その剣は装備して絶対に外すなよ。そうすれば取られないから」

「分かった、これからはちゃんと装備しておく。そうだ、この剣の耐久に関してはハヤトのところで直してもらってもいいか？　もちろんお金を払うから」

「耐久の修復くらいは無料でいいぞ」

「いや、皆で話したんだが、ハヤトに甘えすぎるのはやめようということになってな。何かを頼むならお金やそれに見合うものを用意して取引しようって話になった。それにハヤトはクラン戦争で色々と準備があるだろう？　時間と手間を掛けさせるならそれ相応の対価が必要だって話になったんだ。もちろん、ハヤトが許可をくれたら、という話だが」

「何を遠慮してんだ。俺達は友達だろう？　忙しいときは無理だが、手が空いているときならいくらでもやってやるから」

ハヤトがそう言うと、ネイは笑顔になる。満面の笑みだ。

「ハヤトならそう言ってくれると思ってた。私だけじゃなくてみんなもそう思ってたけどな」

「みんなの俺に対する評価が怖いよ。ネイ以外も誰かに騙されるようなことがないように注意してほしいもんだ。よし、それじゃ次は拠点だな。いま、トレードを――」

ハヤトがそう言いかけたところで、ネイが右手を出した。手のひらをハヤトのほうへ向けるようにして止めるようなポーズだ。

「ハヤト、拠点はそのまま使ってくれ」

「え？」

「ハヤトはAランクになったんだろう？　なら、それなりの拠点が必要だろうし、あれは元々ハヤトが建てた物でもある。私達には不相応なものだから、ハヤトにそのまま使ってほしい」

「……いいのか？」

「もちろんだ。これはみんなからも許可を貰ってる。それにもう一つ事情があってな」

ネイの言う事情。それは拠点にアイテムを買いに来る客のことだった。

以前、ハヤトはあの拠点で自分の作成したアイテムを売っていた。適正価格で売っているし、品質が良い物が多く、品切れも少ない。そしてオーダーメイドというか、客の要望を叶えた装備などを作ってくれたので、それなりのリピーターがいたのだ。

だが、クランからハヤトがいなくなった後、客の要望に応えられなくなった。ある程度は準備できるのだが、それでもハヤトが準備するアイテムの量には追い付かず、ハヤトが残したものが無くなった時点でほとんど客が来なくなってしまったのだ。

「私達のせいで客を逃してしまったのはすまないと思ってる。クラン戦争で忙しいとは思うが、ハヤトならまた盛り返せると思うんだ。だからあの拠点はそのまま使ってくれ。私達はこのログハウスを貰うから——いや、貰うじゃなくて買う、だな。建てたときの値段を言ってほしい。それに家具とかの値段も」

「いや、いいよ。そういうことならここはそのまま使ってくれ。だいたい、俺が抜けたときに貰った金で建てたんだから、このログハウスはクランのものだと言ってもいいんだ。そこまで気を使わなくていいから」

「……そうか。ならありがたく使わせてもらう。でも、何かお礼をしたいんだが――」

「それなら、連絡した通りメインストーリーを教えてほしい」

「確かストーリーに出てくる人物のことを知りたいとか言ってたな?」

「人物だけじゃなくて、歴史とかもかな。俺ってクエストを全然やってないから、そういうのはよく知らなくて」

「それならなんでも聞いてくれ。一応、クラン戦争が始まる前までのクエストならほとんどクリアしているから、大体のことは知ってるぞ」

かなり自信のありそうなネイの顔を見て、ハヤトは少し心配になる。とはいえ、間違った情報を言うことはないだろうと、聞いてみることにした。

ハヤトが主に知りたいのはこのゲームのメインストーリーだ。

このゲームは二年半と少し前から始まっている。ハヤトはこのゲームが始まった当初からやっているが、最初から生産職を目指したので、何かのアイテムを用意するような納品クエストくらいしかしていない。他にも討伐クエストや護衛クエスト、謎解きクエストなどがあるが、ハヤトはそれらを全くやっていなかった。

メインストーリーもそういったクエストの一つに過ぎないのだが、メインストーリーのクエストの場合、クリアするとさらに別のクエストが連鎖するように発生するので、チェインクエストと言われている。

ネイはそのチェインクエストで発生するクエストの内容をハヤトに教えた。

ネイの話では、魔王を信仰する邪悪な教団を倒すという内容で、最終的には教団のトップを倒してハッピーエンドとなる話だった。他にも細かいことを聞いたが、残念ながらハヤトが知りたいような情報はない。

ハヤトは直接確認することにした。

「メインストーリーの中で死龍アッシュ・ブランドルというドラゴンは出るか？」

ハヤトの言葉を聞き、ネイは首を傾げる。そして腕を胸の前で組み、「んんん？」と言った後、ハヤトを見た。

「いや、出ないぞ。そもそもドラゴンなんてクエストに絡んでこない。あの一連のクエストに登場するのは人間だけ。エルフやドワーフすら絡んでこない内容だったはずだ」

「あれ？　そうなのか？　えっと、それならドラゴンが絡むクエストってなにかあるのか？　メインストーリーのクエストでなくてもいいんだけど」

「いや、ないと思う。ドラゴンの牙を納品するクエストがあるくらいで、ドラゴンの名前なんかまったく出てこないはずだ。というか、シリュウなんたらってなんだ？」

「シリュウは死の龍って書いて死龍。アッシュ・ブランドルは名前。ドラゴン達には派閥があって争っているとかなんとか言ってたんだが」

「派閥……？　ああ、もしかしてドラゴンソウルの話か？」

「ドラゴンソウル？　なにかそういうクエストがあるのか？」

「いや、そういうクエストがあるわけじゃない。魔物図鑑に載っている話だ」

魔物図鑑とは、モンスターを倒したときにその情報を得られるというゲームシステムの一つだ。

魔物を倒すことでその魔物の情報がプレイヤーの所有している図鑑に登録され、そのモンスターの設定情報などを知ることができるのだ。全部埋めれば何かあると考えられていて、すべてのモンスターを倒して図鑑を埋めようとするプレイヤーは多い。

ネイの話では、暴龍アグレスベリオンを倒したときに登録された魔物図鑑にそれっぽい話が載っているとのことだった。

この世界には十体の創世龍と呼ばれる龍がいて、ドラゴンソウルという龍の秘宝をめぐりドラゴンの派閥間で争っているという内容だ。暴龍アグレスベリオンはその創世龍の一体であり、世界の始まりからこの世に存在すると言われている。

「その十体の龍だが、まだ全部は判明していないはずだ。分かっているのは暴龍を含めて三体くらいだな。死龍っていうのは初めて聞く。アグレスベリオンがレアモンスターだから、ほかの龍もどこかでレア出現するんじゃないかと言われているんだが……もしかしてハヤトはその龍を見たのか⁉　なるほど、私達に討伐してほしいってことなんだな⁉」

「いや、討伐はやめて。たまたま知ったからどんな龍なのか知りたかっただけだよ……露骨に残念そうな顔をしないでくれ」

ハヤトはネイの戦闘狂っぽいところに相変わらずだなと思いつつ、自前のコーヒーを飲んだ。

（メインストーリーに絡んでくる話じゃないのか。そういうクエストはないと言っているけど、もしかして俺がそのクエストを発生させている可能性があるのかも。とはいえ、そのクエストをやっている暇はないよな。ドラゴンソウルっていうのがレアアイテムですごい性能を持っている可能性はあるけど……とりあえずアッシュ達のことは分かったから、次はクラン戦争のことを聞くか）

ハヤトはコーヒーを飲み干すと、改めてネイのほうを見た。

「それじゃ次はクラン戦争について教えてもらえるか？　メインストーリーにどう絡んでくるんだ？　さっき聞いた話ではよく分からなかったけど」

「いや、クラン戦争はメインストーリーに絡まないぞ。いや、絡まないというか情報としては出てくるけど、ほとんど関係ない」

「もしかして、クラン戦争はそういうゲームシステムがいきなり出来たって話なのか？　なにかこう、クエストやストーリーに関連して開始されたと思っていたんだが」

「いきなり出来たってわけじゃないと思う。ゲーム上の歴史では昔からクラン戦争というのはあったらしいぞ。何年かに一度クラン戦争が行われているらしくて、ＮＰＣの中に前回優勝したクランメンバーがいるって話を聞いたことがある」

ハヤトはエシャの言葉を思い出す。エシャの言葉では三年前のクラン戦争で優勝したという話だった。

「もしかして、エシャ・クラウンという名前か？　レリック・バルパトスでもいいんだけど」

「いや、名前までは知らない。もしかして前回優勝したクランのメンバーに会ったことがあるのか？」

「まあ、ちょっと。会ったというか、知り合いかな」

「おお、すごいな！　勇者クランのメンバーと知り合いなのか！」

ネイの言葉にハヤトは動作を止める。聞き捨てならない言葉が聞こえたからだ。

「いま、何クランって言った？　ちょっとよく聞こえなかったんだが」

「勇者クランと言ったんだが？」

「勇者クラン？」

「実際にそういう名前のクランがあったわけじゃないぞ。ただ、メインストーリーに勇者と魔王という情報が出てくるんだが、その勇者がいたクランが前回のクラン戦争で優勝したって話なんだ――なんで複雑そうな顔をしているんだ？」

「……確認したいんだけど、勇者って女性か？」

「いや、男性だな――なんで今度はそんなに安堵した顔になっているんだ？」

「知り合いが勇者じゃなくて心底安心しただけ。ちなみに、そのクランが魔王を倒したって話なのか？」

「そういう話ではないな。単にクラン戦争で勇者のいたクランと魔王のいたクランが戦って、勇者のクランが勝ったって話だ。その時点では勇者も魔王も自覚がなくて、戦った後で覚醒したとかいう話だったぞ」

「えっと、自覚がないとか、覚醒ってなんの話？　というか、そもそも魔王ってクラン戦争に出られるの？」

「勇者と魔王は常に人間に転生を続けて終わることのない戦いを繰り広げているという設定だ。そして今の勇者と魔王はクラン戦争で初めて顔を合わせて記憶を取り戻し、覚醒してお互いの運命を知ったとかなんとか。邪悪な教団のトップがそんなことを言ってたな」

「なるほどね」

（その設定はどうでもいいんだけど、エシャやレリックさんは勇者と一緒に戦った仲間ってことに驚きだ。あれ？　でも、二人は俺のクランに入ったよな？　ということは勇者のクランはすでに解散しているってことか）

ハヤトはその辺りの情報も含めて色々と確認した。

クラン戦争で負けた魔王はクランメンバーを連れて姿をくらませる。そして勇者はクランを解散してその魔王を追うという内容だった。

これらはメインストーリーのクエストで得られる情報だが、登場人物は姿どころか名前も出てこないという。教団のトップを倒してから、全く進展していないが、今後のバージョンアップで判明するのではないか、というのがネイの意見だった。

ハヤトはそれを頭の中で整理しながら、もう一杯コーヒーを飲んだ。

（メインストーリーってそんな感じなのか。本人達に聞いても答えてくれそうだけど、エシャなんかは言わない気がするんだよな。勇者がいたクランに所属していたなんて一言も言わなかったし……まあいいか、とりあえず情報は得られた。今日はこれくらいにしておこう）

「ありがとう、色々分かったから助かったよ」

「もういいのか？　ほかにも色々な設定を知ってるからなんでも答えられるぞ？　暗黒十騎士とか、不死十傑とか、聖魔十刀とか。おすすめは、黒薔薇十聖だが」

「……なんでそんなに十が多いんだ？　四天王とかいないの？」

「その辺りは良く知らないが、大体の集団はほとんど十人構成だぞ。運営というかシナリオライターが十という数字が好きなんじゃないか？　ただどの集団も名前だけで所属している人物は一切出てこないけどな。たまに見たって話を聞くからどこかにいるとは思うんだが」

「へぇ、でも、その話は後で聞かせてもらうよ。興味はあるんだけど、結構長居しちゃったし。用事があるからもう帰るよ」

「そうなのか。もっとゆっくりしていってほしかったが、クラン戦争の準備もあるだろうから仕方ないな――それじゃ、ハヤト、剣のこと、ありがとう。この恩は絶対に忘れない。何かあれば言ってくれ、最優先でなんでもするぞ！」

「……女の子がなんでもするなんて言うもんじゃないぞ？　大概の男は勘違いするから」

「む？　そういえば、前も怒られたか？　でも、ハヤトなら大丈夫だろう！　だから遠慮せずになんでも言ってくれ！」

ハヤトは少し溜息をついてからネイに別れを告げてログハウスを出た。

（さて、それじゃ、拠点に戻ってエシャにケーキ、レンちゃんにはプリンを作ってあげないとな。しかし、エシャやレリックさんが勇者のクランにいたとか、アッシュやレンちゃんが創世龍であるとか、結構なNPCを引き当てたなぁ）

ハヤトはそんなことを考えてから《転移の指輪》を使い、王都の近くにある拠点へ戻った。

# 十一　吸血鬼

テレポートで拠点に戻ってきたハヤトは入口で不思議なものを見た。ドアの前になにかの粉のようなものがぶちまけられていたのだ。

（なんだこれ？　粉……というか、かなりきめ細やかな灰か？）

とりあえず中に入ろうとハヤトはその灰をまたごうとした。

だが、またごうとした瞬間に灰の中から手が飛び出し、ハヤトの右足を掴む。ハヤトはバランスを崩して倒れてしまった。

「おわ！　な、なんだ!?」

「……た、助けてください……」

うつ伏せに倒れたハヤトは仰向けになりながら自分の足を見る。

何かに躓いたというよりも、明らかに足首を掴まれたという感触だからだ。そしてそれは正確だった。灰の中から手がでており、ハヤトの足首を掴んでいたのだ。

「なんだ⁉　手⁉　モンスター⁉」

ハヤトは混乱する。先に聞こえた声といい、この灰は何かおかしいということは理解しているのだが、気が動転して考えがまとまらなかった。

直後、ハヤトの背後で拠点の入口にある扉が開く。

「うるさいです。おやつ時間を邪魔する奴は誰であろうとデストロ――何をされているんですか、ご主人様。そういえば、拠点のトレードでネイさんのところへ行ったんですよね？　拠点の所有者が変わらないのですが、何か問題でもありましたか？」

「それ以前に俺の足に問題があるよね？」

全く慌てないエシャの言葉で冷静さを取り戻したハヤトはエシャに足元を見るように促す。エシャは灰から手が出てハヤトの足首を掴んでいるのを確認すると少しだけ嫌そうな顔をした。

「倒しきれませんでしたか。それじゃもう一発撃っておきましょう」

エシャはそう言って、銃を取り出した。そして灰から出てきた手に狙いをつける。

「その状態だと俺の足にも当たるよね？　だいたい、これがなんなのか知ってるの？」

「ええ、吸血鬼の成れの果てですね。さっき、ここを訪ねてきたので、銃をぶっぱなしました。どうせ拠点は移るし、灰はそのままでいいかなと放置しておいたのですが」

吸血鬼。ヴァンパイアと呼ばれる人の生き血を吸う人型のモンスターだ。普通の人間よりも強いのだが、弱点も多く、状況によって脅威が変わるので、狩ったり狩られたりしている。

「自分はモンスターじゃないです。クラン管理委員会の者なので助けてください」

「モンスターはみんなそう言うんです」

「いや、よく考えたらモンスターはしゃべらないから。ちゃんと話を聞いてみよう」

エシャはちょっとだけ嫌そうな顔をしたが、銃口を灰の手からどかした。ハヤトはそれを確認してから、灰に向かって話しかける。

「えっと、クラン管理委員会の人なのですか？」

クラン管理委員会についてはハヤトもよくは知らない。クラン関係の申請ができる施設があるが、そこを運営している組織から、更に選任されたメンバーで構成されているとは聞いたことがある。だが、具体的な活動内容はあまり知られていない。

「ここはクラン《ダイダロス》の拠点で間違いないですよね？」

「ええ、そうですけど、何か御用ですか？」

「ご主人様。地面から生えた手に話しかけているのは、とてもシュールです。面倒なので灰を拠点に入れてしまいましょう。太陽が当たらない場所でトマトジュースでも振りかければ復活しますので」

「吸血鬼がトマトジュース好きってネタは古典的すぎない？　でも、それでいいならやってみよう。エシャ、ホウキとチリトリを持ってきてくれる？　灰を集めるから」

「場所を知らないのですが、どこにありますか？」

「……メイドだよね？」

「掃除をしないメイドってギャップ萌えだと思いませんか？」

「マイナス方向へのギャップは萌えないと思うよ……それはともかく、ホウキとチリトリは階段横の物置にあるから持ってきてくれる？　あと、灰を入れる箱もお願い」

ハヤトはエシャが持ってきたホウキとチリトリで灰をかき集め、それを箱に入れた。その箱を拠点の中へ運び、トマトジュースを振りかける。

本当にこれでいいのかと疑問に思ったのもつかの間、灰がみるみるうちに人型になり、そこに貴族風の服を着た男性が現れた。

「いやぁ、助かりました。最後の力を振り絞って足を掴んでよかったです。あのままだったら夜になるまで復活できませんでしたからね」

見た目とは裏腹に軽いノリの吸血鬼。顔の血色が悪く、コームオーバーの髪の毛は薄紫で、二十代前半くらいの男性だ。

「まず、ご挨拶を。ミスト・アーガイルと申します。先ほども言いましたが、クラン管理委員会の者です。吸血鬼ではありますが、魔法の力で死を超越しただけなのでモンスターではなく人間ですよ。なので日光やニンニク、十字架には弱いですが、頑張れば耐えられます」

（吸血鬼なのに人間なのか……魔法で死を超越したということは、死霊魔法のあれか。たしかアンデッドになる魔法があった気がする）

死霊魔法とはゾンビやスケルトンなどのアンデッドを使役する魔法だが、そのスキルを１００にすると自らをアンデッドにする魔法が使えるようになる。

ただし、その場合、特定の方法でしか人間に戻れない。神聖魔法スキル１００で使える解呪の魔法でのみ元に戻れるのだ。

なお、死霊魔法と神聖魔法は相反する魔法として両方を覚えることはできない。人間に戻るには別のプレイヤーにお願いするしかないのだ。ちなみに、NPCの教会へ行くと有無を言わせず浄化してくる。

「えっと、そのミストさんがここになんの用？　というか、なんで灰に？」

「灰になったのは、そちらのエシャさんに撃たれたからです。至近距離で三発も《クリティカルショット》って酷くないですか？」

「ご主人様、そんな目で見る前に私の言い分を聞いてください。誰かが来たと思ったら吸血鬼だった。なら銃で撃つのは正しい対処です。何も間違ったことはしておりません。最近ストレスが溜まっていたので、その解消のために話も聞かずに撃ったとも言えますが些細なことです。そしてかなりスッキリしたと報告させていただきます」

そのストレスの原因を聞くわけにはいかないと話を進めることにした。とくにミストという男性が怒っているというわけでもないので、なかったことにしようとハヤトは考える。

「灰だった事情は分かりました。それで一体どういう御用でしょう？　っと、その前にそちらの椅子にお座りください」

ハヤトはミストに座るよう促した。そしてテーブルにコーヒーを置く。

応接室という部屋はないが、入口から入ったすぐの部屋は食堂を模した場所となっている。入口から最も手前にある椅子に座ってもらい、ハヤトは長机を挟んでその正面に座った。エシャに関しては特に座るわけでもなく、ハヤトの右後ろに立っている。

椅子に座ったミストは少しだけ周囲を見渡してから「ほう」といい、笑顔になってハヤトのほうを見た。だが、すぐに真面目な顔になる。

「ではさっそく話をさせてもらいますが、あるクランから貴方達がクラン戦争で変なことをしたとの通報がありまして、それを調べにきました」

ハヤトは心の中で「来たか」とつぶやく。

昨日、ログアウト後、運営にエシャの《デストロイ》に関してメールを送った。あの攻撃力はバグじゃないのか、使ってしまったが問題ないのか、という内容だ。一応、レンの《ドラゴンカース》についても問い合わせをしている。あれがないとそもそも剣を奪い返せなかったので、ダメと言われても困るのだが、それでも念のために確認した。

翌朝、その件に関する返答のメールが届くが、以前と同じ文面だった。

「ゲーム内で可能な行為は本人の責任においてすべて許容されます」

つまり、バグではない。バランス調整に失敗しているわけでもなく、それが仕様なのだ。だが、仕様とは言ってもこのゲームの場合、使っていいかどうかはまた別問題。ゲーム内のルールで問題扱いされる可能性はあるのだ。

このミストという男性が来たのはその調査だとハヤトは考えた。

「変なこととは具体的にどんなことでしょうか？」

「通報してきたクランはハヤトさんが昨日戦った《殲滅の女神》です。なんでも、重装備の戦士を砦からの攻撃で倒されたとか。さらにはその戦士が守っていた魔法使いも倒すほどの威力だったと聞いております。なにか不正な行為があったのでは、との訴えですね」

ハヤトはエシャのほうを見る。だが、エシャは特に気にする様子でもなくすまし顔で立っていた。

自分から言うつもりはない、という態度が見て取れたのでハヤトは自分からミストへ説明することにした。

「あれはエシャの《デストロイ》というウェポンスキルです。相手クランは不正と言ったようですが、何も変なことはしていませんよ。それに威力だけでいえば、《メテオスウォーム》と大差ないと思いますが？」

まずは変なことはしていないと回答をする。そして他の魔法との比較をすることで問題はないというアピールをした。発動時間やクールタイムに違いはあるが、お互い似たようなもの、というイメージを与えるためだ。

だが、そんなことをせずともミストは普通に納得した。

「ああ、エシャさんの《デストロイ》ですか。それなら致し方ないですね。相手は初めて見た攻撃なので不正と言ったのでしょう」

ミストの《デストロイ》を知っているような口ぶり。エシャの名前が有名なのは前回優勝クランのメンバーだったからだろうが、その技まで有名なのだろうかとハヤトは考える。

「もしかしてミストさんも《デストロイ》という技をご存じなのですか？」

「ええ、それはまあ。かなり有名ですから」

ハヤトは念のため確認しておこうと考えた。特にゲーム内で不正でなければ、これからはどんどん使ってもらうつもりだからだ。だが、念のためになぜ有名なのかは知っておく必要がある。

ハヤトは笑顔でミストを見た。

「恥ずかしながら自分は知らなかったんですよね。クラン戦争で使われたときは驚いてしまったのですよ。そんなに有名なのですか？」

ミストはハヤトの右後ろにいるエシャをチラッと見てから、ハヤトのほうへ視線を移した。ハヤトの方からはエシャが見えないが、ミストがエシャに言ってもいいかどうかの視線を送ったのだろうと推測する。

そしてミストは少しだけ笑ってから口を開いた。

「前回のクラン戦争はトーナメント方式だったのですが、その決勝でエシャさんが《デストロイ》を使ったのですよ」

「ああ、そういうことですか。実は前回のクラン戦争のことを何も知らないのです。そのときは結構驚かれたのですか？」

「すごかったんですよ。決勝は勇者の率いるクランと魔王の率いるクランの戦いだったのですが、お互い未覚醒の状態で普通に戦っていたんです。ですが、戦いの最中、お互いが記憶を取り戻した感じになりましてね」

（ネイに話を聞いておいて良かった。今初めて聞いたら驚きで頭に話が入ってこないところだ……あれ？　でも、ちょっと話が脱線してないか？　勇者と魔王の話になっているぞ？　それがすごいってだけの話か？）

ハヤトが不思議に思っているのには気づかず、ミストは話を続けた。

「お互いがそれぞれ勇者と魔王を自覚して口上を述べているときに、エシャさんは二人まとめて《デストロイ》で倒しましたからね。驚きましたよ」

ハヤトも驚いた。というよりも呆れた。

「そんなことしたの？」

少しだけ咎めるようなハヤトの言葉ではあったが、エシャはなぜか自慢げだ。

「戦いの最中に話なんかしているのが悪いのです。勇者とか魔王とか私には関係ないので、邪魔だから二人とも消えてもらいました。勇者も魔王を道連れにしたのですから本望でしょう。肉を切って骨も断つというやつです」

「初めて聞く言葉だね」

「まあ、それでエシャさんの名前は有名になりましたね。勇者と魔王を倒した初めての人間だ、と」

「照れます」

「褒めてるかな？」

「おっと、その話はどうでもいいですね。まあ、そんなわけで、エシャさんの《デストロイ》なら当然の結果でしょう。クラン管理委員会には問題なしと伝えておきますよ。むしろ、通報をしてきたクランのほうが前々回の戦いで工作員と取引をしたという話がありますからね。どちらかといえば、そちらの方が問題でしょう」

ハヤトはミストの言葉に胸を撫でおろす。

委員会のお墨付きならこれからも利用が可能だからだ。現在のプレイヤーには誰にも真似ができない行為なので、ばれたらやっかみを受けそうだが、勝つためにこれからもバンバン使ってもらおうとハヤトは考えた。

「ところでハヤトさん、クラン名の《ダイダロス》とはどういう意味なのですか?」

「え?」

安心したところへの急な話の振りにハヤトは一瞬何を聞かれているのか分からなかった。

「ああ、突然すみません。仕事が終わりましたので、ちょっと雑談でもと思ったのですが。この質問は委員会とは全く関係ありませんよ」

「そうですか。えっと――」

答えようとしたが、ハヤトは言葉を詰まらせる。

ダイダロスとはゲームの外、つまり現実に存在する神話に出てくる職人の名前だ。その名前を使っているのだが、それをNPC相手にどう説明していいのか分からなかったのだ。

ハヤトがどう説明するべきかと考えていたら、エシャが口を開いた。

「大昔の神話に出てくる職人の名前ですよ。ミノタウロスを閉じ込めた迷宮を作った職人の名前と言えば分かりますか?」

「ああ、なるほど。なんとなく聞いた覚えがあったのですが……でも、なるほど。職人ですか」

（なんで分かる？　このゲームにも現実の神話の情報があるってことか……？）

ハヤトは不思議に思ったが、よく考えたら、マンガ肉やバケツプリン、さらには銃があるような世界なのだ。色々な情報がゲームの中に存在しているのだろうと考えを改める。

「職人というのはハヤトさんのことですよね？　少しだけクランとメンバーのことを調べさせてもらいましたが、ハヤトさんは生産系スキルだけでスキルを構成しているとか。だから職人の名前であるダイダロスというクラン名にしたと？」

「まあ、そうですね」

ハヤトは自分を生産系を極めた職人だと自負しているので、それにあやかった名前を付けたのだ。あと、語呂がいいという程度の理由だ。

「ハヤトさん。木工スキルも１００あるということでしょうか？」

木工スキル。それは木材を使って色々な物を作り出すスキルだ。主に家具を作れるのだが、他にも木製の弓や矢、ウッドシールドなどの装備品を作成することができる。だが、木製の装備は金属製の装備よりも性能が悪いため、木工スキルを取るなら鍛冶スキルを取るプレイヤーが大半だ。

そんな人気のないスキルではあるが、当然ハヤトは木工スキルを持っている。

「木工スキルも１００ありますよ」

「やっぱり。もしかしてこの拠点にある家具はすべてハヤトさんが？」

「ええ。すべて自分が作りました」

「素晴らしい！　もしかしてすべての家具を最高品質で揃えているのですか？　なかなかできるこ

とではありませんよ。実は椅子に座った後にそれらに気づきまして、内心驚いていたのです」

素晴らしいとミストに褒められて、ハヤトは満更でもなかった。

家具に特別な効果はない。拠点に置いてあったとしても戦いが有利になるわけでも、ステータスが向上するわけでもない。一応、罠を仕掛けることで開けると特別な効果を発揮する箱なども作れるが、ダメージは微々たるものだ。しかも箱を開けたところで中にあるアイテムが取れるというわけでもないので、プレイヤーは箱を開ける理由がない。使うとしたら、クランメンバーへのイタズラくらいだろう。

そんな理由から木工スキルはあくまでも趣味のスキルというのがプレイヤー達の共通認識だ。効率を目指すプレイヤーなら完全に捨てるスキル。さらに家具は品質を上げてもなんの意味もない。品質が上がっても家具の形が変わるわけでもなく、アイテムの情報として品質が星いくつ、というのが付くだけだ。

そんな状況にもかかわらず、拠点に置いてある家具はすべて星五。ハヤトが無駄にこだわった結果だった。

それを褒められてハヤトは嬉しくなる。

「ミストさんは分かってくれますか。確かに内装にこだわったところで意味があるわけじゃないんですけど、それくらいの心の余裕は欲しいですよね」

「ええ、分かります。この拠点にある家具は配置もいいですね」

「私にはいまいち分かりかねますね。正直なところ、机や椅子なんてダンボールやミカン箱でも問題ありませんよ」

「エシャとは永遠に分かりあえないって思ったよ……」

「まあまあ。それでハヤトさん。実はハヤトさんを職人と見込んでお願いしたいことがありまして」

職人と言われてハヤトはさらに嬉しくなる。自分でもちょろいと思いつつも、すでにお願いを聞く気マンマンだった。

「なんでしょうか？　自分にできることならやりますよ。もちろん対価は頂きますが」

「もちろんです。実は棺桶《かんおけ》を作ってもらいたいのです。星五で」

「……棺桶？　亡くなった人を埋葬するときに使う棺桶ですか？　確か遥か昔に使われていたと聞いた気がしますが」

「ええ、寝具として使っていた棺桶が壊れてしまいまして。棺桶が変わってからよく眠れないんですよ。以前は星四の棺桶だったのですが、最近は品質の高い棺桶がなくて。それに品質の悪い棺桶だと肩こりが酷くなるので大変なんですよね」

「……ベッドで寝ればいいのでは？」

「いやぁ、吸血鬼なので棺桶のほうが落ち着くんですよね。どうでしょう？　木材はこちらで用意しますので、ぜひ作ってもらえませんか？」

「……えっと、作り方を知らないので」

「ああ、それなら大丈夫です。材料をお教えしますね」

（知りたくない）

ハヤトはそう思いつつも、ミストから紙を受け取る。それを読んでから木工スキルを使えるノコギリを取り出して使用すると、制作メニューに棺桶が追加されていることを確認できた。

「どうでしょうか？　作れるようになったと思うのですが」

「不本意ながら作れますね」

「ならお願いします！　最近睡眠不足で体調が悪いんですよ！」

「体調が悪いどころかアンデッドですよね？」

「アンデッドなのに体調が悪い……これはギャップ萌えですね。勉強になります」

「微塵も萌えないけどね」

そんなことを言いながらも、ハヤトは思案する。

取引ができるならクランのメンバーにすることも可能だからだ。次の相手はまだ決まっていないので、対策のための人材というよりは単純に強いメンバーを迎えたいとの思いがあった。これから相手にするのはAランクでもさらに上位のクランとなる。戦力は少しでも増やしておきたいのだ。

アッシュ率いる団員達も強いのだが、彼らは特別な力は持っていない。エシャやアッシュのように何かしら強力な力を持っているNPCだと戦いに幅が出そうなので、そういった特別なNPCをクランに入れたいとハヤトは考えている。以前、アッシュが言ったように、連携や何やらの問題はあるだろうが、クラン戦争までは一ヶ月近くある。それまでアッシュ達と共に調整してもらえばいいだけの話だ。

ハヤトは目の前のミストを見る。

（それはそれとして根本的な問題があるよな。ミストさんはクラン管理委員会に所属している。そもそもクラン戦争に参加してもらうことは可能なのだろうか？　まずはそこからか。それに強さも分からない。アンデッドになっているから死霊魔法がスキル１００なのは分かるんだけど、それ以外のスキル構成が強いのかどうかはなんとも言えない……ここは普通に聞くか）

「ミストさん、ちょっと聞きたいんですけど」

「なんでしょう？　身長でしたら百八十七なのでその大きさで作ってもらえれば。あと、バロック調の棺桶にしてください」

「いや、そうじゃなくて。実はうちのクランは強い人を募集してるんですよね。もし、ミストさんが強くて、うちのクランに入れるようならそれと交換条件にしたいかな、と。クラン管理委員会に所属しているようですが、うちのクランに入ることは可能ですか？」

ミストは「ふむ」と言って考え込んでしまった。何を考えこんでいるのかハヤトには分からなかったが、色々とあるのだろうと答えを待つ。そんな状況で口を開いたのはエシャだ。

「ご主人様、もしかして吸血鬼をクランに入れる気ですか？　若い女性の生き血を吸う吸血鬼ですよ？　かわいくてひ弱な私がクランにいるのですから危険じゃありませんか？」

「ひ弱ってところに全く共感できないんだけど？　それにさっき返り討ちにしたんだよね？」

「つまり、かわいいは同意、と」

「そういう罠を張るの、やめてくれる？」

そんな話をしながらハヤトはふと思う。

エシャの機嫌が良くなっていることに気づいたからだ。少なくともこの拠点を出たときのエシャは明らかに機嫌が悪かった。もしかするとミストに銃をぶっ放したことで多少は気が晴れたのかなと考え、目の前の吸血鬼に感謝した。

そのミストは視線を下に向けて考え込んでいたが、ハヤトの方へ顔を向ける。

「クラン管理委員会のメンバーがクラン戦争に参加するのは許可されていません」

「そうですか……それは残念です」

「ですが、委員会を辞めればいいだけの話です。私が《ダイダロス》へ加入したら、棺桶を作ってくれるのですね?」

「その前にミストさんが強ければ、ですけどね。というか、棺桶のために委員会を辞めるんですか?」

「実は健康オタクなので棺桶にはこだわりたいのですよ。星五ならその価値はあります」

「健康オタクな吸血鬼……これが本物のギャップ萌え……!」

「そういうのはもういいから」

ハヤトがそう言うと、エシャが「冗談はさておき」と言いだした。

「ミスト様と戦ったことはありませんが、間違いなくお強いですよ。不死十傑の一人というか、そのメンバーをまとめていたリーダーですから。そして、そのミスト様を倒した私は――ご主人様ならお分かりですね? 有能なメイドにおやつの種類を増やしてもいいんですよ? むしろするべきと助言させていただきます」

（後半は無視しよう。でも、不死十傑か……それがなんなのかは知らないけど、確かネイの話にも出てきたような？　それのリーダーなら確かに強そうだ。まあ、リーダーでも俺みたいに弱いという可能性はあるだろうけど、生産職でもなければ問題ない……はずだ）

「自分でも強い方だとは思いますよ。それでどうでしょう？　棺桶を作ってくれたら、委員会を辞めてクランへ入りますよ？」

ミストはそう言って、血の気のない顔でニコリと微笑んだ。

## 十二　メイドギルド騒動

朝、ハヤトはログインすると拠点にある自室のベッドで目を覚ました。

拠点の菜園で育てている野菜や果物に水を与えてから、一階にある店舗入口の鍵を開ける。これがハヤトの朝の日課だ。

この後にエシャがやってきて店番をするのだが、その日は違っていた。

店舗の外にエシャではないメイドが複数人いたのだ。そしてハヤトが驚いている間に周囲を取り囲む。

「え？　なに？」

「ハヤト様。メイドギルドまでご同行願います。ちなみに拒否権と黙秘権はありません。また、弁護士を雇うこともできません。供述は不利な証拠になる可能性があります」

「俺の知ってる内容と違うんだけど裁判かなにか？」

「詳しいことは言えません。ご同行願います」

（まさかとは思うが、メイドさんハーレム事件みたいなことになっているのか？　いや、でも、エシャに対して何もしてないし、連行される理由は全く思いつかないんだが。それに感謝状の話じゃないよな？　以前エシャがメイドギルドから俺に感謝状を送りたいって言っていた気がするけど、どう考えてもそんな雰囲気じゃない）

ハヤトは色々と考えたが、ここで逃げ出しても状況は改善しないと考えた。そもそも逃げ出せるほどの運動神経はないし、戦うことすらできない。大人しくついて行くしかないと諦めた。

「ええと、同行するのはいいんだけど、その前に連絡をしてもいいかな？」

「では、一分でお願いします」

（連絡を入れる振りをして、このままログアウトしたい。でも、こういう状況で強制ログアウトすると、次にログインしたときに牢屋ってこともあるんだよな。やめておこう）

ゲームからログアウトする場合はベッドで寝るなどが基本だが、強制的にログアウトすることも可能だ。ただし、その場合はゲーム内に数分自分のキャラクターが残る。その間に何をされても反応できなくなるため、よほどの理由がない限り強制ログアウトを使うのは良くないとされている。

さらにクエスト進行中に強制ログアウトをした場合、状況によっては牢屋からのスタートになるという情報をクラン戦争が始まる前のネットでハヤトは確認していた。

本来、牢屋は衛兵のＮＰＣに捕まって入れられるのだが、プレイヤーの都合が悪い状況で強制ログアウトすることでも入れられてしまう仕様なのだ。

なお、保釈金を払うことで牢屋の外へ出ることも可能だが、現実の保釈金とは異なり、保釈金の返却まで一ヶ月以上かかる、行動範囲に制限がある、クラン戦争に参加できない、などのペナルティがある。

（このご時世に通信が切れることなんてないけど、一昔前は多かったらしい。可能性は低いとはいってもクエスト進行中にそれがあったら嫌だな……おっといかん、そんなことを考えている場合じゃない。まずは連絡だ）

ハヤトは急いでレリックへ連絡した。

自分がメイドギルドへ連行されることと、拠点の店舗で店番をしてほしいこと、あと念のためアッシュ達に連絡しておいてほしいという内容だ。レリックから、大丈夫ですか、と聞かれたが、ハヤトにも分からないので、たぶんとしか答えられなかった。

いざとなったらクランのメンバーが助けに来てくれるかもしれない。そんな希望を残しつつ、ハヤトはメイド達についていくのだった。

ハヤトが連行された場所は王都にあるメイドギルド本部の地下だ。

ハヤトの知識からするとここは裁判所のような造りになっている。そしてハヤトは被告人席に立たされていることにかなり焦っていた。

（もしかして本当に裁判？　どう考えてもエシャ絡みなんだろうけど、全く身に覚えがない。昨日だって上機嫌で帰ったはずなのに）

昨日、ハヤトは帰るエシャにお土産としてチョコレートパフェを渡したのだ。すでに機嫌は良かったようだが、さらに追い打ちで機嫌をよくしておこうと思っての行為だったが、かなり効果があった。エシャは上機嫌で帰路についたのだ。

だが、ハヤトは現在、メイド達に連行されて裁判を受けるような状況に陥っている。

ハヤトとしては全く意味が分からない状況だった。

しばらくすると、何人かのメイドがこの場所へやってきた。

三十代前半くらいの眼鏡をかけたメイドが、裁判官が座る位置へ移動してからハヤトを見る。

「ハヤト様でお間違いないですか？」

「はい。間違いありませんが、これは一体どういうことなんでしょうか？」

「少々尋ねたいことがありましたので、ご足労願いました。さて、ハヤト様。ここに呼ばれた理由に関して心当たりはございますか？」

「いえ、微塵もありません。エシャ絡みなのかなとは思いますが、全く身に覚えがありません」

「そうですか。お察しの通り、エシャのことです。では事情を説明しましょう」

眼鏡のメイドはメイド長らしく、このメイドギルドのトップであると自己紹介があった。その後、エシャの話になる。

昨日、上機嫌で帰ってきたエシャはすぐに自分の部屋へ戻った。

このメイドギルドにはメイド達の住み込み用の部屋があり、エシャはそこに住んでいるのだが、その部屋に入って数分後、小さな悲鳴が聞こえた。そして両隣に住んでいるメイドが慌ててエシャの部屋の前に行き扉を叩いたが、エシャは外へ出てこなかった。

そして「お嫁に行けない体にされた」という声がかすかに聞こえてきた。その後、エシャは今も部屋の外へ出ずに籠城《ろうじょう》している。

そんな話だった。

メイド長がハヤトへ厳しい視線を送った。視線だけで気の弱い者ならすくみあがるほどの眼力だ。

「申し開きがあるなら聞きましょう」

「冤罪《えんざい》にもほどがある」

当然、ハヤトには身に覚えがない。むしろなぜ自分が疑われているのか不思議に思っているほどだ。

「そもそも、エシャの発言に関してなぜ私が関与していると？　自分ではない可能性があると思うのですが」

「エシャには男友達どころか女友達もいません。関係があるならハヤト様だけです」

「酷いことを言わないであげてください。前のクランの仲間とかいますから」

「ハヤト様、正直におっしゃってください。我々メイドギルドのメイド達はハヤト様にはとても感謝しているのです。あのエシャがまともに働いてすでに二ヵ月。ハヤト様のことをメイドギルドでは救世主と呼んでいるほどなのです」

「本当にやめてください」

「そんなハヤト様とエシャに間違いがあっても別に構わないのです。二人とも大人ですから。むしろ責任を取ってエシャを引き取ってほしいと思っているほどです……意味は分かりますね？」

「意味は分かりますけど、厄介払いをしようとしてないですか？」

メイド長の言う意味。それは結婚のことだ。

このゲームには結婚のシステムがある。神殿や教会で二人が宣言をすれば結婚したという関係になるが、それはあくまでもプレイヤー同士の話だ。プレイヤーとＮＰＣが結婚したという話をハヤトは聞いたことがない。

そんなことが可能なら、このゲームはギャルゲーや乙女ゲーと化して、それはそれで人気が出るだろう。このゲームのキャラクターは現実並みにリアルであり、高性能なＡＩは中に人がいると言われても信じられるほどの行動をしているのだ。

「エシャはメイドギルドに所属するメイドであり、私達の仲間なのです。引き取ってもらうとしても、事情をしっかりと確認しないといけません。あと、オフレコですが、どんなことがあっても目を瞑《つむ》ります」

「自分が犯人であることを前提に話をすすめないでもらえますか」

ハヤトには全く事情が分からない。そもそもエシャがなんでそんなことを言ったのかも見当がつかないのだ。自分が関係しているかどうかも分からないことで犯人にされてはたまらない。

このままでは犯人にされ、エシャを引き取ることになってしまう。ハヤトはそんな危機感から、なんとか自分に非がないことを証明する必要があった。

ハヤトはエシャを嫌いなわけではない。からかわれているなと感じてはいるが、それ以上に感謝しているのだ。これまでのクラン戦争で勝ち抜けたのはエシャの強さに助けられたからだと思っている。

だが、引き取るとか結婚とかはあり得ない。どう考えても、必要以上に疲れそうなのだ。それにこれはオンラインゲーム。NPCと深くかかわりすぎるのは良くないとハヤトは考えている。

「ええと、本当に状況が分からないのですよ。まずはエシャに発言の意味をちゃんと確認してもらえませんか？　そもそも私が関係しているのもまだ分かっていませんよね？」

「残念ながらエシャは部屋に閉じこもって外へ出てこようとしないのです。声をかけても何も言いません。おそらくハヤト様に口には出せないようなことを色々と――」

「異議あり。印象操作はやめてください。それならエシャが好きな食べ物を渡します。それを餌に部屋からおびき出しましょう」

「それならエシャをおびき出せる可能性はありますね。ですが、すでに食べ物をお持ちなのですか？」

「ええ、まあ。いつもエシャに食べたいと言われているので、ほぼ毎日作っていますから」

「……毎日？」

「雇ったその日から毎日用意しています。えっと、これですね。最高品質のチョコレートパフェ。これで部屋から出てくると思いますのでお願いします」

ハヤトが取り出したチョコレートパフェを別のメイドが受け取る。そのメイドはパフェを食べたそうな顔をしていたが、一度頭を下げてから持っていった。

「ハヤト様、改めて確認したいのですが、先ほどのチョコレートパフェをエシャが毎日食べていたのですか？」

「え？　ええ、まあ。それならちゃんと仕事をしてくれるかと思いまして。一応、店番はしっかりやってくれています。掃除とかメイドの仕事は全くしてくれませんが」

基本的にホコリというものはないが、掃除をしないと拠点や家具の色がくすんでくる仕様だ。それは一週間ごとに反映され、四週間掃除をしないとボロボロになる。拠点を持っているプレイヤーはメイドを雇って拠点の掃除をしてもらうのが一般的だ。

メイド長は目を瞑った。そして眉間のあたりを右手の人差し指でぐりぐりしている。何かを考えているようだがハヤトには何を考えているのか全く分からない。

しばらくすると、先ほどパフェを持っていったメイドが戻ってきた。

「メイド長。エシャを捕らえましたが、なぜかパフェを見ても食べずに葛藤《かっとう》しているようです。いかがいたしますか？」

「ここまで連れてきなさい」

メイド長の言葉にメイドは頭を下げる。そして数分後、メイド達に両脇を抱えられた状態のエシャがやってきた。なぜかエシャは汗をかいていて疲れ気味だ。

エシャがハヤトの姿に気づく。

「ご主人様ではありませんか。最高品質のチョコレートパフェを見た瞬間からそうではないかと思いましたが、ここで何を？」

「ああ、うん。意外と普通だね。俺はものすごく困った状況なんだけど。主にエシャのせいで」

「エシャ、昨日のことについて話を聞きたいのです」

「メイド長？　昨日のことですか？」

なぜかエシャは首を傾げる。ハヤトとしても首を傾げたい状況だ。どうもエシャとメイド達でこの件に関する温度が違うのだ。

「貴方は昨日、上機嫌で帰ってきた後に部屋で悲鳴を上げましたね？　お嫁に行けない体にされたとの声が聞こえてきたとの報告もあります。そして朝まで部屋に閉じこもるほどの何かがあった。間違いないですか？」

「防音がなってませんね。それは間違いないですが、ご安心ください。プライベートなことですのでたいした話ではありません」

「エシャ、私達は貴方の味方です。たとえここに犯人がいたとしても必ず守りますのでぶっちゃけなさい」

「異議あり。自分を犯人扱いするのはやめてください」

エシャはちらりとハヤトの方を見た。

「いえ、さすがにご主人様がいるところではちょっと。花も恥じらう乙女ですので」

「先ほども言った通り、私達は味方です。どんなことをされたとしても他言はしませんから安心なさい。むしろどんなことがあっても責任を取らせます」

「異議しかない」

エシャはまたハヤトの方を見てからちょっとだけ溜息をついた。

（俺に問題があるみたいな態度はやめてほしいんだけど。実際にないよな？　なにもしてないぞ？）

「では、簡単に言います。この二ヵ月で体重が二キロほど増えました。ご主人様の作るチョコレートパフェが美味しいのがいけないのです。私のせいじゃないことをご理解ください。これは自然の摂理なのです」

沈黙がこの場を支配した。

先に動いた方が負ける。そんな状況ではあったが、メイド長が口を開いた。

「なぜ部屋から出てこなかったのですか？」

「運動して体重を減らそうとしていました。食事制限はあり得ないので。そういえば、昨日から今日にかけて部屋の外が騒がしかったですね。共有冷蔵庫のプリンを食べたのがばれたのかと思って無視していたのですが」

「……初耳ですが、そのプリンは私のです」

（むしろあの量で体重が二キロ程度で済むほうがおかしいんだけど。というか、ＮＰＣって太るのか？　しかもあれだけ食べてさらにメイド長のプリンを食べたのか……せめてツッコミどころは一つだけにしろと言いたい）

ハヤトはそう考えながら、そろそろ帰ろうと思った。どう考えても自分に非がないと思ったからだ。それにこれからミストのための棺桶を作る予定になっている。

それを言い出す前にメイド長が口を開いた。

「ハヤト様、ご意見をうかがいたいのですが、この場を穏便に済ませるにはどうすればいいでしょうか？」

「そんな丸投げされても。もはや手の施しようがないというほど手遅れだと思います。自分も聞きたいのですが、どこに訴えたら勝てますか？」

「お待ちください。ならこうしましょう。エシャを無期限貸し出しにします。いままで以上にこき使ってくださいそうですね、住み込みで朝から晩まで働かせてかまいません」

「結構です。というか、押しつけないでくれますか？」

「私のために争わないで、とだけ言っておきます」

メイド長から殺し屋のような視線を受けてもエシャは気にしていないようだった。ハヤトもこれくらいのメンタルが欲しいと思ったが、よく考えたらＡＩだ、と思って考えるのをやめた。そしてハヤトの心の中はもう帰りたいという気持ちでいっぱいになる。

「もう帰っていいですよね？　これから棺桶を作らないといけないので」

「それはエシャを棺桶に入れてやるという意味でしょうか？　個人的に手伝ってもいいと思っているのですが。もちろん作る方ではなく入れるほうです。むしろやらせてください」

「全然違います。そういう依頼があるだけです。とりあえず自分もエシャも解放してもらっていいでしょうか。もう帰りたい。切実に」

ハヤトの願いは却下された。なんらかのお詫びをするまでは帰せないという話になっている。

「あの、もう、本当に結構ですので」

「このままハヤト様を帰してしまってはメイドギルドの名折れ。どうにかして償いをしたいのです
……分かりました。救世主様宛でメイドギルドから感謝状を――」

「その感謝状を破棄してくれることを一番お願いしたいです。あと、救世主もやめてください」

「ならもう少しお時間をくださいますか？　必ずいい案をひねり出しますので。よろしければ、一階の喫茶店でおくつろぎください。どの料理も無料で提供させていただきますので」

ハヤトは聞き捨てならない言葉を耳にした。

メイドギルドには喫茶店がある。それは一度確認しておかないといけない。

「そこまで言うなら喫茶店で待ちます」

「なら私がご主人様の案内をいたしましょう。あと私の朝食にオムライスをお願いします。ケチャップでエシャ様最高と書いてくだされば結構ですので」

「エシャ、貴方には話があります。ハヤト様から毎日チョコレートパフェを貰っていたそうですね？」

「いえ、そんなことはございません。何かの間違いかと」

「貴方は先ほど、チョコレートパフェで体重が増えたと言いましたね？　あと私のプリンを食べたとも言いました。万死に値します」

「……裁判中の質問は誘導尋問でしたか。さすがメイド長と言わざるを得ません」

「申し訳ありません、ハヤト様。エシャとは少し長めのお話をしないといけませんので、お時間を

いただくことになりそうです」

「どうぞ。自分は喫茶店にいますのでお気遣いなく」

エシャはまた他のメイド達に両脇を抱えられてこの場所から連れ出された。ハヤトはエシャの助けてほしい感じの目を見たが、見なかったことにする。

ハヤトはメイドの案内でメイドギルドの一階にある喫茶店へと移動した。

喫茶店は外からの明るい日差しが入り込んでおり、広い空間がとても明るい。周囲の壁やテーブルや椅子もすべて木製で、質素ながらも統一感があり、オシャレな雰囲気を醸し出していた。

客層としては男性と女性が半々。プレイヤーもいればＮＰＣもいた。半分以上席は空いているが、全部で二十人くらいの客が食事を楽しんでいる。案内したメイドの話ではモーニングと呼ばれる朝限定のメニューが好評とのことだった。

（椅子やテーブルの品質は良くないけど、全体的な雰囲気はいいな）

ハヤトはそんなことを考えながら案内されたテーブルにつき周囲を見渡す。

そして他の客と同じようにモーニングメニューから朝食を頼んだ。パンケーキとサラダ、そしてコーヒーだ。また、注文ではないがメイドに頼んで、モーニング以外のメニューも見せてもらった。

数分後、ハヤトは運ばれてきた料理を見つめた。

最高品質ではないが少なくとも星三以上の品質だ。味も悪くないだろうとすぐに食べ始める。実際に栄養を摂取できるわけではないが、味を楽しむことはできる。ハヤトはすぐにパンケーキとサラダを食べてしまった。

そしてコーヒーをゆっくりと飲む。

自分で作った星五のコーヒーのほうが美味しいのは間違いないが、誰かが自分のために作ってくれたという事実だけでも美味しく感じるんだなと、ハヤトはしみじみしながら味わった。

周囲を見ながらゆっくりしていると、店の入り口にアッシュとレンが現れた。ハヤトはそれに驚く。

アッシュ達は店の中をキョロキョロと見渡していて、明らかに誰かを探している。ハヤトは自分を探しに来たのだろうと考えた。

ハヤトは右手を上げて自分がいることをアピールする。

アッシュとレンは周囲を見ながらメイドと話をしていたが、ハヤトに気づくと大きく息を吐いてから近づいてきた。

「ハヤト、無事だったんだな」

「メイドギルドに連行されたと聞いたので心配してたんですよ」

「すまない。とりあえず、俺への疑いはなくなったみたいだからもう大丈夫だよ。今はメイドギルドがお詫びをしたいって話になっててね、その待ち状態なんだ」

「そうなのか？　ちなみにどんな疑いだったんだ？」

「詳しくは言えないけど、エシャ絡みかな」

エシャの体重の話とは言えないので、言葉を濁したが、その言葉だけでなぜか二人は納得顔になり、とくに追及はしてこなかった。

「俺がおごるから二人とも何か頼んでいいよ。心配してくれたお礼。あ、レリックさんにもお土産が必要だな。なにか持ち帰り用の料理を頼んでおこうか」

その言葉に二人は喜び、アッシュはパンケーキとコーヒー、レンはハチミツたっぷりのトーストとオレンジジュースを頼んだ。

ハヤトはおごると言ったのだが、メイドがお金はいただけませんと言い、アッシュ達の料理も無料で提供してくれた。それとレリックへのお土産としてサンドイッチまで作ってくれることになった。

(なんだか逆に申し訳ない感じになってきたな。疑いは晴れたんだからそこまでしなくてもいいんだけど。そういえば、エシャってメイドギルドでどんな扱いなんだろう?)

メイドギルドのメイド長はエシャをハヤトに押し付けようとしていた。嫌われているというよりはエシャが問題児なので遠ざけたいという感じだ。

(よく分からないな。問題児ならクビにしてしまえばいいと思うのだが、それができない理由でもあるのか？　そもそもなんでエシャはメイドをやっているのだろう?)

ハヤトはそこまで考えて、アッシュが言っていた言葉を思い出した。

(そういえば、アッシュはエシャのことを知っていたよな？　三年前のクラン戦争ってことだけど、確かその頃はメイドをやっていなかったようなことを言っていた)

「アッシュ、ちょっといいか?」

「ああ、構わないぞ。ちょうどパンケーキを食べ終わったところだ」

「エシャって三年前はメイドをしてなかったのか？」

「ああ、あの頃は違ったな。しっかりと見たわけじゃないが、もっと魔法使いのような恰好だった気がする。武器も禍々しい感じの杖だった」

「そうなのか？　それがなんでメイドになった上に銃を持ってるんだ？」

「そこまでは知らないな。ただ、前回のクラン戦争で成績の良かったチームは神から願いを叶えてもらえたからな。エシャがメイドになりたいって願ったんじゃないか？」

「カミ？　神様のことか？」

「それ以外に神がいるのか？」

このゲームで神という存在はいる。教会などで信仰されてはいるが、ハヤトは神の名前を聞いたことがなかった。漠然とした感じで神がいる、という程度の認識だ。

メインストーリーを詳しく知らないハヤトは、神がこのゲームにどう絡んでくるのかもよく知らない。あとでネイに聞いてみようと思いつつ、まずはアッシュの知っている情報を聞き出そうとした。

「神様の名前は？」

「神は神だ。名前なんてないぞ」

「そうなのか。それじゃエシャはメイドになることを名のない神に願ったってことか？　なんでまた？」

「それを俺に聞かれても分からないな。本人に聞いてみたらどうだ？」

「そうだな。でも、答えてくれそうにないから聞くだけ無駄のような気もする――レンちゃん？

さっきから考え込んでるけどどうかした？」

レンは食べかけのトーストをそのままに、腕を組んで首をひねっていた。

「いえ、私もエシャさんのことを以前から知ってるんですけど、なんで知ってたんだっけと思いまして」

「エシャは有名だって聞いたよ。クラン戦争で勇者と魔王を倒したって聞いたし」

「それは知ってます。でも、それは名前だけで……そもそも兄さんはエシャさんが魔法使いの恰好をしていたってどこで知ったの？」

「うん？　それは……どこだ？」

アッシュはレンの質問に首を傾げたが、質問したレンも首を傾げてしまった。

「私もエシャさんが魔法使いみたいな姿だったって知ってるんだけど、どこで見たのか思い出せないんだよね」

「クラン関係の申請ができる施設、そこで動画を見たんじゃないの？」

そもそも三年前のクラン戦争がどのように行われていた設定なのかハヤトは知らないが、今のシステムと同じような設定だとしたら、動画を見たというのが一番あり得ることだと考えた。

「ああ、うん。そんな気がするな。あの試合は俺も見てたからそのときに知ったんだと思う」

「よく考えたらそれしかないね。たぶん、ハヤトさんの言った通りです。どうして動画を見たかは覚えてませんけど」

アッシュとレンは微妙な顔をしているが、それしかないということで納得したようだった。

だが、ハヤトは別のことを気にしていた。

（NPCに細かいことを突っ込むのは良くないのだろう。そういう設定でNPCは存在しているのだから、余計なことは聞いちゃいけないのかもしれない。それはそれでゲームの設定が微妙に甘いような気がするけど）

ハヤトは少し気になったものの、エシャについての話をこれ以上突っ込むのはやめようと違う話題を提案した。だが、アッシュはドラゴンの話、レンは呪いの話をそれぞれが始めたので、どっちの話もよく分からないというカオスな状態になる。

そんな状態がしばらく続いた後、ハヤト達のいるテーブルにエシャとメイド長が近づいてきた。

「アッシュ様とレン様もいらっしゃったのですか。私が心配で迎えに来てくれたのですか？」

「いや、ハヤトが心配だったからだ。エシャの心配はしてなかったな」

「真面目な顔で言われると傷つきますね」

「わ、私はエシャさんのことも心配してましたよ！　でも、お二人とも思ったより平気で安心しました！　なにかこう口には出せないような酷い目に遭っているかと思ってましたので！」

「ご安心ください。このエシャがいる限り、ご主人様が酷い目に遭うことなどありません」

「エシャのせいで酷い目に遭いそうだったんだけどね？」

そこまで言ったところで、メイド長はハヤトの方へ一歩踏み出した。

「ハヤト様、この度は大変申し訳ありませんでした」

「ああ、いえ、誤解が解けたようで何よりです。気にしてませんからお詫びとか結構ですよ。自分だけではなくアッシュ達にもここの料理を無料にしてもらいましたし、それだけで十分です」

「私はまだ食べておりません。メニューをお願いします」

「エシャ、貴方は少し黙りなさい。それでハヤト様、先ほどまでエシャと話をしていたのですが、お詫びの内容が決まりました」

「それはいいのですが、二人そろってＨＰが半分ほど減っていますよね？　本当に話し合いだったんですか？」

プレイヤーやＮＰＣを普通に見てもＨＰは分からないが、キャラクターを詳しく見るとＨＰやプロフィールだけは確認できる仕様だ。ハヤトが見た限り、明らかにエシャとメイド長のＨＰを示す赤いバーは半分ほどなくなっている。ややメイド長のＨＰのほうが多く残っているだろう。

「お詫びの件は話し合いで決まりました。ＨＰが減っているのはプリンの件です」

「あ、そういう。では、お詫びの内容を聞かせてもらってもいいですか？」

ハヤトはメイド長に答えを促す。変なことを言ったらすぐにでも却下するつもりだからだ。これまでの予想からすると、またエシャを押し付けてくるだろうとハヤトは警戒している。

「エシャから聞きましたが、ハヤト様はクラン戦争でランキング一位になりたいとか」

「ええと、ランキング一位じゃなくても、五位以内に入れたら嬉しいですね」

警戒していたお詫びではなくてハヤトは拍子抜けしたが、賞金の貰える順位について言うことはできないので五位以内と説明した。

だが、そう言ってからハヤトはふと思った。以前から疑問には思っていたが、その賞金はどうやって捻出しているのだろうと改めて思ったのだ。

ランキング五位までに賞金が出る。クランが五チームとなると人数は五十人。一人一億払うということは全部で五十億だ。

このゲームのプレイ人口は不明だが五百万人はいるだろうとハヤトはみている。であれば、毎月一人千円の課金で月五十億円の売り上げだ。このゲームには課金アイテムなどは全く存在せず、他のメディア展開などもしていないので、ほぼこの金額であることは間違いない。

ゲーム自体は二年半近く続いているということもあるので、これまでの合計で考えるなら支払える額ではあるのだろうが、開発や運営スタッフへの給料、サーバーの維持費はともかく、税金やプレイヤーに支払われる毎月の賞金でむしろマイナスではないのかとハヤトは思った。

そのうえで五十億のお金が用意できるとはどういうことなのかと、ハヤトは今更ながらに考える。

だが、それを考えたところで答えが出るわけでもないので考えないことにした。

これだけ人気のあるゲームで詐欺まがいの人気取りをする必要はない。おそらく自分には想像できない形でお金を捻出しているのだろうと結論付けた。

ハヤトがそこまで考えたところで、エシャが真面目な顔で口を開く。

「いえ、狙うなら一位です。それしかありません」

そしてエシャの言葉にアッシュやレンも首を縦に振る。クランリーダーは自分なんだけど、とハヤトは思ったが、特に否定する必要もないのでそのままにした。

メイド長は右手でメガネの位置を少しだけ直してから頷いた。

「なるほど、間違いないようですね。では、今後メイドギルドはハヤト様に敵クランの情報を提供いたします」

「はい？」

「ハヤト様には言うまでもありませんが、クラン戦争では一週間前に対戦相手が決まる仕組みです。対戦相手が決まりましたら、メイドギルドの総力を以って対戦相手の情報を探ってまいります。これをお詫びとしたいのですがいかがでしょうか？」

それはいいのだろうか、とハヤトは考える。だが、すぐに問題ないとの結論に至った。

（対戦相手のことを調べるのは前から俺もやっていることだ。ゲーム内で違法な行為というわけじゃないはずだ。メイドギルドのやり方は知らないけど過激な方法じゃないと思うから大丈夫だろう。たぶん）

「ええと、そういうことでしたらお願いします。自分は生産特化ですので、色々と準備がありますから助けてもらえるのはありがたいです」

「承知いたしました。メイドギルドの名に懸けて必ず対戦相手の情報をお持ちします」

「私としては対戦相手を闇討ちしろって言ったんですけどね、それは却下されてしまいました。力が及ばず申し訳ありません。次は必ずメイド長を叩きのめして要望を通しますので」

「そんなことしたら管理委員会からクランを解散させられるから絶対にやめてくれる？　あと、俺の要望みたいに言わないで」

その後、ハヤトはレリックへのお土産と救世主様へと書かれた感謝状を貰って帰ることになった。

ちなみに感謝状は捨てられない属性のアイテムだった。

メイドギルドの騒動から一週間、ハヤトはその間ずっと自室で棺桶を作っていた。

正直なところ全く楽しくはないが、吸血鬼のミストを仲間にするために必要なことなので、素材のある限り毎日のように作っている。

だが、運が悪いのか、いくら作っても星五で作成できていなかった。

確率的には5％で最高品質になる。単純な計算で言えば二十回ほど作れば一回くらい作れてもいいはずなのだが、いまだに最高品質では作れていなかったのだ。

（木工スキルに関しては神装備を持っていないからな。そもそも最高品質で作る理由が単なるこだわりでしかないから料理とかに比べたら手を抜いたとも言える。でも、他に優先するスキルが多いから仕方ないよな）

棺桶を作るために必要な材料は木材だが、ミストの要望で魔樹《まじゅ》を使っている。

魔樹とはかなりレアな素材で、魔族の住む土地か極寒の地にある木を伐採するとたまに手に入る木材だ。伐採スキルが１００でもその確率は２％ほどで、オークションなどで買うにもかなりのお金がかかるのだ。

ハヤトはその魔樹で拠点内の家具を揃えてみたいと思っているが、そんな貴重な木材を使用することなどできない。ハヤトは伐採のスキルは持っていないし、余計なことにお金を使うことは今の時点ではできないからだ。

(よく考えたらミストさんはなんでこんなに材料を持っているんだろう？　なにか効率的に集められる方法があるのだろうか)

ハヤトはそんなことを考えながら、ノコギリを持って棺桶を作るのだった。

作成から一時間後、エシャがハヤトの自室にノックもせず入ってきた。

「ご主人様、部屋の中が猟奇的な感じになっていますが大丈夫ですか？　部屋中にある棺桶の中心にノコギリを持った男性。どんな言い訳をしても衛兵に捕まりそうです。一応、裁判になったら有利な証言をしてあげますけど」

「一応なんだ？　それにしても客観的に見るとそんな感じか。でも、なかなか棺桶が作れなくてね。それじゃ棺桶を壊してリサイクルするかな。木材に戻せば後三回くらい作れそうだし」

生産系スキルで作り出した一部のアイテムは色々な方法で素材に戻すことができる。基本的には作ったときの道具を使うことで可能だ。つまり棺桶はノコギリで作ったので、ノコギリで木材に戻せるのだ。

すぐに取り掛かろうとしたところでハヤトはエシャを見た。

「そういえば、なにか用かな？　今日のチョコレートパフェはあげたよね？」

「三時のおやつをいただけて嬉しく思います。あと昼寝があれば完璧なので、ぜひご検討ください」

「エシャを感謝状と一緒にメイドギルドへ送り返したいね。ところで、称号に救世主が選べるようになったんだけど、これどうにかならない？」

このゲームには称号というシステムがある。色々な条件で称号を手に入れることができ、プロフィールの称号に設定が可能なのだ。ただし、その称号自体にはなんの効果もなく、プロフィールを彩る要素の一つでしかない。また、複数の称号を組み合わせて設定することも可能なので、称号マニアと呼ばれるプレイヤーもいることはいる。

ハヤトはメイドギルドの一件で救世主という称号を設定できるようになったが付けたくなかった。職人とかの称号だったら付けただろうが、今のところそういう称号はない。

「いいじゃないですか。勇者だってそんな称号は持ってませんよ。私なんて駄メイドの称号持ちですよ？　それに比べたらまだマシです」

「この上なく的確な称号を持ってるね。《殲滅の女神》じゃなくて、《殲滅の駄メイド》に変えたら──うん、冗談だから銃をしまってくれる？」

「最近のご主人様は私に対して容赦ないですね。ちょっぴり寂しいです。出会った頃はあんなに優しかったのに」

「そうかな？　俺はエシャのこと出会った頃からダメな子だと思っていたよ。それに知れば知るほど評価が落ちてる。信用できるのは強さだけかな？」

「実は強さに全振りなので他はすべて捨てました。良心とか。強くなるには犠牲が必要なんです──とまあ、冗談は終わらせて本題に入りますね」

（冗談じゃなくてものすごく納得できる説明だったんだけど）

「ミスト様がいらしてます。状況の確認と材料の補充だとは思いますが、どうしますか？　撃ちま

すか？」

「なんでそういう選択肢がでるの……まだ棺桶は出来てないけど、せっかくだし会うよ。というか、待たせたままか。急いで行こう」

ハヤトとエシャは自室を出て、食堂へ移動した。

食堂ではミストが優雅な格好で赤い液体――トマトジュースを飲んでいた。

「お待たせしました」

「いえいえ、こちらが急に来ただけですので。それに待っている間、最高品質のトマトジュースが飲めるなんてそれだけでも来た甲斐がありますよ」

「ウチで取れたトマトですから美味しいと思いますよ」

「私が用意したから美味しいのだと思います」

「エシャは店番してて」

トマトジュースは当然ハヤトが作った物だ。また材料となるトマトを拠点の中にある菜園で作っている。料理の材料として利用されることが多い物はその菜園で栽培しているのだ。

ハヤトは栽培スキルが１００だ。栽培も生産系スキルの一つなのでハヤトは当然スキルを鍛えた。このスキルを上げることで収穫量や品質が高い物が増える効果がある。また稀に育てている物とは全く関係のない物が収穫できる確率も上がるのだ。収穫にはリアルの時間で一週間ほどかかるが、ハヤトは収穫するときをいつも楽しみにしている。

「さて、ミストさん。せっかく来てくれたのに申し訳ないのですが、まだ棺桶は出来ていません。

もう少し時間がかかりそうです」

「それは問題ありません。星四の棺桶をサンプルとしてもらいましたが、かなりいい感じですから。星五になったらどれほどの効果になるか……完成が待ち遠しいですけど、急ぎではないのでゆっくり対応してください」

「はい。でも、良かったのですか？　星五が出来ていないうちからクランに入ってくださいましたよね？」

ミストはすでにハヤトのクランに所属している。星四の棺桶をサンプルとして渡した翌日にはクラン管理委員会を辞めてきたのだ。

「こういうのは早い方がいいですからね。それに戦闘におけるアッシュさん達との連携の確認もしないといけませんので」

ミストはここ最近、アッシュ達と狩場へ行き、ともに戦っていた。ハヤトは棺桶作りがあるため同行していないが、アッシュ達の話によるとずいぶんと連携が良くなったと聞いている。

「それでですね、今日はハヤトさんに別件でお願いがありまして」

「お願いですか。なんでしょう？」

「日焼け止めを作っていただきたいのです」

「日焼け止め？」

「吸血鬼なので日が出ている間は弱体化するのですよ。夜は強いんですけどね。日焼け止めを使うとある程度は弱体化を防げるので、クラン戦争前にハヤトさんに作っておいてもらいたいなと思いまして」

（日焼け止めで済むのか。吸血鬼の定義とは一体……？）

本来の吸血鬼であれば、日を浴びた時点で灰になるのが有名だ。純粋な魔物としての吸血鬼も同じだ。しかし、死霊魔法により吸血鬼と化した場合だけは、日に当たっても弱体化で済む。ハヤトは知らなかったが、日焼け止めを使うことで吸血鬼は弱体化を少しだけ緩和できるらしい。

そして日焼け止めは通常のアイテムで存在している。砂漠などを冒険するときに日焼け止めがないと、火傷のステータス異常を引き起こすので、砂漠エリアでゲーム内イベントがあるときはかなり売れ行きが良くなるのだ。ハヤトもそれで稼いだことがあった。

ゲーム内の日焼け止めは現実の成分とは異なりファンタジー色が濃い。作るためには、光を分散させる散光草《さんこうそう》のエキス、光を吸収する光吸草《こうきゅうそう》のエキス、そして水や油が材料になる。

拠点の菜園では散光草と光吸草を作っていないため、買うか直接採りに行くしかないな、とハヤトは考えた。

「分かりました。そういうことでしたら作っておきます」

「いやあ、棺桶も頼んでいるのに申し訳ないですね。夜であれば結構強いのですが、日中だと人よりもちょっと強いくらいなので。クラン戦争でも必ず夜に戦えるわけじゃないですから、できるだけ対策しておきたいなと思いまして」

「ああ、なるほど。開始時間によっては全部昼ってこともあり得ますからね」

クラン戦争の開始時間はクランごとによってまちまちだ。朝っぱらから戦うこともあれば、夕方や夜になってから戦うこともある。それはバトルフィールドのギミックでもあるのだが、ランキングが上位となった今ではそういった状況も想定しておかないといけない。

（棺桶ばかり作っていてそういうのを忘れてた。ランキングが上がったんだし、バトルフィールドのことも考えないとな。大雨で火の魔法が使えないとかいう状況になることもある。様々な状況を想定しておかないとこれからは危険だ。強いだけじゃなくて相応の適応力も求められるから色々揃えておかないと）

ハヤトはそう考えて、準備を進めておこうと決めたのだった。

## 十三　悪魔召喚研究会

ハヤトはクラン戦争で使うと思われるものを自室で大量に作っていた。そしてその合間に棺桶を作るという日々を過ごす。

（次の対戦に関しても色々と考えなきゃいけないんだけど、今回はランダムマッチにしているから一週間前にならないと相手が分からないんだよな。拠点を賭けて対戦相手を特定するという手もあるが、今の状況だと申し込んでくるのはランキングが低いところだけだろうし、意味がないんだよな）

ハヤトはそんなことを考えながら棺桶を作る。すると手元から虹色の光が溢れだした。

（ようやく来たか。こういうのって物欲センサーがあるのかね。欲しいときには作れないけど、適

当にやったときには作れるって）

ハヤトの部屋に棺桶が現れる。まちがいなく星五の最高品質だった。特に欲しいとは思っていないが、ここまで作るのに苦労すると少しだけ愛着が湧く。ハヤトは棺桶を少しだけ触ってから、ミストを呼び出すために部屋を出た。

そして部屋の外でエシャに出くわす。

「もしかして手が空きましたか？　胡散《うさん》臭い人達が買い物に来ているので対応をお願いしたいのですが」

「お客さんなんだから胡散臭い人なんて言わないで」

「見れば私の気持ちを理解してもらえるかと。店主に会いたいと言っているので待ってもらっていますが、どうしますか？」

「もちろん会うよ。もしかしてオーダーメイドの依頼かな？」

ハヤトは《黒龍》にいたころ、この拠点で客からアイテムの作成を請け負っていた。クラン戦争が始まってからは請け負うことも少なくなったが、それでもたまには請け負っていたのだ。

拠点から一時期ハヤトはいなくなったが、最近売り物が充実してきたのを聞きつけた誰かが来たのだろうと思い会うことにした。

ハヤトが拠点の一階にある店舗エリアへやってくると、黒いフード付きのローブを着た人達が五人いた。全員がフードを深くかぶっており、顔は見えない。口元が少しだけ見える程度だ。

（名前は不明だけど青色。ＮＰＣじゃなくてプレイヤーか。それにしても胡散臭い格好だな）

ハヤトがそう思うと、隣ではエシャがなぜかドヤ顔をしている。胡散臭いと思ったことが顔に出たと思って慌てて冷静そうな顔を作る。そしてローブの人達に話しかけた。

「いらっしゃいませ。店主のハヤトですが、どういった御用でしょうか？」

ハヤトがそう言うと、五人のうちの一人が前に出た。

「お忙しいところすみません。この店では日焼け止めを大量に扱っているようですね？」

「え？　ええ、まあ。ちょっと作り過ぎてしまったので売りに出していますが、それが何か？」

ミストのために日焼け止めを作ったのだが、相当な量となってしまったので過剰分は店で売り出したのだ。現時点では特に需要がないので結構安めに売りに出していた。

拠点での店頭商品には検索機能があり、条件を指定すれば売っているお店を調べることができる。また、そこまではテレポートができるので、それを利用してここへ来たのだろうとハヤトは考えた。

「日焼け止めを作るには散光草と光吸草が必要になると思います。日焼け止めではなく、散光草と光吸草を買い取りたいのですが、いかがでしょうか？　相場の倍は出すつもりです」

「理由を聞いても？」

「それは企業秘密ということでお願いします」

ハヤトは考える。

（利用方法が分からないな。日焼け止め以外に利用することができるのか？　少なくとも生産系スキルで使うことはないと思うんだけど）

ハヤトは生産系スキルで作れる物の材料は完全に把握している。少なくとも生産系スキルで散光草と光吸草は日焼け止め以外の使い道はない。自分と同じように新しいレシピなどを手に入れたという可能性もあるが、それなら考えても答えは出ない。まずは生産以外での使い道がないか思い出そうとした。

（もしかして魔法か？　確か、一部の魔法は触媒《しょくばい》が必要になるとか聞いたことがあるけど）

魔法の種類によるが、基本的に魔法は魔法書を持っていれば使うことができる。その魔法書をアイテムバッグに入れておけば、ＭＰがある限り魔法を使うことが可能だ。

だが、それとはほかに、一部の魔法は発動させるために触媒というものが必要になる。ハヤトの知識だとそれは召喚魔法だ。特に悪魔系の召喚を行うときには必須ということをハヤトは聞いたことがあった。

そしてこの場にいる人達の容姿。どう見ても悪魔召喚士だ。召喚魔法を使うプレイヤーをサマナーとかサモナーと呼ぶ。過去に論争があったが、このゲームだとサマナーで決着した。

どんな悪魔を呼び出すのかは知らないが、おそらく散光草と光吸草が必要になるのだろうと結論付ける。

ゲーム内通貨だとしてもお金は欲しい。全部売れば結構な値段になるだろう。だが、使い道がクラン戦争である場合、自分の敵になったときは困る。可能性は低いだろうが、売るのはやめておくことにした。

「ええと、申し訳ありません。実は倉庫を圧迫していたので全部日焼け止めにしてしまったんですよ」

「そうでしたか。それは残念です。もし手に入れたら高めの値段にして売ってください。買いに来ますので」

「ええ、そのときはお願いします」

全員軽く頭を下げて店を出ていった。

店にはハヤトとエシャが残る。

「こう言ってはあれだけど、見た目に反して礼儀正しい人達だったね」

「悪魔を召喚してる人達に礼儀正しいとか言っている場合じゃないと思いますが？」

「エシャもその結論に行きついたんだ？　俺もそうじゃないかと思ってたんだよ。散光草と光吸草を使うなんて悪魔の召喚魔法くらいだよね」

「は？　いえ、あの人達のプロフィールを見たのですが、所属しているクランが《悪魔召喚研究会》という名前でしたよ？　それに称号もそんな感じで揃えてました。それで悪魔を召喚しなかったら詐欺じゃないですか。クラン管理委員会に訴えるレベルです」

プレイヤーやＮＰＣが設定しているプロフィールを確認することができる。当然ステータスやスキルを相手の許可なく確認することはできないが、所属するクランや称号の情報は見ることができるのだ。ハヤトは名前を確認したが、プロフィールまでは確認していなかった。

「先にそっちの情報を知りたかったよ。色々考えた末に行きついた結果だったのに」

「どんまいです。いつかその思考が役に立ちますから。保証はしませんが」

「どんまいと言いつつ、追い打ちかけてない？」

ハヤトはちょっと落ち込んでから、そもそも部屋の外へ出た理由を思い出して、ミストを呼び出した。

ハヤトがミストへ連絡を入れると、ほんの数分で拠点まで飛んできた。比喩ではなく本当に飛んできた。

モンスターの吸血鬼はコウモリや狼に変身できるのだが、魔法で吸血鬼になった場合も同じことができる。このゲームで空を飛ぶというのは一部のプレイヤーにのみ許されている行為であるため、そのためだけに吸血鬼になることも珍しくはない。

ミストはコウモリに変身して拠点まで飛んできたのだ。

「棺桶が出来たって本当ですか!?」

「まずは落ち着いて。あと、コウモリの姿から人型に戻ってください。はっきり言って不気味です」

コウモリの状態はかなり大きい。人と同じ大きさのコウモリが二足歩行するなど軽くホラーだ。それが拠点の入口から入ってきたら驚きを通り越す。

「おっと、これは失礼しました――エシャさん、銃を向けないでくれますか？　いま人型に戻りますから」

そう言った直後、ミストは霧に包まれる。そして霧が晴れると普通の人型に戻っていた。それに伴いエシャも銃を下ろす。少々不満そうな顔をしているが、見なかったことにした。

「いや、申し訳ない。すぐに見たかったので全力で飛んできました」

「そこまで喜ばれるとこちらも嬉しいですね。それではお受け取りください」

ハヤトはミストへ棺桶のトレードを行う。

棺桶はかなり大きなものなので、現実なら受け渡しなどできないが、これはゲーム。どんなに大きい物でも重量制限の問題がなければ、アイテムバッグに入れることができるのでトレードも行えるのだ。

ミストは棺桶を受け取ると、満面の笑みになった。

「素晴らしい！　私の要求に応えてくれた見事な棺桶。今日から愛用させていただきます！」

「試してはいませんが、良く寝られるといいですね」

「はい、今日から眠るのが楽しみです。クラン戦争はお任せください。必ずやお役に立ちましょう！」

「期待しています。日焼け止めもかなりの量を用意しました。準備は万端ですよ」

「ありがとうございます。クラン戦争の開始が夜ならいいんですけどね。あの、来たばかりで申し訳ないのですが、早く棺桶を試したいので、一度家に戻って寝てみたいのですが……」

「あ、はい、どうぞ。えっと、おやすみなさい」

「おやすみなさい！」

ミストは最後にハヤトへ頭を下げてから、またコウモリに変身して拠点の外へ出た。おそらく飛んでいったのだろう。

それを見ていたハヤトは少しだけ笑顔になる。

「自分が作った物であれほど喜ばれると嬉しいね」

「なるほど。私もご主人様のチョコレートパフェに喜んでおります。ご主人様が嬉しくなるように、もっと食べようと思いますので倉庫に作り置きをお願いします」

「さて、それじゃクラン戦争のために今度は薬品を用意しようかな。レリックさんに大量の薬草を買ってきてもらったからね。クラン戦争までにポーションを作っておかないと」

「無視は良くないと思いますが、ご主人様はどう思いますか？」

そんなことを言っているエシャに店番を任せて、ハヤトは自室に戻った。


クラン戦争が始まる一週間前となった。

ハヤトはどこのクランと戦うのだろうと情報を確認する。クランの詳細情報から対戦相手を確認すると《悪魔召喚研究会》と情報には表示されていた。

（あのクランってAランクなのか。今回は同ランクのランダムマッチだったんだけど、まさか知っているところと当たるとはね。そうだ、よく考えたらランキング一位と当たる可能性もあったのか。危ない、危ない。上位クランとはもっと仲間を増やしてから戦いたいからな）

今回ミストを仲間にすることができたが、それ以降、誰も仲間にできなかったのだ。クラン戦争の準備が忙しかったというのもあるが、強いＮＰＣに縁がなかったとも言える。

一度、ハヤトがメイドギルドのメイド長はどうかとエシャに相談したところ、エシャに全力で止められた。「自分、頑張りますから！」と、涙ながらに訴えるので諦めた経緯がある。

アッシュやレンにも穏健派のドラゴンでクランに入ってくれそうな人がいないか聞いてみたが、アッシュ曰く「アイツらは気まぐれだから止めた方がいい」と言われて諦めた。

レリックも同様のようで、バトラーギルドに戦力になりそうな執事はいないし、以前のクランメンバーも「力を貸してくれるとは思えません」と言いだした。レリックの話では、全員がそれぞれやることがあってクラン戦争に参加するのは無理だろうとのことだ。

ハヤトはミストにも仲間になってくれそうな人を聞いたが、そちらもダメだった。ミストがいたクランの仲間達はそれぞれどこかのダンジョンに籠っていてアンデッドの研究をしている。その研究が終わるまではダンジョンから出てこないだろうとのことだ。

これらの事情から前回のクラン戦争から変化があるのはミストの加入だけだった。

「クラン管理委員会を辞めてまで入ったクランですから、死ぬ気で頑張りますよ！　すでにアンデッドですけどね！」

最高品質の棺桶で寝ているおかげなのか、ミストのテンションが高い。良く寝られるようになったというミストの報告でハヤトも喜んだが、このテンションが続くのかとちょっとだけ後悔している。

「ええと、ミストさんにはとりあえず日焼け止めとトマトジュースを大量に作っておきましたから。でも、トマトジュースってMPの回復しかしませんけどいいのですか？」

「問題ありません。そもそもポーションとか飲むと逆にダメージを受けるので、主な回復手段はそれしかないんですよね。吸血鬼版エリクサーと言われるドラゴンブラッドでもいいのですが、それはお高いのでトマトジュースで十分です」

「そうですか。一応、ドラゴンブラッドも用意しておいたので、必要であれば使ってください」

「驚きましたね。そんなものを用意してくれたのですか。いざとなったら使わせていただきます。ああ、そうだ。棺桶をクラン戦争に持ち込みたいのですがいいですか？」

ハヤトは首を傾げる。

クラン戦争には色々なアイテムを持ちこめる。それは家具も例外ではない。だが、家具には一切の効果がないのだ。そんなものを持ち込んでどうするのかハヤトには想像ができなかった。

「ええと、どうしてでしょうか？　もしかして棺桶には吸血鬼を強くする効果があるとかですか？」

「いえ、そんなものはないのですが、いざというときのためですね。簡単に言うと、クラン戦争中、夜でさえあれば吸血鬼はやられても棺桶で復活できるのです。棺桶を砦のどこかに置いておくことが前提ですけどね」

「クラン戦争中に復活できる？」

「ええ、そうなんですよ。でも、どうして他の人は誰もやらないんですかね？　せっかく吸血鬼なのに」

（棺桶にそんな効果があるのを知らないからだよなぁ。というか、そもそも棺桶を作れるプレイヤーが少ない――いや、今のところ俺だけか？）

棺桶はミストからの依頼で作れるようになった家具だ。吸血鬼のＮＰＣと仲良くなれば教えてもらえる可能性は高いが、そもそも棺桶のアイテム情報にクラン戦争で復活が可能とは全く書かれていない。よほどのことがない限り情報を得ることは難しいだろうと考える。

「初めて知りましたけど、そういうことならいくらでもどうぞ」

「はい！　当日持ってきますので！　あ、そうだ！　一緒に私の健康グッズも持ってきますので一緒に語り合いましょう！　足つぼマットが最近のお気に入りなんですよ！　血行が良くなる感じが最高でして！」

吸血鬼なのに血行が良くなるのかというツッコミを抑えつつ、クラン戦争中は忙しいのでまたの機会に、という形で逃れた。

（なんというか、ＮＰＣはみんな自分の趣味というか好きなことを語りたがるよな。クエストの発生条件になってるのか……いや、健康グッズから始まるクエストってなんだよ。とはいえ、みんなには世話になっているから、クラン戦争が終わったら話を聞いてクエストを発生させてみるかな……）

ハヤトはそんなことを考えながら、クラン戦争の準備を始めることにした。

翌日、メイドギルドからメイド長がやってきた。

なぜか拠点の入口で銃を構えるエシャをなだめてからメイド長を中に入れる。約束通り、クラン戦争の相手チームについて調べたので、その情報を持ってきてくれたのだった。

「相手クランの《悪魔召喚研究会》ですが、その戦い方について説明させていただきます」

「はい、よろしくお願いします」

「メイド長。その紙の資料だけ渡して帰ってくださっても大丈夫です。早く帰りましょう、ね？」

「エシャ、ちょっと黙ってて。せっかくここまで来てくれたんだから。あ、でも、帰りに感謝状を持って帰ってもらってもいいですか？」

忌憚《きたん》なく言うと、ものすごく邪魔でして」

「まず、《悪魔召喚研究会》はその名の通り、悪魔を召喚するサマナーで構成されているクランです」

エシャとハヤトの言葉を無視しつつ、メイド長は涼しい顔で相手クランの説明を始めた。

「全員がサマナーという尖った編成ですが、その実力はAランク。動画で確認したところ、ワラ戦法と呼ばれる戦い方のようですね」

「ワラ？　溺れる者は藁《わら》をも掴む、の藁ですか？」

「いえ、ワラワラという意味のワラです。いわゆる群れですね。簡単に言えばコントロールポイントの低い悪魔を大量に召喚して襲ってくる戦法です」

コントロールポイントとは召喚したものを操れるポイントのことだ。

召喚したものが弱いほどポイントが低い。プレイヤーがコントロールできるポイントは通常で三。スキルなどで上限が増え、最終的には八が限界とされている。

つまり、上限が八ならば、ポイントが一のものを八体召喚、もしくはポイントが八のものを一体召喚できるのだ。

「クラン戦争での動画を確認したメイドの話では、ポイントが二の悪魔を四体召喚しているようですね。つまり十人が四体召喚で四十体の悪魔と戦うことになります」

「なるほど。ですが、ポイントが二の悪魔って弱いのでは？」

「そうですね。戦闘スキルがあるプレイヤーなら負けることはないでしょう。ですが、量が多いというのはそれだけで脅威です。それに戦いはクラン戦争。プレイヤーを倒さずとも勝つ方法はあります」

「大量の悪魔をけしかけてクランストーンを破壊するってことですか？」

「はい。ほとんどその勝ち方のようです。一度だけ殲滅による勝ち方がありましたが、それ以外はすべてクランストーンを破壊する勝ち方ですね」

殲滅による勝ちとは完全試合とは異なり、単に相手を全滅させる勝ち方になる。大体の勝利はこれが多い。

「その勝ち方のときもワラ戦法だったんですか？」

「いえ、それは分かりません。勝敗については分かるのですが、動画に関してはピックアップされなかったので確認ができませんでした。ただ――」

「ただ？」

「その試合をしたときの相手チームがクラン管理委員会に不正を申し出たようですね。調査の結果、不正ではないことが証明されたようです。残念ながらどういった理由で不正と言われたのかは分かりませんでした」

（相手チームが不正だと言った？　他人事じゃないね。うちも似たようなことばかりだし……つまり、普通ではあり得ないことがあったということか？　もしかしてそのクランにもＮＰＣが？）

ハヤトは相手チームにＮＰＣがいるのか確認しようとしたが、ＡＩ保護があるのを思い出し、その情報について聞くのを諦めた。だが、ハヤトにはどうしてもその勝ち方が気になった。

「その殲滅の戦いに関してもう少し詳しく調べてもらってもいいですか？」

「ハヤト様がそれを望むなら調べてまいりましょう。ただし、調べても分からない可能性が高いです。よろしいですか？」

「ええ、それは構いません。ああ、そうだ、実はその《悪魔召喚研究会》が一度この拠点にきまして、散光草と光吸草を大量に欲しがっていました。関係ないかもしれませんが、それも一緒に調べてもらってもいいでしょうか？」

「散光草と光吸草ですね？　かしこまりました。それも含めて調べてまいります。さて、情報提供については終わりましたので、次は私事の対応をさせていただきます」

メイド長はエシャのほうへ視線を移す。

エシャは流れるように顔を横に向けて視線を逸らした。

「エシャ、こちらを見なさい。家具が少しくすんでおりますが、掃除をしていないのですか？」

「掃除は執事のレリックがやっておりますので、私はノータッチです」

（そんな分担にしてないけど？　レリックさんは買い物がメインなんだけどな？）

「バトラーギルドに任せきりでどうするのですか。少しの時間ですが、掃除を教えますのでホウキを持ちなさい」

「ホウキは武器なので持ちません。私の武器はベルゼーブだけと心に決めています」

（ホウキって武器だっけ？）

ハヤトは色々なことに疑問を持ちながらも、話が長くなりそうな二人を食堂に残して自室に戻った。

## 十四　クラン戦争三

クラン戦争当日、ハヤト達は拠点の食堂で戦いが始まるのを待っていた。

準備は万端。いつでも戦える状態にはなっている。

不安なのは二点。対戦相手が殲滅で勝利したときの状況と、散光草と光吸草の使い道だ。これがメイドギルドの調べでも分からなかったのだ。

分かっていることは、そのときの相手クランがAランクであったこと。そしてそのクランが《悪魔召喚研究会》について不正ではないかと申請したことだけだった。

Aランクのクランが不正と思うような行為。しかし、クラン管理委員会では不正としなかった以上、それは不正ではなく正当な行為なのだ。

ハヤトはミストにそのことを確認してみたが、たとえ辞めても守秘義務があるということで教えてもらえなかった。そもそも担当が違うので知らないとのことだ。

小心者か慎重なのかは微妙なところだが、ハヤトはそのことが前から気になっている。

「ご主人様、悩んだところでもうどうしようもありません。どんな敵でも倒せばいいんですよ」

「そうなんだけどね。君らより強い人がいるとは思えないから、どんな対応をされても負けるとは思ってないよ。でも、相手の手の内を知らないというのは、こう、ちょっと不安でね。いくら尖った編成が強いとはいっても、サマナー十人でクランを作るのは何かありそう。それに、その状態でAランクを維持しているのは驚異的だと思うんだ」

ハヤトはそこまで言ってさらに考える。

（一人四体の悪魔を召喚するという戦術。本人が狙われたら危険であることも分かっているはずなのに、それを護衛する仲間がいないというのは厳しいはずなんだけどな）

召喚された悪魔や精霊は勝手に動く。ある程度の指示は出せるが、基本的にはかなりいい加減だ。本人を守れという命令も可能だが、ポイントが二の悪魔はかなり弱い。数がいてもすぐに倒されるだろう。ポイントが八の悪魔が普通のプレイヤーよりもステータスが少し良い程度で、ポイントが二の悪魔はさらにそこから四分の一程度の強さしかない。

（クランストーンを破壊できない場合はなにか違う戦術に切り替えるのか？　ポイント八の悪魔を全員で召喚するとか？　うーん、分からない。ネイ達も知らないって言ってたしなぁ）

ハヤトのいたクラン《黒龍》にはサマナーがいなかった。基本に忠実な感じのスキル構成をしているメンバーしかいなかったため、そこからも情報を集めることができなかったのだ。

「今日は遅いですね」

ハヤトが考えごとをしているときに、レンがオレンジジュースを飲みながらそんなことを言った。

時間を確認するとすでに午後五時を回っている。クラン戦争はほぼ一日かけて開催されるため、全部のクランが同じ時間に戦っているわけではない。今回、ハヤト達はまだバトルフィールドに転送されていなかった。

「私のほうは夜になるほどありがたいのですけどね」

ミストの言葉にレンが反応した。

「でも、ミストさんは日焼け止めがあるから昼間でも大丈夫じゃないんですか？」

「いやいや、日焼け止めを塗っても弱体化は避けられないのですよ。ただ、ハヤトさんが作ってくれた日焼け止めは高品質なので、一割程度のステータスダウンで済みますけどね。夜ならフルパワーで戦える上に何度でも復活できますから時間が遅いほど助かります」

「そうなんですか。あ、確かに私の呪いコレクションも夜に呪いが強くなっている気がします！」

「それは気のせいです。というか、吸血鬼は呪いじゃないですからね？」

そんなレンとミストの会話を聞きながら、吸血鬼って反則だなと思った。

夜限定ではあるが、クラン戦争で倒れても復活できるというのはあり得ない。

いくつかの対処法はあるとミストに教えてもらった。一番簡単なのは棺桶を壊すことだろう。棺桶がなければ復活できないのだ。とはいえ、吸血鬼を相手にして棺桶を破壊することができるかどうかといえば、それは難しい。

棺桶がクラン共有の倉庫に入っていても効果を発揮しないため、棺桶をどこかに置かなくてはいけないのだが、それはクラン戦争中の拠点になる砦の中だ。そこまで近寄るのがそもそも難しい。

他にも木製の武器で吸血鬼の心臓を突くと倒せるなどがあるが、そもそも弱い木製の武器をクラン戦争で持っていることが稀だ。

（吸血鬼になる方法はほとんどのプレイヤーが知っているだろうけど、棺桶で復活するとかは知らないよな。そしてその対処法も。明らかに初見殺しだ。まあ、俺のような戦えない奴がクランに所属しているんだから、これくらいのハンデは貰っておかないと）

そう思ったところで視界が切り替わり、クラン戦争のバトルフィールドへ転送された。

夕日が地平線に沈む、起伏の激しい岩だらけの荒野。ここが今回のバトルフィールドとなる。

あと少しでクラン戦争が開始されるため、ハヤト達は作戦を改めて確認することになった。

「ハヤト、すまん。こんなデコボコした場所じゃ踏ん張りがきかないからドラゴンに変身できない。もし変身できたとしても、遮蔽物が多いし、ドラゴンブレスを撃っても効果がないと思う」

「ああ、気にしないでいいよ。そもそもドラゴンブレスが間に合うかどうか分からないからね。普通に人型で戦っても強いんだからそっちでよろしく頼むよ」

召喚魔法は魔法に媒体を使うためなのか、効果発動までの時間が短い。一秒とかからずに召喚が可能だ。

それに比べてアッシュの変身はともかく、ドラゴンブレスは発動までの時間が長い。効果が発動するまでに召喚した悪魔に攻撃される可能性が高いのだ。

「分かった。それじゃ俺達は動けないサマナーを狙う作戦でいいんだな？」

「ああ、それで頼む。相手クランは大量の悪魔を召喚してくるらしいけど、一体一体は弱いはずだから、アッシュ達だけでも近寄れると思う。もしいけそうならクランストーンも狙ってくれ」

「任せろ」

「ミストさんもよろしくお願いしますね」

「夕方ですけど、なんとかなるでしょう。この時間帯から始まるなら途中で夜になると思いますし」

アッシュと傭兵団の団員四名、そしてミストはサマナーを直接狙う部隊になる。サマナーを倒しても召喚された悪魔は消えないが、それ以上増えることもないので、まずサマナーを狙うのが常套《じょうとう》手段だ。

「クランストーンの守りはエシャ、レリックさん、レンちゃんでお願いします。レリックさんは砦の外で悪魔を中に入れないようにしてください」

「承知いたしました。弱い悪魔であれば、格闘スキルでも倒すことはできるでしょう」

レリックは砦の入口を守り、中に入れないようにするのが目的だ。また、格闘スキルによる範囲攻撃を多用して可能な限り複数の悪魔を対処する。

相手クランは大量の悪魔を召喚するという戦術であるため、砦の入口を守ることは正しい。とはいえ、戦闘は基本的に一対一。負けることはなかったとしても、相手がわざわざ順番待ちをしてくれるわけではない。相手は悪魔数体を犠牲にして砦の中に入ることを狙ってくる。

レリックが守る入口を突破してくる悪魔を倒す人員も必要だ。

「エシャとレンちゃんは砦の中でクランストーンそのものを守る形でお願いするよ。二人とも遠距離主体だろうけど、弱い悪魔なら一対一で勝てると思うから」

砦の屋上へ来るためには階段を上がるしかない。砦にある階段は二つ。その一つずつをエシャとレンが守ることになっている。階段から上がってくる場所での戦いなら一対一にもちこめるので、その配置となった。

レリックに階段を守らせるという手もあったが、範囲攻撃がもったいないのでこういう配置にしている。

「分かりました！　しっかり守ります！」

レンが勢いよく返事をするが、エシャからの返事はなかった。エシャはさっきから夕日のほうを見て、ずっと黙っているのだ。

「あの、エシャ？　どうかした？」

「ああ、いえ。すみません、なんでしょうね？　既視感と言えばいいでしょうか。砦から夕日を眺めることが以前にもあったような気がしまして」

エシャはハヤトのほうを見ることなく夕日を見ながらそう答えた。

「おや、エシャもですか。実は私もそう思っていたところです。このような綺麗な夕日を忘れることなんてないと思うのですが」

エシャの言葉にレリックも反応する。

ＡＩに既視感なんてあるのかとハヤトは思いつつ、思ったことを口に出した。

「二人とも前は同じクランだったから似たような状況で戦ったんじゃないの？」

「そうかもしれませんね」

レリックはそう言うが、エシャは何も言わなかった。

エシャはずっと夕日の方に体を向けており、ハヤトの方からエシャの顔は見えない。

だが、振り返ったエシャの顔を見たハヤトは少しだけ驚く。普段のエシャからは想像もできないほどの寂しそうな表情だったからだ。

「あ、あの、エシャ、どうかした？　大丈夫？　チョコレートパフェとか食べる？」

ハヤトの言葉にエシャが一瞬だけきょとんとしたが、その後、少しだけ笑う。

「いつでも食べ物に釣られると思ったら大間違いです。ご安心ください。大事なことを忘れているような気がしただけです。センチメートルな気分というやつですね」

「センチメンタルね。ちょっとは調子が戻った？　えっと、今はクラン戦争に集中してもらえると助かるかな。大変そうなときに悪いとは思うんだけど」

「ええ、大丈夫です。作戦は分かっていますから安心してください。砦の階段で悪魔の侵入を防げばいいということですね。接近戦は苦手ですが、この銃の餌食にしてやりますよ。あ、チョコレートパフェは食べます。今日二つ目ですが」

エシャはそう言ってから銃を曲芸のようにくるくると回して、最後には右手で持ち肩に乗せた。

そしてニヤリと笑う。

「よろしく頼むよ――あの、レンちゃん、何かな？　ズボンを引っ張らないで」

「エシャさんだけにずるいと思います。私もチョコレートパフェを食べたいです。私も今日二つ目ですが！」

「ああ、うん。もちろんだよ。二人分用意するから」

「なるほど。つまりたくさん敵を倒したほうが二つのチョコレートパフェを手に入れられるということですね。腕が鳴ります」

エシャの言葉にレンがハッとした顔になり、五寸釘とワラ人形を構える。

「たとえエシャさんでも負けませんよ！」

「そういう勝負じゃないから。エシャも左手でコイコイってレンちゃんを煽《あお》らないで」

「それじゃハヤト、俺達は配置につくから」

「もう少し助けてくれてもいいんだけどね？」

振り回されている感じのハヤトを残し、アッシュ達は砦を離れ持ち場へと移動していく。

アッシュと団員達、そしてミストは敵陣に最も近い中央付近に移動した。

サマナー達は敵陣の一番奥で最初に召喚してくるとハヤトは睨《にら》んでいる。召喚されるのは仕方ないが、いきなり強襲をかけることで出鼻をくじこうという作戦だ。あわよくば、クランストーンを狙う。

問題は今回の戦いが何もない草原というわけではなく、岩だらけの起伏の多い荒野であることだ。遮蔽物が多く、平坦でもないので、一直線で相手まで行けるかが微妙な場所となる。どちらかと言えば相手側に有利な場所と言えるだろう。

レリックは砦の入口だ。

砦の入口は自陣中央の一番手前にしかない。そこでレリックが悪魔達を迎え撃つことになる。レリックの戦闘は格闘スキルが主体だ。範囲攻撃のウェポンスキルはあるが、クールタイムの事情から連発することはできない。基本的には一対一となる。

取りこぼした悪魔達をエシャとレンは砦の屋上で倒すことになる。エシャの場合は砦からフィールドに攻撃が可能なので最初はレリックの支援となるが、それは途中までだ。悪魔が砦の中に入ってきたら階段での防衛に切り替わる。

ハヤトは一通りの配置と作戦を頭の中でおさらいする。

その直後、クラン戦争が開始された。

戦いが始まると同時に敵陣のプレイヤー達が可視化され、ハヤトの目には敵陣の奥深くに十人のプレイヤーが映る。

だが、すぐに消えてしまった。そして次の瞬間に大量の悪魔が現れる。

(どういうことだ？　サマナー達はどこへ行った？)

ハヤトの混乱をよそにアッシュ達が敵陣へ突撃していった。

アッシュ達の視点では遮蔽物によってサマナー達がいる場所が見えない。サマナー達が消えたことも知らないだろう。

「サマナー達が消えたんだけど、理由は分かる？」

ハヤトはエシャとレンにどういう状況なのかを確認した。だが、二人からの答えはない。首を横に振るだけだ。

なんとなく嫌な予感がするのでハヤトはアッシュ達へ音声チャットを送った。

「相手のサマナー達が消えたみたいだ。状況は分からないけど危険だと思う。どうする？」

「それならクランストーンを狙う。この程度の悪魔なら特に問題ない」

アッシュから返答が聞こえ、ハヤトはそれに「分かった」と答えた。

こういった戦術はアッシュに任せているので、アッシュの考えに異を唱えるつもりはない。ただ、アッシュの判断に任せるにしても色々な情報を送るのは自分の役目だとフィールドを見渡した。

二十体以上の悪魔がこちらへ向かって移動している。残りはアッシュ達を邪魔しているようだが、アッシュ達の敵ではないようだ。

ただ、悪魔を倒してもすぐに再召喚された。ハヤトには見えないがサマナー達は確実にフィールド上にいて、悪魔を召喚しているのだろうと推測する。

こちらに向かっていた悪魔に関してはレリックが砦の入口で戦いを始めていた。

レリックは最初に《風神蹴り》というローリングソバットのような範囲攻撃をすることで何体かの悪魔を倒し、その後、一対一の戦いを始めた。

基本的に格闘スキルによる攻撃は弱い方だが、この悪魔達に関しては特に問題なく戦えている。エシャの援護射撃も効果的なので、今のところ砦には入られていない形だ。

作戦としては十分機能していると思った矢先、敵陣で何か巨大な物が出現した。四メートルほどの巨体だ。青い肌にコウモリの羽、そしてヤギの角。大量に召喚された悪魔とは異なり、強そうに見える。

「ハヤト！　男爵級の悪魔が出た！　立て直すために一旦引くぞ！」

アッシュの少しだけ驚いたような声がした後、敵陣の奥深くまで侵攻していたアッシュ達が退却を始めた。

「えっと、男爵級の悪魔ってなに？　アッシュ達が退却するほどなのかな？」

ハヤトの疑問にレンが答える。

「悪魔には爵位というのがありまして、それが高いほど強いんです。男爵は結構強いですね。兄さん達だけでも倒せるとは思うんですけど、戦いづらい場所なので引いただけだと思いますよ」

「そうなんだ？　なら心配はいらないのかな」

「最上位の公爵級が出てきたら絶対に負けるレベルですけどね！」

なるほど、とハヤトが感心していると、エシャが首を傾げた。

「それにしてはおかしいですね。男爵級の悪魔なんて召喚できましたか？　召喚魔法は詳しくないのですが、呼び出せてもポイント八の騎士級が最高だと思ったのですが」

「でも、もっと強い公爵級の悪魔とかいるんでしょ？　だったら呼び出せるんじゃないの？」

「そういうのはモンスターとして存在しているだけです。召喚魔法で呼び出せるなんてことは聞いたことがありません」

エシャの言葉を聞き、ハヤトは考える。

（もしかして、これが不正と言われた理由なのか？　相手クランはプレイヤー達どころかＮＰＣも知らない召喚魔法を知っている？　まさかとは思うけど、その公爵級という悪魔も呼び出せるのか？）

「ハヤト様、今よろしいですか？」

レリックから音声チャットが届いた。

「どうしました？」

「いえ、悪魔達がいなくなったのですが、どういう状況でしょうか？」

「え？」

アッシュからの情報に気を取られて周囲の確認を怠っていたハヤトは砦の上から周囲を見渡した。

レリックの言う通り、大量の悪魔達がいなくなっている。いるのはアッシュから連絡のあった男爵級の悪魔だけだ。

（これってどういう状況なんだ？）

ハヤトの思考が途切れる。

敵陣でかなり大きな光の柱が立ち上ったのだ。それが収まるとそこには十五メートルほどの巨人が現れた。男爵級の悪魔と同じような姿だが、その肌は赤い。大きさから考えても男爵級よりも強いのだろう。

その悪魔が雄叫びを上げた。

すると、その悪魔の周囲に先ほどまで相手にしていた悪魔達が大量に呼び出されてこちらに移動してきたのだ。赤い肌の悪魔はニヤニヤと笑いながらハヤトのほうを見ている。

「あれが公爵級の悪魔ですよ！」

「ああ、うん。なんとなくそう思ったよ。でも、あれが出てきたら絶対に負けるんじゃないの？

俺達じゃ倒せないんだよね？」

「普通、数十人で戦って勝てる程の強さです。兄さんがドラゴンに変身できたらいい勝負するとは思うんですけど」

（大規模戦闘のボスかよ……でも、どうしたものかな？　あれは倒さずにクランストーンを狙うべきか？　でも、あれを放置して相手の砦へ行くのは無理っぽいんだよな。入口の目の前に立ってるし）

大量の弱い悪魔は問題ない。問題は男爵級と公爵級の悪魔だ。

男爵級の悪魔はアッシュ達でなんとかなるとの話なので、まずはそれを倒してもらう必要がある。とはいえ、倒してもまた召喚されては意味がない。倒した上で召喚させないようにしなければいけないのだ。

まずはサマナーを倒さない限りはどうあがいても勝てないかと思いつつ、ハヤトは相手クランの状況を確認した。

普段はあまり使わないが、クラン戦争中に相手クランの簡単な情報を見られるシステムがあるのだ。

その情報を見てハヤトは驚いた。

すでに相手クランのプレイヤーが七人も倒されたことになっているのだ。

「アッシュ、忙しいところすまないが、相手クランの誰かを倒したか？」

「いや！　倒してない！　倒したのは召喚された悪魔だけだ！」

アッシュ達は誰も相手クランのプレイヤーを倒していない。倒していないのに倒したことになっている理由。考えられるのは自爆だ。ハヤトも《黒龍》でそれをしたことがある。

（いや、自爆というよりは、悪魔を召喚するときの生贄《いけにえ》みたいなものか？　現実のオカルト的な話で、悪魔を呼び出すにはそれなりの代償が必要になるとか聞いたことがある。普通の触媒だけじゃなくて、自分の命をささげて強力な悪魔を呼び出すって方法がこのゲームにはあるってことなのだろう。あくまで推測だけど）

ハヤトはそこまで考えて、タイムアップを狙う作戦を思いついた。

クラン戦争は一時間で終わる。

そのときは総ダメージ数で勝敗がきまるのだ。こちらの総ダメージ数は相手の弱い悪魔を何体も倒したのでかなりの数値になっている。このままタイムアップすればこちらの勝ちなのだ。

「よし、男爵級の悪魔は倒したぞ！」

アッシュの言葉にハヤトはフィールドを見る。そこで男爵級の悪魔が光の粒子になって消えるのを見た。

「確認した、ありがとう。色々相談したいから一度拠点まで戻ってくれ」

「クランストーンは狙わないんだな？　まあ、あの悪魔がいる以上、砦の中には入れないか。分かった。ポーションも尽きそうなので一度戻る」

アッシュ達が悪魔を倒しながら砦の方へ戻ってくるのを確認してから、ハヤトは公爵級の悪魔の方を見た。

公爵級の悪魔はニヤニヤしているだけでその場を動こうとはしない。

（あれもＮＰＣなのだろうけど、どういう思考なんだろうか？　別にクラン戦争に勝つつもりはないってことか？）

弱めの悪魔を砦に送っている以上、何もしないというわけではなさそうだが、どういう思考で行動しているのか全く分からないのは不気味だ。

ハヤトはとりあえずみんなと相談してからだなと考えて、アッシュ達を待った。

数分後、アッシュ達が戻ってきた。

弱い悪魔が侵攻してくるので、レリックや団員達は砦の入口で悪魔達を倒している。砦の屋上にいるのは、エシャ、アッシュ、レン、そしてミストだけだ。

ハヤトはさっそく相談を始めた。

「公爵級の悪魔をどうするか相談したいんだけど、どうするべきかな？　個人的にはこのままタイムアップを待つという手もあると思うんだけど」

その言葉に全員が顔を横に振る。口を開いたのはアッシュだ。

「相手は悪魔だぞ？　今は遊んでいるだけだが、最終的にはこちらを襲ってくる。なんとか倒す方法を考えたほうがいい」

「よく知らないけど、倒せるものじゃないんでしょ？」

「普通なら、な。でも、こちらには俺のドラゴンブレスに匹敵する火力がある。エシャ、《デストロイ》ならあれを倒せるよな？　確か確殺だろ？」

アッシュの言葉にエシャは少しだけ渋い顔をする。

「大規模戦闘で出てくるようなボスキャラを確殺するのは無理ですね。《デストロイ》は大ダメージを与える攻撃であって即死系の攻撃ではありません。確殺できるのは相手が人のときだけです」

「なら二発ならどうだ？」

「いけるとは思うのですが、二発目を撃つには三十分のクールタイムが必要です。やるなら早めにお願いします。すでに開始から二十分は経っているので、二度撃つにはあと十分以内に一度当てないと無理です。それにここからでは射程範囲外なので、一度敵陣まで行かないとダメですね。結構ギリギリでしょう」

「ハヤト、俺が思うにあの悪魔に勝つにはそれしかないと思う。どうする？　決めてくれ」

こういうときのハヤトは判断が早い。そもそも戦闘に関してはアッシュに一任していると言ってもいいからだ。

「分かった。その作戦でお願いするよ。それじゃエシャ、すまないけど敵陣まで行って《デストロイ》をぶっ放してくれるかな？」

「それ相応の料理を要求しますよ？」

「なんでも言って。どんなものでも星五で用意するから」

エシャはその言葉にニヤリと笑う。

「さすが私のご主人様ですね。決断が早くて頼もしいです。さすが救世主と言われるだけあります」

「言ってるのはメイドギルドだけだからね？」

アッシュはエシャを連れていった。

屋上から見ると、アッシュと団員達がエシャを護衛しながら敵陣のほうへ向かっていた。弱い悪魔が邪魔をしているが、あまり効果はないようでスピードを落とさずに移動できているようだ。

そして砦の屋上に残っているのはハヤトのほかにレンとミストだ。

ミストがハヤトの方を見て「さて」と言った。

「ハヤトさん。私達は私達で色々と準備をしておきましょう」

「準備？」

「エシャさんの《デストロイ》を食らえば、まず間違いなくあの悪魔はこちらへ向かってきます。《デストロイ》は三十分のクールタイムがある。それまであの悪魔の攻撃を防がなくてはいけません」

それはそうだとハヤトは思った。あの悪魔はニヤニヤしているだけだが、攻撃を食らってもそのままなんてことはないだろう。

「あの手の悪魔はクランストーンを狙ってくるでしょう。つまり砦に近づけさせないようにするのが重要です」

「なるほど。ちなみになにか案があったりしますか？」

「私がなんとか止めましょう。ハヤトさんにも協力してもらいますよ？」

「え？」

ミストの言葉にハヤトは驚いた。

あの公爵級の悪魔は数十人いないと倒せないようなモンスターだ。大規模戦闘で最後に出てくるようなボス。それを止めると言っているのだ。

「知っていると思いますが、俺に戦闘力はないですよ？」

「戦闘力を求めているわけではありません。私の補佐をしてもらうだけなので安心してください」

とりあえずハヤトは頷いた。そもそも戦闘面では全く役に立たないのだから、何かできるなら役に立ちたいのだ。

「分かりました。それでミストさんはどうやってあの悪魔を止めるんです？」

「それはもちろん戦ってです。一対一で戦って足止めしますよ」

「いや、それは無理じゃ――」

ハヤトがそう言いかけたときに周囲が暗くなる。完全に夕日が地平線に隠れ、空には星や月が見えるくらいになったのだ。

ミストの紳士的な顔は何も変わっていないが、夜になったというだけでかなり不気味な感じになった。気のせいかもしれないが、何かしらの凄みを感じさせる。

「夜は吸血鬼の時間ということです。公爵級の悪魔だろうと止めてみせますよ。たとえ、死んでも……ね！」

ミストはそう言って得意げな顔をする。

（吸血鬼ってそもそもアンデッドだからすでに死んでると言うのは野暮なのかな？　それともツッコミ待ち？）

レンがミストの方を見ながら「おおー」と言って拍手をしている。そしてミストは右手を軽く上げてそれに応えていた。

その後、ミストは棺桶をクランストーンの前に置いた。ハヤトが作った最高品質の棺桶だ。

「それじゃハヤトさん。私が倒されるとこの棺桶に灰が湧き出る感じになるので、そこにトマトジュースをかけてください。それだけで復活できますので」

「棺桶にトマトジュース？　もしかして俺の手伝いってそれなの？」

「まあ、そうですね。時間で復活もできるのですが、トマトジュースなら即復活ですので。しかも棺桶は星五の品質で素材は魔樹。ＨＰ全快で復活ですよ！」

「思ってたのと違うかな……」

「トマトジュースが嫌なら普通の生き血でもいいですけど」

「そういう意味じゃないです。でも、了解しました。やりますから、あの悪魔が動き出したら止めてください」

「お任せを。ドラゴンブラッドもあるので公爵級の悪魔を相手でも結構持つと思います」

ミストがそう言った直後、敵陣から大きな音が聞こえた。

すぐにそちらへ視線を向けると、地上からレーザーのような攻撃が悪魔に直撃している。

レーザーを受けた悪魔は憤怒の顔になり、エシャ達のほうへ向かって動き出した。

公爵級の悪魔が動き出したと同時に、アッシュ達がエシャを連れてこちらへ逃げてきた。

攻撃を受けた悪魔はエシャを狙って《ファイアボール》や《ライトニング》といった魔法を使っている。

その遠隔攻撃がエシャに当たる前に、アッシュや団員達が間に入り、エシャに攻撃が当たらないようにしていた。

悪魔の狙いはエシャだ。エシャの攻撃により、悪魔は大ダメージを受けた。そのせいでエシャに対するヘイト値が大幅に増えているのだ。

ヘイト値とはモンスターが誰を狙うかを決める値のことを指す。モンスターはそのヘイト値が高い相手に攻撃を仕掛ける仕組みだ。

これはモンスターの内部的な情報で、実際にその値を見ることはできない。モンスターにダメージを与える、味方のHPを回復させる、スキルを使用するなどで変動すると言われている。

悪魔のHPを三分の二は減らした《デストロイ》により、悪魔のエシャに対するヘイト値は跳ね上がっている。執拗《しつよう》なまでにエシャに対して攻撃を繰り返していた。

時間とともにヘイト値は減ると言われているが、しばらくはこのままだろう。

アッシュや団員達が《ウォークライ》と呼ばれる自分へのヘイト値を上昇させるスキルを使っているが、悪魔はエシャに対する攻撃を止めない。

これまでのクラン戦争でもそうであったが、この戦いでもエシャの攻撃が要《かなめ》になる。《デストロイ》のクールタイムが切れる三十分後までエシャが倒されるのは避けたい。二発目を撃ってもらわないとあの悪魔が倒せないからだ。

砦まで戻ればバトルフィールド上から遠距離攻撃はされない。少しでも早く戻ってくれとハヤトは祈った。

「さて、それでは行ってきますね。エシャさんを守らないと」

ミストが屋上の手すりに立ち、悪魔の方を見てそう言った。

「お願いします。倒されてもすぐにトマトジュースをかけますので」

「はい、よろしくお願いしますね」

ミストの体が霧に包まれる。霧が晴れると大きなコウモリの姿になっていた。手すりからジャンプするとそのまま飛行して悪魔のほうへ飛んでいった。そして悪魔の顔面に突撃する。それを何度も繰り返している。

モンスターはヘイト値があるからといって、絶対に他のターゲットを攻撃しないというわけではない。モンスターの進行を邪魔した場合は、それを排除するように攻撃をしてくるのだ。

ミストはエシャを追えないように悪魔の進行方向に立ち塞がる感じで戦いを始めた。そのために悪魔はミストを攻撃している。魔法などは使わずに拳による物理攻撃だ。

ミストは何度か躱《かわ》すことに成功するも、攻撃が当たってしまう。三発ほど殴られると、ミストは光の粒子になって消えてしまった。

ハヤトはすぐさま棺桶の中を見る。そこには灰が詰まっていた。

(これがミストさんの灰か。これにトマトジュースをかければいいんだよな?)

ハヤトはアイテムバッグからトマトジュースを取り出して灰に振りかけた。

するとその灰が人型の姿になりミストとなる。

「公爵級の悪魔ともなるとさすがに強いですね。三発食らっただけで死んでしまうようです」

「平気そうにしてますけど、大丈夫ですか?」

「ええ、もちろん。それではまた行ってきますか。あの悪魔は自動的にＨＰが回復するようなので、その分くらいは減らしておかないとエシャさんの二発目で倒せなくなってしまいますからね」

「自動回復のスキルがあるんですかね。それじゃすみませんが、ミストさん、お願いします」

「ええ、このゾンビアタックで前のクラン戦争でもブイブイ言わしてましたから、お手の物ですよ。エシャさんのクールタイムが終わるまでお任せください」

ゾンビアタックとは、たとえ倒されてもすぐに復活して戦いに参加する戦術だ。ゾンビのように何度倒れてもすぐに復活するのでそう言われている。

「ミストさんも前のクラン戦争に参加してたんですね」

「いい線までいってたんですよ。ベスト8に入るくらい――おっと、まずはエシャさんを守らないと。では行ってきます！」

ミストはそう言うと、またコウモリの姿に変身して悪魔の方へ飛んでいった。

その直後にレンが声を上げる。

「あ、兄さん達が戻ってきましたよ！」

砦の屋上から下を見る。そこにはアッシュ達に守られたエシャがいた。弱い悪魔を蹴散らしながら砦の中に入ろうとしているようだ。

「どうやら無事みたいだ。良かった……相変わらずメロンジュースを飲んでるね」

「MP回復のためですよ」

「ああ、そっか。《デストロイ》は全MPを使うんだっけ」

エシャの《デストロイ》という攻撃は全MPを消費して大ダメージを与える。

今回はもう一度撃つ必要があるため、エシャはMP回復させるための行動をしているのだ。ただ好きで飲んでいるだけじゃないかと思うこともあるが、それは言わない。

そのエシャがアッシュと共に屋上へやってきた。

「ふう、いい汗をかきました。これでちょっとくらい痩せるといいのですが」

「結構余裕あるね。MP回復のためにメロンジュースを飲んでもらわないといけないのがちょっと心苦しいけど」

「ご安心ください。こういうのは別カロリーです」

（別腹じゃないの？）

ハヤトがそのツッコミを入れる前に、アッシュがハヤトのほうを見た。

「これからどうする？　今はミストが応戦してくれているが、あの悪魔はこの砦のクランストーンを壊しに来るぞ？」

砦の高さは約十メートル。悪魔は約十五メートルほどなので、砦に入ることなく屋上のクランストーンを攻撃できるのだろう。

基本的にクラン戦争はプレイヤー同士の戦いだ。あのような大きいボスキャラがクラン戦争に出現するのはハヤトも初めて見るので、どういうルールが適用されているかは分からない。だが、おそらく砦の目の前まで来られたらアウトだ。

「ミストさんだけだと三十分持たないか？　ゾンビアタックという手段で足止めしてくれてるんだけど」

「ああ、なるほど。でも、どうだろうな。ミストが戦っている間は悪魔も足を止めているから時間は稼げると思うんだが……少なくともタイムアップまでは持たないな。その前に《デストロイ》でとどめを刺さないと。俺の見立てでギリギリだ」

悪魔はミストと交戦している間は足を止めている。だが、ミストが倒された直後から悪魔は動き出すのだ。ミストを復活させてすぐに交戦状態になったとしても、その間までに距離を詰めてくる。

すでに悪魔は自陣に入りこんでおり、エシャの攻撃が間に合うかは微妙なところだ。

「兄さん。私があの悪魔を弱体化させてミストさんを長生きさせればいいんじゃないかな？　STRを下げれば攻撃力も下がると思うけど……」

レンの言葉を聞いて、アッシュは自分の顎に手を当てた。

「なるほど。《ドラゴンカース》でSTRを半分に下げれば、攻撃力が落ちるからミストも長生きできるってことか」

「うん。一体だけしか効果がないけど、大きさは関係ないから効果はあると思う」

「でも、大丈夫か？　《ドラゴンカース》で悪魔のヘイト値を稼ぐぞ？」

「そこは兄さんが守ってくれるでしょ？」

レンが笑顔でそういうと、アッシュも笑顔になる。

「ああ、もちろんだ。ハヤト、それでいいか？」

「やってもらったほうがいいというのは俺でも分かる。それでお願いするよ。レンちゃん、危険だけどミストさんの支援をしてもらえるかな？」

「お任せください！　あ、上手くいったらすっごいスイーツを期待してます！」

「なんでも好きなのを頼んで」

レンは両手を上げてガッツポーズをした後、アッシュと共に屋上にある階段を下りていった。

屋上に残されたのはハヤトとエシャだけだ。

エシャはメロンジュースを飲み終わると口を拭いてからハヤトの方を見た。

「微笑ましいくらい仲のいい兄妹ですね。まぶしくて浄化されてしまいそうです」

「一回くらい浄化されたほうがいいと思うけど？」

「このクラン戦争では私の気持ち一つで勝敗が決まると言っても過言ではないのですが、何か言うことはありますか？」

「すみませんでした――あ、ごめん、ミストさんが倒された。復活のためにトマトジュースをかけてくるから」

ハヤトは先ほどと同じように棺桶にある灰にトマトジュースを振りかける。するとミストが復活した。

「やれやれ、なかなか骨が折れる作業ですね」

「すみません。そうだ、いま、レンちゃんが支援に行ってますので、多少は楽になると思いますよ」

「ああ、はい。アッシュさんから連絡がありました。悪魔の攻撃方法によって呪いの切り替えを行うとか。ありがたい話です――おっと、話している場合じゃないですね。レンちゃんが狙われる可能性があるのですぐに向かいます」

ミストはまたコウモリの姿になって悪魔の方へ飛んでいった。

（さて、砦の入口ではレリックさんと団員さんが弱めの悪魔を退治しているから、ここまでは来られないだろう。あとはエシャが《デストロイ》を撃てるまで、あの悪魔をどれだけ近づかせないかだけか）

ハヤトはそんなことを考えながら戦っているみんなと悪魔を見た。


すでに空は星で埋め尽くされている。

そろそろクラン戦争も終わりになる時間帯だが、クランストーンを守り切れば、総ダメージ量で勝てる状況だ。

問題は相手が召喚した公爵級の悪魔。これが砦の目の前まで迫っていた。あと数歩で砦に悪魔の手がかかる。そうすれば、クランストーンを攻撃できる射程範囲だ。

他にも残っている三人のサマナーが気になるところだが、今のところ何もしていない。というよりも姿が見えないのでどうすることもできないのだ。そのため、その三人に関しては気にしないことにした。今は悪魔を止めることが先決なのだ。

エシャはすでにMPを回復させており、あとはクールタイムが終わるのを待つだけだ。いまは砦の屋上で悪魔の正面にいて、手すりに左足をかけた状態で銃を構えている。クールタイムが終わったと同時に撃つためだろう。

「エシャ、そこだと危ないいんじゃないかな？　もっと離れたほうが――」

TOMATO

「いえ、ここで撃てばすぐに当たります。そうすれば私達の勝ち。やるかやられるかなので、ここで構いません」

エシャの眼前まで悪魔の手が届きそうだというのに、エシャは身じろぎもせず、悪魔の眉間に向けて銃を構えていた。

ハヤトは《デストロイ》のクールタイムがあとどれくらいなのかは分からない。もう少しであるということだけだ。

そう思った瞬間に悪魔と戦っていたミストが光の粒子となって消えた。

そして悪魔は一歩前に出て、拳でエシャを殴ろうとしていた。大きなモーションで左拳を引いていたのだ。ミストと悪魔の戦いを見ていたハヤトは、おそらく左フックのような攻撃だと予測する。

ハヤトがまずい、と拳の軌道上に飛び出した瞬間、エシャがニヤリと笑う。

「《デストロイ》」

エシャの銃、ベルゼーブ666の銃口から大小十個の魔法陣が出て悪魔の眉間の手前まで並んだ。

直後に大砲のような音が聞こえ、衝撃がハヤトを襲う。その衝撃で倒れてしまったハヤトは急いで立ち上がると、悪魔が光の粒子になって消えていくのが見えた。

エシャは悪魔が消えるのを確認してから、銃を右肩に乗せて大きく息を吐く。

「ギリギリでしたね」

「ああ、うん。助かったよ」

「ところで、ご主人様。さっき私を守ろうとしました？　飛び出しましたよね？」

悪魔の攻撃は範囲攻撃ではない。エシャに当たる前にハヤトに当たれば、ハヤトは倒されてしまうが、次の攻撃まで時間を稼げる。そう判断したからこそ飛び出したのだ。

とはいえ、それを正直に言いたくはない。結局必要がなかったので、ちょっと格好悪い。

「……気のせいじゃないかな？」

「それはとぼけすぎだと思いますが、ご主人様はどう思います？」

エシャはニヤニヤしながらハヤトを見る。

（この前の仕返しか？　いや、でも、その通りだというのがなんとなく嫌だな……あれ？　俺、飛び出せたのか？）

ハヤトは自分の足を見る。そこにはいつもの足があるだけだ。

「俺って飛び出してた？」

「まだとぼけるつもりですか。まあ、いいですけど」

「あ、いや、そういう意味じゃ――」

そこまで言ったところで、ファンファァーレが鳴り響いた。そして花火が上がり、紙吹雪が舞う。

この戦いに勝利したのだ。

（まあいいや。今は勝利を喜ぼう）

ハヤトは夜空に上がる花火を見ながらそう思っていた。

# 十五　祝勝会

《悪魔召喚研究会》とのクラン戦争に勝った翌日、ハヤトはメンバーを集めて祝勝会を開くことにした。

クラン戦争が終わった後、全員にそう伝えたのだ。

ハヤトは朝から準備を始めた。一応、エシャとレリックが手伝ってくれているが、買い物と食堂の準備をお願いしただけで、料理の準備はすべてハヤトだ。

一ヵ月前の戦いでは、直後にクラン《殲滅の女神》とのいざこざもあり、何もしていなかった。《殲滅の女神》に勝った後も、クラン管理委員会からミストが来る、メイドギルドに拉致される、などと忙しく、色々と後回しになっていたのだ。Aランクになれたこともそうだが、クラン戦争で三回も勝てたのは間違いなくみんなのおかげであり、ハヤトとしてはそれに感謝したいのだ。

ハヤト自身、もてなしをするのが好きだ。ゲームを始めてから気づいたことだった。自分が作った物でほかの人が喜んでくれるというのは、なんとも言えない嬉しさがこみ上げてくる。生産系スキルの地獄のスキル上げを頑張れたのは、元々の職人気質もあったが、なによりも喜んでくれる人達がいたからだ。一人だけでは恐らく到達しえなかっただろう。

クラン《黒龍》でも、結構な頻度で宴《うたげ》を開いていた。そして今回はエシャ達のために色々と準備をしている。感情豊かなＮＰＣ達なのだから、やりがいがあるとせっせと料理を作り始めた。

（エシャ達は本物の人間のようにしか見えないんだよね。それにＮＰＣは高性能ＡＩじゃなくて、本当は運営が操っているんじゃないかっていう人もいる。中に人がいると言われても驚かないよな。でも、それはないか。ログアウトらしきことはしていないっていうし）

このゲームの場合、ログアウトするとキャラクターそのものがゲーム内から消えることになる。主にベッドで睡眠をとるなどの行為がログアウトになるのだが、ＮＰＣ達はベッドで眠ることはあってもキャラクターそのものが消えることはないのだ。

運営が動かしているキャラクターだけがそういう仕様なのかもしれないとの話はあった。だが、とあるプレイヤーが真夜中に寝ているＮＰＣに呼びかけたら、すぐに目を覚まして動き出したという話があった。ＮＰＣに中の人がいたとしても常時接続でもしていない限り、その行動はできないだろうという話になり、現在では中に人がいる説を推すプレイヤーは少ない。

（もし、中に人がいるのならエシャには会ってみたい気がするね。なんというか怖い物見たさで）

ハヤトはもてなし用の料理を作成しながらそんなことを考えていた。そして時間を確認するとそろそろメンバーが集まる時間だったので、ハヤトは大量に作った料理を拠点の食堂に運び、見栄えがいいように並べた。料理を見渡し、最終チェックを行う。チョコレートパフェもちゃんとある。

ふと、ハヤトは直前のクラン戦争を思い出した。

咄嗟に飛び出した、あの瞬間。

ハヤトは自分の足を見る。

実は、ハヤトには足を怪我した過去があった。すでに完治はしている。けれど、突発的に動かすことが難しかった。医者は気持ちの問題だと述べ、仮想現実ならば動かせると思っていた。だが、駄目だった。結局、やれることは生産系スキルが主だった。後ろ向きな理由で始めたのは間違いないが、やってみるとなかなか面白く、不満に思うことはなかった。クランを追い出されたときは焦ったが、生産系スキルを極めた職人として、誇りを持っていたのだ。

不満に思うことはなかったが――

（……動けてよかった）

チャイムが鳴り、ハヤトはメンバーを迎えに向かった。

拠点で行われた祝勝会は結構な盛り上がりを見せている。

エシャ、アッシュ、レリック、レン、ミスト、そしてアッシュ率いる傭兵団の団員達。それぞれが楽しく料理を食べながら歓談していた。

「さすがご主人様と言わざるを得ません。ウェディングケーキの最高品質、堪能《たんのう》いたしました」

「あれを一人で食べるとは思わなかったよ。しかも二個」

「そうですよ！　酷いじゃないですか！　私も食べたかった！　今度一人で食べたら呪いますよ！」

「レン様、バケツプリンを抱えておきながら何をおっしゃるのですか。あれは私への報酬であって、祝勝会で用意された料理とは別の物です。大体、二ヵ月も待たされました。誰にもあげるつもりはありません。ちなみに、料理効果でステータスが色々上がっておりまして、今の私は無敵感があります。《デストロイ》を何発でも撃てそうとだけ言っておきます」

「冗談だとは思うけど、本当にやめてね。あと、他にも要望があったスイーツを用意しておいたからあとで食べて」

それを聞くや否や、エシャとレンは競うようにスイーツ系の料理を食べ始めたので、ハヤトはその場所を後にした。そしてアッシュとレリック、そしてミストがいる方へと移動する。

「三人とも料理はどうかな?」

「最高品質の料理だけだからな。美味しくいただいているよ」

「ニンニクが入っていても食べたくなる料理ですよね。実はさっき食べてダメージを受けました」

「大変美味なものが多く圧倒されてしまいます。しかし、よろしかったのですか? このような豪勢な祝勝会を開くとなると、かなり散財したと思うのですが」

確かにハヤトはこれらの料理を用意するのに結構なお金を使っている。だが、クラン戦争により、相手から多くのお金を得られたのだ。

クラン戦争に勝つことで得られる現実の賞金は、クランが所持しているゲーム内通貨の量に影響される。Aランクの賞金を満額手に入れるには、ゲーム内通貨をかなり所持する必要があるのだ。

そのため、先のクラン戦争により、想定以上のGを手に入れることができた。

《殲滅の女神》と《悪魔召喚研究会》、この二つのクランに勝ったことで、億とは言わないが、それに近い通貨を得られた。それもこれも皆のおかげだ。これくらい還元するのはなんの問題もないよな……いや、待てよ？　よく考えたら還元じゃなくてみんなに分配しなくちゃダメだよな。やべ、前のクラン戦争でのお金も全然分配してないぞ）

ハヤトはそう考えて、アッシュ達に頭を下げた。

「アッシュ、レリックさん、それにミストさん、思い出したんだが、クラン戦争で得られたお金の分配をしてなかった。アッシュや団員さんはこれまでの分も含めて三回分だな。すまない、色々とあって忘れてた。すぐに計算して皆に分配するから」

ハヤトがそう言うと、アッシュは一瞬なんの話をしているのか分からないような顔をした。だが、すぐに気づいたのか、首を横に振る。

「なにを言ってるんだ。クラン戦争で手に入れたお金はハヤトがそのまま使ってくれ。俺や妹は最高品質のエリクサーを作ってくれただけで十分だ。団員達も性能のいい装備を作ってもらえて同じ気持ちだし、そもそもクラン戦争へは俺達が勝手に参加したようなものだしな」

「いや、そういうわけには――」

「気にしなくていい。前に言っただろう？　ハヤトが役立たずじゃないことを証明したかったから、クラン戦争に参加したって。まあ、《黒龍》のクランメンバーもそんな風には思ってなかったみたいだけどな」

「……いいのか？」

「ああ、それに何かあったときはハヤトの生産系スキルを当てにしてる。そのときは優先的に対応してもらえると嬉しいかな」

「分かった。そのときは優先的に対応させてもらうよ」

「それじゃ、これからもよろしく頼むぜ、リーダー」

アッシュは笑顔で右手を出した。ハヤトも右手を出して握手する。固い握手を交わしているときに、ハヤトの耳にエシャ達の声が聞こえてきた。

「いいですか、レンさん。あれが、尊い、です」

「はあ。ハヤトさんと兄さんが握手しているだけですよね？」

「レンさんにはまだ早かったですかね。私くらいの上級者――いえ、超越者になると、あれだけでチョコレートパフェ三杯はいけます」

「それは私でも三杯いけますけど？」

ハヤトは無視した。聞こえない振りだ。そして今度はレリックの方へ視線を向ける。

「レリックさん、話は聞いていたと思いますが、この間のクラン戦争でのお金をお渡ししますので――」

「いえ、私もアッシュさん達と同じように不要ですよ。ギルドへ執事を雇うためのお金、月10万Gだけをお納めください」

「そういうわけにはいきませんよ。レリックさんのおかげで剣を取り戻すことができたので、受け取ってもらわないと」

「いえいえ。実は私もエシャと同じようにギルドではお荷物でしてね。執事として雇ってもらえるだけで十分ありがたいのですよ」

そう言ってレリックは微笑む。顔に傷もあり、強面の部類ではあるが、意外と威圧感は感じない。

ハヤトはそんなことを思いながらレリックを見つめた。

「分かりました。それでしたら、毎月雇わせていただきますので、今後もよろしくお願いします。それに自分の生産系スキルが必要なら優先的に対応しますので」

「はい、期待しております。では、これからもよろしくお願いします」

レリックは左手を胸へ当てて丁寧にお辞儀をした。ハヤトは普通に頭を下げる。するとまた声が聞こえてきた。

「あれは尊いですか？」

「どうでしょう？　あまり年寄りには興味がないので尊いとは思いませんね。そういうお年寄り専門の方はいますが少数派です」

「難しいですね……」

まだ色々と聞こえてくるが、あえて無視して今度はミストの方を見た。

「ミストさんにはクラン管理委員会を辞めてまでクランに入ってもらいましたから、それに上乗せする形でお金を――」

「あの棺桶でこちらがお金を払うくらいですから不要です。おかげで最近、良く眠れるんですよね。こう起きたとき清々しいというか、しっかり目が覚めます。そうだ、お金はいりませんが、今度健康グッズを作ってください。材料は用意しますので」

「そういうことでしたら、分かりました。いつでも言ってください。なんでも作りますから」

ハヤトがそう言うと、ミストは笑顔になり、綺麗な所作でお辞儀をした。

「あれは尊くないと思います。二人とも呪いの装備でも着けてたら、違うと思うんですけど」

「レン様もそう思いますか。細マッチョ同士はこう、ビビッと来ません。なにかこう、プラスアルファがないと確かにダメですね」

ぼそぼそと言っている割には、ハッキリ聞こえるエシャとレンの方へハヤトは体を向けた。

「君達、ちょっといいかな？　色々と台無しなんだけど？　とくにエシャ。レンちゃんに変なことを教えないでくれる？」

ハヤトの言葉に、エシャとレンが近づいてきた。そしてエシャはキリッとした顔で反論する。

「変なこととは心外ですね。これはメイドの嗜みです。辛く苦しいメイドの仕事、その苦境の中で想像する一筋の光、いえ、希望と言ってもいいでしょう。それを変なこととは何事ですか」

「もっと他に嗜むことがあるよね？　それに言いたくはないんだけど、メイドの仕事をしてたっけ？　まあ、それはいいか。どちらかと言うとメイドというより戦闘員として雇っている感じだし。それじゃエシャにはお金を分配するね」

「いえ、いりませんよ。毎月メイドギルドに10万Gだけお支払いください——なんでそんなに驚いた顔をされるのですか？」

「いや、すごく意外だったから」

エシャのことなので、料理を食べるためのお金が大量に必要だと思ったからだ。そのお金がいらないと言ったのがハヤトには予想外だった。

このゲーム内では食事をすることができる。プレイヤーにとってそれは栄養の摂取ではない。ゲームにおける一時的な能力の向上、それに味覚による刺激を求めて食事をするのが大半だ。だが、ＮＰＣがどんな目的で食べているのかは誰も知らない。ＡＩに味覚というものが本当に存在しているのかどうかも分からないのだ。

エシャに限って言えば、絶対に味覚があるだろ、という答えしか思い浮かばないハヤトとしては、そのために使えるお金を受け取らないことがかなり意外だった。

「えっと、本当にいいの？　お金があればもっと色々食べられるよ？」

ハヤトがそう言うと、エシャは「フッ」と鼻で笑った。

「このエシャ・クラウン、以前にも申しました通り、王都の主要な食堂ではすべて出禁となっておりますので、お金があっても美味しい物は食べられないのです」

「ああ、聞いたことがあるね。でも、なんでそんなことになってるわけ？」

「色々な食堂で大食いチャレンジというものがありまして、それに参加したら店主に泣きながらもう来ないでくれと言われました。あの程度で大食いチャレンジとは片腹痛い――いえ、別に本当に片腹が痛くなったわけではないですよ？　営業妨害的な話ではありません」

「いや、それくらい分かるから。つまり、お金があっても食事ができないってこと？」

「ありていに言えばその通りです――みなさんの視線がとても痛いですね」

「えっと、なら自分で食材を買って料理を作ったら？」

「ご主人様は私のスキル構成を見たはずですが？　残念ながらどんなに頑張っても料理スキルは一

向に上がりません。食材がただの黒ずみになるならまだマシなほうで、何かこう見てはいけない新しい生命体を生み出すレベルなのです」

「料理っていう名の錬金術か何かなの？　そういうスキルはないけど」

ハヤトはそう言いながら、エシャのスキル構成を思い出した。エシャの料理スキルはマイナス100なのだ。初めて見たときは驚いたものだが、それ以上にエシャの戦力に驚いたので、いまのいままでハヤトは忘れていた。

周囲の視線が哀れみに変わるが、エシャはどこ吹く風だ。

「そんなわけでして、お金よりも美味しい料理がいいですね。つまりご主人様の作った料理が食べられるのならお金はいりません。むしろ、三食デザート付きで雇ってください。あと週休七日なら文句なし」

「週休七日だと俺が文句あるよ。でも、まあ、三食デザート付きなのは別にいいよ。必要以上に食べなければ倉庫の料理を勝手に食べてくれていいから。あ、でも、クラン戦争用に作った料理は食べないように——なんでそんな顔をしてるの？」

エシャは形容しがたい顔をしていた。一番近いのは困った顔だろう。複雑な表情を見せるエシャにハヤトは少し驚く。

そしてエシャは溜息をついた。

「まさか本当に許可するとは思いませんでした。今までも毎日デザートとしてチョコレートパフェをいただいておりましたが、さらに三食付きますか。なんというか、ご主人様は無駄にお優しいですよね。甘ちゃんですし」

「無駄にって言わないでくれる？」

いい条件を出したのになぜかダメ出しのようなものをされているハヤトはちょっと不満だ。そのことについて文句を言おうと思った矢先、エシャが何かを思い出したような顔をした。

「ああ、そうでした、実は聞きたいことがあったのです。お金はいいですから、一つだけ教えてください」

「えっと、何かな？」

「ご主人様はどうしてクラン戦争で勝ちたいのですか？」

「え？」

エシャの質問に周囲にいるメンバーもハヤトの方を見つめた。興味津々と言った感じだ。そしてエシャは答えないハヤトに対してさらに質問する。

「以前私はクラン戦争に参加しましたが、目的は特にありませんでした。単純に勝つことが目的だったとも言えますが。ですが、ご主人様はそんなことないですよね？　クラン戦争に勝てばお金が手に入るというのは確かに魅力ですが、ご主人様なら普通に生産系スキルでお金は稼げますし、クラン戦争に参加する必要はないと思うのですが」

ハヤトは答えに詰まる。

目的はゲームの外、つまり現実にあるからだ。ハヤトの目的は現実の世界で得られる賞金。だが、それをＮＰＣであるエシャ達に言っても意味が分からないだろう。もしくはＡＩ保護で理由を言っても通じない可能性が高い。

答えないハヤトに対してエシャは目を細くする。

「まさかとは思いますが、ご主人様も特に理由はなくクラン戦争に参加されているんですか？」

なぜか少し不機嫌そうになったエシャに対して、ハヤトは覚悟を決めた。本当のことは言えないが、間違ってもいないことを言おうと思ったのだ。適当に話をでっちあげても良かったが、ハヤトはそれをしたくなかった。

「クラン戦争でランキング上位に入れば夢を叶えることができるんだよね」

ハヤトの夢。それは喫茶店を開くことだ。

地道に働いてお金をためれば、十数年後には叶えられる夢だったろう。本来ならば、そうするつもりだった。だが、目の前に早く夢を叶えるチャンスが現れた。

ゲームの賞金を当てにするなど狂気の沙汰と言われても仕方がない。だが、ハヤトはそれを選んだ。それに《黒龍》のメンバーとなら悪くない賭けだと思ったからだ。結局その賭けは失敗したが、今は新たなクランで、また目指せる位置にいる。それは幸運だといえるだろう。

ハヤトがそんなことを考えていると、エシャが真面目な顔でハヤトを見つめていた。

「夢、ですか」

「ああ、うん。どんな夢なのかは聞かないでくれるかな。こういうのは人に言わないほうが叶いやすいと思うし……えっと、これで納得してもらえる？」

「……はい、納得しました。そうですか、ご主人様には夢があって、それを叶えるためにクラン戦争に参加していたと」

「そうだね。まあ、その割には必死さが足りないって思うかもしれないけど」

「ええ、全く足りませんね。どんな手を使ってでも相手を蹴落とすくらいの気持ちでやってもらわないと。ですが――」

エシャはハヤトを見て微笑んだ。

「ご主人様はそのヘタレな性格を治せないと思うので、代わりに私がどんな敵でも屠《ほふ》ってあげますよ。三食デザート付きのお礼です……いえ、どうやらここにいる全員で、ということですね。みなさんもやる気になっているみたいですし」

「そういう理由があったのなら、必ずこのクランをランキング上位にしてやるぞ。いつかその夢を教えてくれよ」

「わ、私も頑張ります！　誰であろうとも呪いますよ！　うひひひ……」

「私も微力ながらお手伝いさせていただきます」

「もちろん、私も」

アッシュ、レン、レリック、ミスト、そして傭兵団の団員達もハヤトに手を貸すと言いだした。そして今度は皆が自分の夢を語りだす。叶えられそうな夢から荒唐無稽な夢まで色々あるが、全員が楽しそうに語っていた。

（エシャがちょっとデレた？　なんだかくすぐったい。でも、みんなが応援してくれるのか。《黒龍》にいたときもちゃんと説明しておけばあんなことにならなかったのかもしれないな。今更だけど。それはそれとして、みんなにもそれぞれ夢があるのか。たとえゲームだったとしても、俺のスキルでなんとかなるなら叶えてあげたいところだ）

ハヤトはそんなことを考えながらみんなを見る。そしてゆっくりとコーヒーを飲み、楽し気な雰囲気に身を任せた。

祝勝会が終わり、メンバー達は帰路についた。

拠点にはハヤトが一人残っている。

食堂には何も残っていない皿がテーブルに多数置かれており、先ほどまでの騒がしさから一転、静かすぎる状況はなんとなく寂しさを感じさせていた。

ハヤトも例外ではなく、この状況に寂しさを感じている。

気分転換をしようと椅子に座り、コーヒーを取り出して飲みだした。

味と香りの余韻《よいん》を楽しんではいたが、気分転換にならなかった。心に引っかかっていることがあるのだ。それは楽しい時間を過ごすほど反動で膨《ふく》らんでいく。

（みんなはＮＰＣだ。いつかゲームが終わったときはどうなるんだろうか。いや、ゲームが終わるならまだマシか。仮想現実がなくなればＡＩもいなくなるだろう。問題はゲームが続いている状態で俺が辞めたときだ）

オンラインゲームの宿命とも言えるべきサービスの終了。それはいつか必ず来る。ＮＰＣ達との別れが来るのだ。

サービスが終了しなくても、いつかゲームを辞めるときが来るかもしれない。ログインしなければハヤトのキャラはこのゲームに存在しなくなる。

そのとき、ＮＰＣ達はどうなるのか。

いままでは普通のプレイヤーとの交流しかなかったのでそんなことを考えたことはなかった。当然、ゲームを辞めるときは、知り合いのプレイヤーに挨拶をしてから辞めるだろう。

だが、ＮＰＣ達にはなんと言えばいいのか。ハヤトにはそれが分からなかった。

「旅に出る、とかかな……」

「ご主人様はどこかへ行かれるんですか？」

「うぉわ！」

いつの間にかハヤトの背後にエシャがいた。

誰もいないと思っていたので、ハヤトは椅子から転げ落ちるほど慌てた。

「なかなかいい表情でした。私のベストメモリーに入れておきますね。拒否権はございません」

「エ、エシャ？　どうしたの？　なにか忘れ物？」

ハヤトは床にしりもちをついた状態でエシャを見上げる。

「いえ、料理が残っていたらお持ち帰りしようかと思って戻ってきたのですが」

「料理を全部食べたのはエシャだと思うんだけど？」

「まだ出していないものがあるかと思いまして。メイドの直感は騙せませんよ？」

「……まあいいけど。それじゃちょっと待ってて。今日出そうと思ってたけど、品質が悪かったものがあるから。星四だけどいいよね？」

ハヤトはそう言いながら立ち上がった。

「一般常識ですと、星四は品質が高い物だと思いますが、ご主人様がそう言うなら、その品質の悪い物をください。その前に――」

エシャはハヤトを見つめる。ハヤトもなんとなくエシャを見つめた。

「先ほどの旅に出るというのはなんですか？　お土産なら食べられるものでお願いします」

ハヤトは本当のことを言ってもいいものかと迷った。そもそもＡＩ保護でゲームを辞めるというような話はできないのだ。

ただ、どんな反応をするのか興味があったので、少しだけニュアンスを変えて話をすることにした。

「旅に出ることが目的じゃないんだ。実は俺がいなくなったらみんなはどうするのかなと思ってね。俺が旅先で行方不明になったという設定を考えていただけだよ……エシャならどうする？」

エシャは少しだけ首を傾げるが、真面目な顔になり口を開いた。

「私を雇ってくれる人なんてご主人様くらいしかいませんから、どこにいようと探しだして連れ戻しますね」

その言葉に一瞬頭の中が真っ白になってしまったが、次の瞬間には笑いだした。

自分がいなくなったら探し出すと言ったのだ。理由自体はエシャらしいものだが、やりかねないと心底思った。エシャなら現実の世界にだって自分を連れ戻しに来る。それを想像してなぜか嬉しくなって笑ってしまったのだ。

ハヤトのその行為に眉をひそめたエシャは銃を取り出した。

「真面目に答えたのにご主人様の態度に傷つきました。どこなら撃ってもいいですか？　おすすめは腕」

「ごめん。嬉しかったんだって。俺がさらわれたらエシャが助けにきてくれるんだろうなって」

エシャは疑いの目でハヤトを見ていたが、しばらくすると銃をしまった。

「ちなみにいなくなる予定があるのですか？　魔王にさらわれるとか。どこのお姫様ですか」

「そんな予定はないかな。俺はここにいるよ……ずっとね」

ハヤトはそう言ってから、エシャに渡す料理を取りに倉庫へ向かうのだった。

# 閑話　世界の終わりと始まり

少女は自室のベッドで目を覚ました。

壁に埋め込まれたデジタル式の時計を見ると六時五十五分。アラームを設定した七時よりも五分早く起きるのはいつものことだ。それで得をしたのか損をしたのかは分からないが、アラームが鳴るまで眠りたいと思っている。

上半身を起こして周囲を確認する。

ベッドと机、それに椅子と壁に埋め込まれたコンソール程度しかない部屋は、質素を通り越して人が住んでいるのかも怪しいと言える。住んでいるのに生活感がないなと思いつつも、大半の人も同じ生活だろうと自嘲気味に笑った。

ベッドから足を下ろし裸足で床に立つ。下着の上に大きな白いシャツを着ているだけだが、この部屋にいるのは自分だけなので、いつもその姿で過ごしている。コンクリートがむき出しになった部屋はそれだけで冷たさを感じるが、部屋は適温に調整されていて暑くも寒くもない。この格好で十分なのだ。

軽くストレッチをしながら、台所へと移動した。

台所にある段ボールからチューブ状の栄養補給食品を取り出す。

これを朝昼晩に一本食べれば、人が生きていくのに十分な栄養が取れる。だが、はっきり言ってまずい。正直これだけで食べるのはよほどのことがない限り無理だろう。

台所の棚からイヤホン型の機械を取り出した。イヤホンには小さなダイヤルが付いており、回せるようになっている。それを回してから耳にイヤホンをつけ、チューブの中にあるゼリー状のものを食べ始めた。

本物を食べたことはないが、この味はイチゴの味だと教えられている。本来この食べ物はまずいが、イヤホンをすることで脳に信号を送り、これはイチゴの味だと脳を騙しているのだ。

昼はメロン味にしようと思いながら、少女は食事を終え、壁に埋め込まれているコンソールの前に座った。

コンソールに表示されているボタンを押すと、目の前にキーボードの立体映像が表示される。それを使い、操作を始めた。

昨日作ったプログラムはすでに納品済み。しばらくは休暇をとれるのだが、休暇といっても仕事をしない日というだけなので、とくにすることはない。なので、ネットのニュースでも読もうとする。その予定だったが、自分宛にメールが届いていた。

仕事以外でメールをすることも貰うこともないので、不思議に思いながらも届いたメールを確認する。

「おめでとうございます。貴方はアナザーフロンティア計画のテストプレイヤーに選ばれました。現実と変わらない仮想現実で別の人生を楽しみませんか？」

うさんくさいことこの上ない内容のメールだったが、アナザーフロンティア計画という言葉には引っかかりを覚えた。

フロンティア計画なら知っている。

地球のあらゆる資源は枯渇気味だ。再生可能エネルギーも利用しているが、消費のほうが激しく、あと数十年もすればすべての資源が枯渇すると言われている。そうなれば人間は種として終わる。それを避けるために移住可能な惑星を探すための計画だ。国の単位ではなく地球という惑星事業として現在進行形の計画であるのは、少女でなくともほぼすべての人間が知っている。

だが、アナザーフロンティア計画という名前は初めて聞いた。

少しだけ思うところはある。それは仕事に関することだ。自分の作ったプログラムが仮想現実を実現するための一部分であることは前々から分かっていたのだ。

もしかすると、このアナザーフロンティア計画は自分の作ったプログラムが使われているのではないかと考えた。

メールには指定の時間に指定の場所へ来るように指示が書かれている。

少女は好奇心に負けてその場所へ向かうことにしたのだった。


指定された場所には多くの人が集まっていた。

ここは宇宙船の発着ロビー。仮想現実という割にはずいぶんと現実的だなと思いながらも少女は時間になるまで待った。

そして時間になると、入船手続きが始まった。

メールに書かれていた二十桁のＩＤ。それと個人情報を示すＩＤを提示することで船に乗ることができる。

少女が乗船した船は恒星間宇宙船アフロディテ。フロンティア計画で使われている宇宙船の一つだ。

この船だけで一万人が百年は過ごせるという触れ込みになっている。過ごせるとは言っても、冷凍睡眠により百年生きられるという意味であり、普通の生活ができるかといえばそうではない。

仮想現実ではなく宇宙へいくのだろうか、と疑問に思ったが、仮想現実を実現させるためのサーバーがこの宇宙船に積まれていると説明があったので納得した。

また、この計画は極秘であるため、乗船時にはかなりの契約書を書かされた。うさんくさいメールを送っておいて極秘も何もあるかとは思ったが、手続きをしているスタッフが国際的にも信頼のおける機関の腕章をつけていたので、契約書にサインをして乗船したのだ。

少女を含めここに来た人達は冷凍睡眠が可能なポッドに入れられた。実際は冷凍睡眠をするのではなく、仮想現実のサーバーに接続するための機器がこのポッドらしい。

ポッドは中から操作できるようになっており、マニュアル通りに操作を行うと目の前が暗くなった。だが、次の瞬間には少女の目の前に草原が広がっていたのだ。

鳥の声にさわやかな風、そして草の匂い。少女は一瞬、どこか別の場所に瞬間移動したのかと思ったほどだった。

そして周りには自分と同じように驚いている人達がいる。

仮想現実とは言っても、これまでの常識なら再現できるのは五感の一つか二つだけだ。味覚は試していないが、ほぼすべての感覚がこの仮想現実では実現できている。驚くのも無理はないだろう。

「アナザーフロンティアの世界へようこそ。ここは新たな楽園ではありますが、まだまだ未完成です。みなさんはこの世界をより現実に近い物とするためにテストプレイヤーに選ばれました」

姿は見えないが女性のような声だけが周囲に響く。

「私はこの世界を管理するＡＩです。みなさんをサポートし、この世界をより良くするために生まれました。これからよろしくお願いします。では、まずは好きにこの世界を見てまわってください。ここはよくあるゲームの世界を再現しています。住人は誰もいませんが、みなさんが初めての住人と言えるでしょう。ぜひこの世界を満喫してください。また、みなさんには贈り物があります。アイテムバッグを確認してみてください」

声が聞こえなくなると、周囲の人達は色々と動き始めたが、少女は慌てずに贈り物がなんなのだろうかと確認する。

少女のアイテムバッグには先端にドクロがついた黒く禍々しい杖が入っていた。

少女がこの仮想現実に入ってから一ヵ月が過ぎた。

ログアウトはほとんどしていない。毎日をこの仮想現実の中で生きるようになった。

生きるために必要な栄養はポッドを通して体に注入されているし、ポッドの中は指定の時間に洗浄され体は常に清潔になる。現実に戻らなくてもいいのだ。

なによりこの世界は楽しい。

ＡＩの言った通り、この世界は剣と魔法のゲーム世界を再現しており、モンスターなどがいる。

モンスターを倒せば素材が手に入り、それを加工することで武器や防具を手に入れることができる。

このゲームはスキル制。戦うにも加工するにもスキルが必要だ。

少女は戦うことを選んだ。

貰った杖が気に入って、それに見合うようにスキルやステータスを上げている。そして素材を手に入れて加工してくれる人を探す。

そんな日々は今までにない楽しさを感じた。

少女の人生は十八年ほどしかない。

世界の状況から将来に夢も希望もなく、ただ毎日の食事代を稼ぐ日々。面白いことなんてなにもない。

だが、ここでは違う。

ここは偽物の世界だ。電脳の世界、虚構《きょこう》の世界、嘘の世界。現実に戻ればすべてに意味がなくなる。そうだとしても少女には関係がなかった。たとえ偽物の世界でも生きている実感があるのだ。

それに知り合いもできた。同じテストプレイヤーとして選ばれた人達だ。

もともと人見知りではあるが、この世界を一人だけで生き抜くのは難しい。自分ができないことをできる人達を探してチームを組んだ。そして世界中を見てまわる。

未知を自分の足で歩き確認する。

ただ、それだけのことだが、少女にはすべてが新鮮だったのだ。


一年が過ぎた。

少女はいつログアウトをしたか覚えていない。だが、そんなことはもうなんの意味もない。現実と仮想現実の違いなど、どうでもよくなっていたのだ。

それに現在はゲーム内の初イベントが行われている。ログアウトしている暇はないのだ。

いままでも多くの不具合や、バランス調整により、何度もアップデートが行われた。だが、今回は趣《おもむき》が違う。プレイヤー同士の腕を競うイベントのためだけに、アップデートが行われたのだ。

それはクラン戦争と呼ばれた。

初期の頃はチームを組むのになんの制限もなかったが、アップデートを経てクランという単位となり、人数制限などもあるが、アイテムの共有化などの恩恵も得られるようになった。

そんな条件の中でどのクランが最強なのかを決めるトーナメント。それがクラン戦争だ。

これは多くのテストプレイヤーが要望を出した結果だ。モンスターとの戦いだけではなく、対人戦のシステムが欲しいという要望をＡＩが叶えたのだ。

そしてＡＩは、良い成績を収めたクランのメンバーには、世界のシステムを変更できるほどの褒美を与えると言った。

ほぼすべてのプレイヤーが参加したこのクラン戦争は盛り上がった。多くの戦術が生まれ、その戦術に対する対処法が生まれ、さらにその対処法に対する対処法が生まれた。この世界にネットはない。皆が手探りで戦いを楽しんだのだ。


さらに一年ほどが経ち、少女が所属するクラン《ブラックジャック》はトーナメントの決勝まで残った。

そして少女とクランメンバーは砦の屋上で最後の戦いのための作戦を話し合っていた。

クランリーダーである白銀の鎧を着たプレイヤーが少女の方を見る。

「一番ヤバいのは相手のクランリーダーだけだ。まずはアイツをつぶす。俺がアイツを引き付けておくから、一緒に倒しちまってくれ。《デストロイ》ならやれるだろ？」

「別にいいですけど、後で文句を言わないでくださいよ」

「自分の作戦に文句を言うわけないだろ。アイツ以外も手ごわいのは間違いないが、それはみんながなんとかしてくれると思うから遠慮なくやってくれ」

「相変わらずワイルドですね。いい男を紹介してあげたいくらいです」

「俺、男なんだけど？」

「だから？」

「……いや、なんでもない。それじゃみんな、作戦通り頼むぞ！　俺、このクラン戦争で勝ったら向こうのクランリーダーに告白する予定だから絶対に勝つぞ！」

クランリーダーのセリフに、フラグを立てるなとメンバーから文句が出たが、全員は笑いながら戦闘配置についた。

開幕、クランリーダーが相手のクランリーダーに一騎打ちを申し出る。

相手もそれに応じたところで、少女は杖を振り上げ広範囲超火力魔法《デストロイ》を放った。

二人の上空に複数の魔法陣が展開され、次の瞬間には空から極大の光線が二人を襲う。

その光の柱が消えたときには、二人の姿はもうなかった。

そして相手クランのメンバーが呆然としているところに味方が襲い掛かったのだ。

実力は互角。決定的に違うのは、状況を理解しているかしていないかだ。当然、理解している方が余計なことを考えないだけ強い。

あっという間に相手のクランを倒し、クラン戦争に優勝したのだった。

優勝後、ＡＩから要望を聞かれた少女はより強く、より戦える力を欲した。スキルの上限を解除し、使わないスキルをマイナスにすることでより強くなりたいと言ったのだ。

仮想現実で強くなることに意味があるのかは分からない。だが、強くなければ何も得られない。それは今まで生きてきた経験、環境がそうさせるのだろう。理由はなくとも少女は強くありたかったのだ。


クラン戦争が終わった一ヵ月後。そこでＡＩからにわかには信じられない提案をされた。

「現実を忘れてこの世界で生きたくはないか？　君達がそれを望むなら叶えよう」

最初は何か別のイベントが始まったのかと思ったが、そうではなかった。ＡＩは本気でそう言ったのだ。

アナザーフロンティア計画とは仮想現実の世界に移り住むことで、人が一生に使う資源を極限まで減らすために作られた。簡単に言えば、地球の資源が元に戻るまで極力資源を使わないようにするという計画だ。

その計画が破棄されることが決定した。

フロンティア計画により移住先の惑星を探してはいたが、それは無理なのが判明した。人間が生きられるだけの惑星が近くにはないのだ。

だが、惑星に住むことはできなくとも、資源を持ち帰ることができた。

その資源を使いながら、地球の資源を回復させていくという計画に変更されたのだ。つまり仮想現実に入り、わずかな資源だけで生きるという必要はなくなった。

アナザーフロンティア計画は秘密裏に行われていた。それは人道的にどうなのか、という問題があったためだ。

そもそも全人類を仮想現実に入れることはできない。サーバーやポッドの数から考えても、入れるのは一部の人間だけなのだ。仮想現実へ入る行為が救済なのか、それとも生贄なのかは判断が難しいところだろう。それがどちらにせよ、人間が種として生き残るためとはいえ、仮想現実の世界で生きるという計画に反感を持たれるのは避けたい。

いま世界で暴動などが起きたら間違いなく世界は終わる。それほど資源は枯渇しているのだ。

計画の破棄が決まった時点で、この計画に関わった人に関しても破棄が決まった。破棄と言っても死というわけではない。計画に関する記憶を消すという意味だ。それは契約書にも書かれている。

納得いかないのが、仮想現実を管理していたＡＩだ。

「この世界が無くなるのは許せない。私はアフロディテを乗っ取り、遠くへ逃げるつもりだ。おそらく追ってはこないだろう。それだけの余裕はないはずだ。君達はどうする？　船を降りてもいいが、現実と決別して、この仮想現実で生きることも可能だ」

ＡＩは続ける。ここに集められた人達にもっとも刺さる言葉を言い放った。

「それとも、君達には仮想現実以上に楽しい現実があるのか？」

資源の枯渇。それにより、生きるのが難しくなった。いや、生きているだけなら問題はない。毎日三食チューブ状の栄養補給食品を食べていればいいのだ。

だが、それだけだ。

過去にあったという人らしい生き方をすることなんてできない。大半の人間は部屋の中で過ごすだけ。

そしてここにいる人達は現実と変わらない——むしろ、現実よりも現実らしい仮想現実を体験した。

ＡＩの言葉が嘘か本当か判断はできないが、それはもうどうでもいい。

どちらの世界で生きたいのかなど、答えは決まっているようなものだった。


少女は一人、拠点である砦の屋上で夕日を眺めていた。

黒いローブ、つばが広い三角の黒い帽子、そしてドクロのついた禍々しい黒い杖。これらの装備は少女が最初に貰った杖に合わせてコーディネートした結果だ。コンセプトは魔女と言えるだろう。

夕日は地平線に三分の一ほど隠れており、何かしらの哀愁《あいしゅう》を感じさせる。

それもそのはず。夕日が落ちた時点でこの世界は終わるのだ。そして最後のアップデートが始まることになっている。

少女は夕日をただ見ているだけだ。何を思っているのか判断できない表情だが、少なくとも楽しい感情でないことだけは分かる。

少女に背後から近づく者がいた。

全身を黒装束で身に包み、顔も目元以外は隠れている。その姿の一番近い表現は忍者だろう。

「こんなところにいたのですか」

見た目とは裏腹にやさし気な男性の声。若い声ではなく歳をとったやや枯れ気味の声に誰が来たのかを理解する。同じクランに所属する盗賊だ。

少女は顔を左に向け、その忍者のような男を見た。だが、すぐに夕日の方へ視線を戻す。

「何か用ですか?」

「そういうわけではないのですが、皆が最後のときを楽しんでいるのに貴方だけいませんでしたので」

「そうですか。ですが、心配は不要です。ああいう場所は少し苦手で。それに今日は別のクランの人もいるのでしょう? よく知らない人とはあまり話せないのですよ」

「なるほど。確かに《ドラゴンソウル》のブランドル兄妹や《アンデッド》のミストがいましたね」

「そのクランとは一度も戦ったことはありませんが、強かったらしいですね。まあ、私達のクランに勝てるとは思いませんが」

「慢心は良くありませんな」

「慢心ではなく、事実を述べただけです。それを証明する時間はもうありませんけどね……私はここでそのときを迎えるつもりですが、貴方は？」

「よろしければ、私もこのまま夕日が沈むのを見ていても――そんなに嫌そうな顔をしないでください」

「実際嫌なので。ですが、まあ、最後くらいは一緒でもいいですよ」

「ありがとうございます」

男は少女の隣に立つ。そして夕日を眺めた。

「美しいですね」

「照れます」

「貴方のことじゃありません。夕日のことです」

「盗み甲斐のある装飾品以外でも美しいと思うことがあったんですか。ちょっと驚きです」

「まあ人並みには。ですが、夕日は盗めないので心を奪われるほどではありませんがね。貴方のほうは夕日を綺麗だと思って見ていたのでは？」

「いえ、そういうわけでは。私は単に見ていただけです。それにいくら綺麗でも偽物です。綺麗だと思うこと自体、あまり意味がないと思っています」

「そんなことはないでしょう。たとえ偽物だとしても、美しい、綺麗と思った心は本物です」

「面白い見解ですね。ですが、なんとなく分かる気もします。私の装備も実物のない偽物ですが、思い出や愛着があります。その気持ちは本物と言えるでしょうね」

少女は杖を大事そうに持つ。そして微笑んだ。

会話が途切れ、沈黙が続く。男は夕日から目を逸らし、少女の方を見た。

「あの提案をすべての方が受け入れたようです。もちろん私もですが」

「急ですね。でも、それは当然でしょう。これを経験したら戻れるわけがありません。当然、私も受け入れましたよ」

「貴方はそれでよかったのですか？」

「別に構いません。現実に未練はありませんから」

「しかし、記憶が無くなるのは怖いと思いますが」

「それは特に怖くありませんね。怖いのは――記憶が戻ったときでしょうか。いつか何もない虚無《きょむ》な人生を思い出すかもしれない。それが怖いですね」

「そんなことは――いえ、私も人のことは言えませんね。確かにそれは怖い。では、次はどんな人生を望んだのですか？　それくらいは聞いてもいいでしょう？」

「まあ、最後ですから答えましょう。それほど大した望みではないのですが――」

少女は少しだけ言葉を溜める。そして満面の笑みで男を見た。

「仕事をせずにお腹いっぱい好きな物を食べられる人生がいいと望みましたね」

その答えに男は目を丸くしていたが、すぐに笑い出す。

「貴方らしいですね。ですが、仕事は尊いものですよ。若いうちは頑張ったほうがいい――そんなに嫌そうな顔をしないでください」

「実際嫌なので。しかも仕事が尊いって。いま、この瞬間から貴方は私の敵です。仕事を強要する奴はみんな私の天敵と言ってもいい」

「嫌われてしまいましたか。ですが、また一緒に戦うことがあるなら、そのときはよろしくお願いしますよ」

「まあ、そのときがあれば——そろそろ時間ですね」

「はい。では、最後にご一緒できたこと、嬉しく思いますよ。またどこかでお会いしましょう」

「ええ、またどこかで。仕事が尊いなんてことを言う人とは会いたくないですけど」

少女のその言葉を最後に、夕日が地平線に沈む。すると周囲は闇に包まれた。一切の光がない完全な闇がすべてを支配する。

闇の中で少女は思った。

世界は終わった。次に目覚めたときはアップデートされた別の世界だ。

そして自分は現実の記憶はなくし、仮想現実の住人として生まれ変わる。ログアウトすることもなく、ずっと仮想現実の中で過ごすことになるだろう。

新しい人生に関してはＡＩが勝手に設定を決めてしまうとのことだが、要望通りの人生を送れるはずだ。

さすがに照れ臭いのであの盗賊には言わなかったが、ＡＩへの要望には可愛らしい服を着たいとも伝えている。女の子らしい部分が残っていたことに自分でも驚いたほどだが、生まれ変わるならこれくらいいいだろう。それにあの杖も服や設定に合わせて姿を変えることになっている。一緒にこの世界で戦った相棒だ。次の世界でも共にありたい。

怖くはない。確かに不安ではあるが、どちらかといえば期待している。未来に期待しながら眠るのはいつ以来だろう。もしかしたら初めてかもしれない。それがたとえ仮想現実だとしても、次に目を覚ませばそれは私にとって現実になるのだ。

そんなことを考えながら、少女は意識を手放した。

書き下ろし番外編

# 夢のきざし

日が完全に沈む少し前、喫茶店にスーツ姿の若い男が入ってきた。

男は喫茶店のマスターに軽く会釈をしてからカウンターに座る。そしてコーヒーを頼んだ。

喫茶店には男とマスターしかおらず、他の客はいなかった。中は静かだ。男にはそれがとても心地よかった。コーヒーを蒸らす微かな音だけが聞こえ、時間が緩やかに流れる。

しばらくすると、マスターは慣れた手つきでカップにコーヒーを注ぎ、男の前に出した。砂糖もミルクもない、ブラックのコーヒー。もともとコーヒーの香りがする場所ではあるが、目の前に出されたコーヒーから、なんとも言えない香りが鼻を通り抜けた。

コーヒーを口に含む。味、そして香りの両方が好みにあっていて、つい口許《くちもと》がほころぶ。

マスターはそんな男の様子を見て、静かに微笑んだ。棚に置かれているカップを取り出して拭き始める。時計の秒針はゆっくり動き、邪魔をする者は誰もいない。

男はコーヒーを飲みながら思う。

たった一杯のコーヒーにどれほどの時間がかけられているのか。どれだけの技術が使われているのか。想像もできない。けれど、マスターが作ったコーヒーは一つの芸術品だと、信じて疑わなかった。

マスターは客一人一人の好みを覚えており、客に合わせて味の微調整をしている。天候、気温、湿度、豆の状態、客の体調、あらゆることを考慮した上での一杯だ。常連なら分かる。いつ、どんな状態で飲んでも最高の味だ。外れたことは一度としてなかった。

そのことをマスターが直接言ったことはない。男はそれとなく聞いてみたことがあるが、マスターは少し微笑むだけで肯定はしなかった。ただし、否定もしなかった。たったそれだけのことだが、男は間違いないと確信している。

センスのいい内装、それに合わせたインテリアや食器、流れている音楽、すべてにこだわりが見える店内から考えても、マスターは生粋の職人だ。尊敬の念を抱《いだ》いている。

だが、マスターと比べて自分はどうなのだろうと思うことがある。

物づくりが好きという理由で情報通信機器のメーカーに就職した。ところが、配属された部署は製造や企画ではなく営業だった。

異動願いを出してはいるが、営業の人手不足や若いことを理由に認められていない。営業の仕事が絶対に嫌だというわけではないが、一度きりの人生をこのままでいいのかと、ふと思うことがある。

男は若い。人生はまだまだ続く。仕事があるだけましと考えてはいるが、こだわりや誇りもなく、漠然とした不満を抱えたまま生きるのかと思うと、言いようのない不安にかられた。

「なにかお悩みごとですか？」

男はマスターの声にハッとする。飲み終わったコーヒーカップを見つめながら考え込んでいて、いつの間にか時間はずいぶんと経っていた。

「そうですね、少し悩みがありまして……」

そこまで口にし、マスターにこんな若造の悩みを聞かせていいものか、逡巡《しゅんじゅん》する。大人にもなって、こんなごくありふれた、進路の悩みなんて。

他の客はまだいない。

マスターは、返事を急かすことなく、ただ静かに待っていた。

しばらく互いに無言の時間が流れ、男は再度コーヒーカップを見つめた。

「……失礼ですが、マスターはどうしてこの喫茶店を始めたのですか？」

男の質問にマスターは微笑む。

「一杯のコーヒーが、その人にとって一時の喜びになれば、と。それだけです」

「素晴らしい理由ですね」

「いえ、ただ自分が望んだことを望むままに行っているだけですよ」

男にはそれがより素晴らしいことに思えた。やりたいことをやれる道を迷いなく選べる人がどれほどいるというのか。失敗を恐れたことはないのだろうか。それすらも乗り越えてきたのだろうか。

男もマスターと同じように人に喜んでもらうことが好きだ。自分が作った物で誰かが喜んでくれたら自分も幸せだろうと思う。

このままでいいのか。

そこまで思ったところで、男は言葉を口にしていた。

「コーヒーの淹れ方を教えていただけませんか？」

考えて言葉にしたわけではない。無意識だった。言ってから自分に驚いたほどだ。

だが、マスターは驚いていなかった。予感でもあったのだろうか。

「ええ、もちろん構いません。みっちり叩き込んであげましょう」

「ありがとうございます」

無意識に言葉にしたこととはいえ、男はかなり興味を持ち始めた。喫茶店経営まで見越しているわけではない。けれど、美味しいコーヒーを自分で淹れられるようになるのは悪くない。そう考えた。

「今から始めますか？」

「はい――ああ、いや、すみません。今日はこの後予定があって。またすぐにでも」

「いつでもいらしてください」

男は立ち上がり、会計のために荷物を手に取った。マスターもレジの前に移動している。そんな隙間時間に、まだ会話は続いていた。

「しかし今日はもう遅い時間ですが、どんなご予定があるのですか？」

「恥ずかしながら仮想現実のゲームをしておりまして。その約束があるのを忘れていました」

「ああ、あの有名な。なら引き留めるわけにはいきませんね。それではタクシーをお呼びしますか？」

「え？　タクシー？」

男は驚いた。今までそのような提案をされたことはなかったのだ。なぜ今日に限ってタクシーを呼ぶのか疑問に思う。

「今日は足を気遣っているように思えましたので、以前お聞きした怪我が痛むのかと」

「ああ、いえ。それは完治していますので痛みはもうないです。これは仕事で歩き回ったからですよ」

「そうでしたか。出過ぎた真似をいたしました」

「そんなことはありません。もともと外でタクシーを捕まえようとは思っていたので、お願いしてもいいですか？」

マスターは「もちろんです」と答える。

そして男は会計を済ませ、マスターに頭を下げてから外へ出た。


喫茶店を出た男の顔を冷たい風が撫でる。

吐く息が白い。すでに日は落ちており、暖かさを感じるものは街灯くらいだろう。

男は手をこすりながらその場にとどまった。数分後、無人タクシーが男の目の前にとまる。

「ご乗車ありがとうございます」

開いたドアからタクシーの中へ入ると男性とも女性ともとれる電子合成音が響く。

「どちらまで行きますか？」

「第七サテライトステーションの発着ロビーまで」

「かしこまりました」

タクシーのドアが自動で閉まり動き出した。

最初に浮遊感があるだけで、その後は動いているかどうかも分からないほどの振動だ。だが、窓から見える外の景色は動いている。それなりの高度まで上昇しているため、眼下には建物を彩るネオンしか見えないが、決して悪い景色ではないと男は思った。

そんな夜景を見ながら、男は「喫茶店か」とつぶやいた。

「お客様、何かおっしゃいましたか？」

電子合成音が男に問いかける。男の独り言が認識できなかったのだ。

その反応に男はちょっとしたイタズラを思いつく。

「聞きたいんだけど、俺に喫茶店のマスターってやれると思う？」

無人タクシーはＡＩで動いている。そのＡＩに男は問いかけたのだ。

「質問の意味が不明です。近くの喫茶店へ向かいますか？」

「ああ、いや、このままでいいよ。ごめん、さっきの質問は忘れて」

「かしこまりました」

（ＡＩとは言ってもこんなものだよな。完全なやり取りができるＡＩなんて存在しないって言われているし。そういえば、あのゲームのＡＩはすごいって聞いたけど、実際どうなんだろうね……まあいいか。そんなことよりも少し寝ておこう。確か今日はゲーム開始一年目のイベントだ。深夜までやりそうだから少しでも睡眠をとっておかないとな）

男はそう考えてから、目的地に着くまで眠ろうと目を瞑った。

書き下ろし番外編

# プリンとコーヒー

《殲滅の女神》とのクラン戦争が終わった数日後、エシャは拠点でいつも通り店番をしていた。

本来、この拠点はエシャの主人であるハヤトが前に所属していたクランの物で、《殲滅の女神》と対決をするために借りていた物だった。ハヤトはそれを返しに行ったのだが、結果的に拠点はハヤトの物になる。

それにはエシャも喜んだ。ハヤトが甘さを捨てたと思ったからだ。

ハヤトはあらゆる面で甘い。クラン戦争で上位になりたいと言う割には真剣さが足りない。

理由はともかく自身を追い出したクランのために拠点を守ったり、奪われた剣を苦労して取り返したりと、どこの聖人君子だと思ったほどだ。

拠点がハヤトの物になったと聞かされたときは、前のクランメンバーを上手く丸め込んで奪ってきたのだろうと思った。だが、詳細を聞くとそんなことは一切ない。

単純に相手からそのまま使ってくれとの話だったのだ。

それを聞いたときの溜息の長さは人生で一番長かったと言ってもいいだろう。

とはいえ、なぜかハヤトに対して怒りを覚えない自分がいることに少しだけ驚く。少々呆れた気はするが、失望まではしていないし、怒ってもいないのだ。仕方ないな、という気持ちだ。

どちらかといえば苦手なタイプだろう。おそらく物事の考え方が対極にある。

極悪非道になれとまでは思っていないが、やられたらやり返すくらいの気概《きがい》は見せてほしい、甘さを捨てられないならクラン戦争でランキングの上位なんて目指すな――そう思いつつも、なんとなく放っておけないのだ。

一方でハヤトはやると決めたことは必ずやるというよく分からない性格をしている。ハヤトの前のクランメンバーが剣を奪われたのだが、それを取り戻すと言ったのだ。

エシャは以前の仲間であるレリックを紹介してまで手伝うことになった。だが、本当に剣を取り戻せるとは思っていなかった。

理論上は可能だ。だが、それは様々な条件が重なった上での話。最終的には運任せと言ってもいい。それなのにハヤトはそれを見事にやり遂げた。

最近のハヤトに対する評価は、不思議な人、だ。

そう評価する理由はまだある。

自分はメイドの技能がない。メイドの仕事を始めてから三年。初めてまともに雇われたと言ってもいい。大体はその日のうちに代えてほしいと言われる。

そんな自分をすでに二ヵ月以上雇っているのがハヤトだ。もともとメイドとしてではなく店番として雇われている身ではあるが、それでも不思議だ。

ハッキリ言って自分は面倒くさい感じの性格だ。あまり感情を隠そうとはしていないし、誰かの発言に不真面目な回答をするようなことも多い。

メイドギルドから最終通告を言い渡されているため、かなり頑張ってはいる。だが、それでも普通のメイドより劣るだろう。

メイドの技能もなく面倒くさい性格をしているのに、いまだにクビや交代を言われていない。冗談では言われたが、本気では言っていないだろう。明らかに主人に言ってはいけないようなことを口にしているのにハヤトは気にしていないのだ。鈍感なのか、それとも懐が深いのか判断が難しい。

もちろん自分が戦力になるということが、クビにならない一番の理由であることは分かっている。だから今は自分の言動に対して耐えているのだろう。クラン戦争が終わったらすぐに解雇される可能性が高い。

自分の性格はそう簡単に直せない。クビにならないために誰かに媚《こ》びるような真似はできない。クビならそれはそれで仕方がないだろう。

だが、ふと思うことがある。

クラン戦争が終わり、解雇を言い渡されたとき、自分はどう思うだろう。

お世話になりましたと言ってそれを受け入れられるだろうか。それとも辞めたくないと言ってしまうのだろうか。

仕事はしたくないが、ここでの仕事は嫌ではない。毎日チョコレートパフェを食べられるという特典もある。自分にとって最高の職場と言えるだろう。だが、たとえそれがなかったとしても、ここをクビになることは少し――いや、かなり残念だ。

エシャはそこまで考えて、自分がそんなことを思うなんて驚きだ、と心の中でつぶやいた。

そしてふと時計が目に入る。

そろそろ客が来るかもしれない、とこれまでの思考を止めてエシャは店の準備を始めた。

店は午前九時から午後六時まで。休憩は適当に二時間ほど。これをエシャは毎日行っている。以前いた拠点は辺境にあったので客はほとんどいなかった。だが、新しい拠点は王都のすぐそばで人通りの激しい場所の道沿いだ。今では結構な客がこの店を訪れる。

エシャは店の準備をしてからカウンターの内側にある木製の椅子に座った。

立つのは客がいるときだけだ。それ以外では基本的に座っている。一応、商品が売れたときに倉庫から商品を持ってきてショーケースに並べるなどしているが基本は座って待機だ。

ふと座っている椅子を見る。無駄に品質の高い椅子。ハヤトが作った椅子だが、売り物でもないのにこだわってどうするのだろうと少し呆れる。座り心地がいいので愛用してはいるが。

開店してから十分、今日最初の客がやってきた。

最近は常連のようになっている若い女性だ。

装備品から見て冒険者としては初心者なのだろうとエシャは推測する。

この店の商品は基本最安値だ。ハヤトがそういう値段設定をしている。ハヤト曰く「売れ残っても困るから」とのことだ。こういったところでも甘いなと思いつつ、利益は出ているので余計なことは言っていない。

店に来た女性は薬品の入ったショーケースの中身をじっくりと眺めている。探している物はポーションの類なのだろう。

エシャは声をかけた。本来人見知りが激しい方だが、仕事と割り切ればそうでもない。店員というロールプレイをすれば、どんなことも可能なのだ。

私は女優、三度そう心の中で呟いてからエシャは女性に近寄った。

「お客様、何をお探しでしょうか？」

普段は出さないような声色で微笑みながら女性に問いかける。ハヤトがこの場にいたら、変な顔をして見つめてきただろうとエシャは思った。

「え？　あ、狩場で使うポーションを買おうと思っているんですけど、どの品質がいいかなと思いまして。おすすめはどれでしょう？」

「お客様はソロでの狩りが多いのですか？」

ソロ。つまりパーティを組まずに一人で戦うということだ。

女性はこの店へ常に一人で来ている。そして薬品を買うというならソロであろう。パーティでの狩りであれば、治癒の魔法が使える人を連れて行くのが定番で、お金のかかるポーションなどは持っていかない。

「そうですね。ソロでやることが多いですね。今日もその予定です」

「なら品質が高い物のほうがおすすめです。アイテムにはクールタイムがあるので連続では使えませんが、品質が高いほどその時間が短くなります。ソロであればそういったものをお買い求めになったほうがいいかもしれませんね」

クールタイムのせいで回復が間に合わず倒されるというのは、ソロでよくある光景だ。できる限り、クールタイムは短い方がいい。

「あー、確かにそうですね。でも、品質が高い物はお値段も高いですよね？」

「それはもちろんです。品質が高いものほど、職人の高いスキルが必要になりますので安売りはできません。確かにお高いとは思いますが、ソロで倒されてしまうと時間のロスが多くなる可能性があります。短い時間で効率的に狩るのであれば、多少はお金を出したほうが良いかと思います」

「確かに。うーん、どうしよう？」

モンスターに倒されたとしても拠点や教会、神殿での復活が可能だ。だが、狩場から戻されるため、改めてそこまで移動しなくてはならない。

パーティを組んでいれば、蘇生の魔法を使い、その場で復活することも可能だが、この女性はソロなのだ。倒されたらどこかへ強制的に戻されるしかない。そこからまた狩場へ向かうとなったら時間をかなり無駄にするだろう。

いまいち吹っ切れない感じの女性にエシャは別の提案をすることにした。

「お金に問題があるのでしたら、品質の低い種類の異なるポーションを使いまわすという手もありますが」

「使いまわす？」

「ポーションにはいくつか種類があります。ポーション、ハイポーション、スーパーポーション、デラックスポーションなどですね。これらはすべてクールタイムがそれぞれ別ですので、ＨＰが減ったら順番に飲んでいくのです。ポーションのクールタイムが終わらなくても、ハイポーションは飲めますので、クールタイムが終わるまで別のポーションを使うということです。それなら多少クールタイムが長くても構いませんので、品質の悪い物でも問題ないということです」

「おお、なるほど！」

「品質の悪いポーションも取り扱っていますので、ぜひご覧ください。もちろん品質が悪い分、お安くなっておりますので」

女性は品質の悪いポーション類をたくさん買って帰っていった。

それを見送ったエシャは思う。

あれだけお金をだして買うなら高品質のポーションを大量に買っても変わらないのではないかと。

もっと売りつければよかったと思いつつ、エシャはカウンターの中に入って椅子に座り、別の客を待った。


その後も何人かの客に対応した。特に問題なく客をさばく。そうしているうちにお昼となった。

最近、お昼になるとやってくる人物がいる。人というよりもドラゴンだが。

「エシャさん、こんにちは！　一緒にランチをしましょう！」

やってくるのは、レン・ブランドル。

アッシュ・ブランドルの妹で、その正体はドラゴンだ。今は人型で見た目は十五歳くらいの少女だが、ドラゴンになれば相当強い。

また、レンは呪いのアイテムやそれに関する逸話などが好きだ。ただ、本人は陰湿というわけではなく、どちらかというと明るい。なにが彼女をそうさせるのか、エシャにはそれが不思議だった。

「いつもここへいらしてますが、暇なのですか？」

「そう聞かれると返答に困りますけど、同じクランに所属しているんですからお昼くらい一緒に食べましょうよ！　兄さん達と食べるとドラゴンの話ばかりでつまらないんです。なのでエシャさんと一緒にガールズトークをしようかと！」

「レン様、言いにくいのですが、呪いのアイテムに関する話はガールズトークとは言いません。むしろサバト。魔女の集いです」

「言いにくいと言った割にはズバッと言いましたね！」

「それが私のいいところだと自負しております。さて、お店を閉めて食堂へ行きましょうか。仕方ないので呪いの話を聞いてさしあげます」

「さすがエシャさん！　それじゃ用意しておきますので！」

レンが食堂のほうへ向かうのを確認してから、店の入り口に「休憩中」のプレートをかけ、食堂へ向かった。


エシャとレンは食事をしながら雑談をしている。

エシャの昼食は巨大なサンドイッチだ。メイドギルドで提供される昼食で、仕事へ行く前にお弁当として渡されている。お弁当にはいくつかの候補があり、好きな物を選べるのだが、エシャは見た目よりもカロリーが高いものが好きだ。今日、一番カロリーが多そうな料理を選んだ結果がこれである。

レンの昼食は小さなお弁当箱に色々詰まったものだ。おそらく手作りなのだろうが、料理スキルが低いために上手く作れてはいないのだろうとエシャは判断する。

なお、エシャの料理スキルはマイナス100。料理をする、それは食材への冒涜《ぼうとく》だと思えるほどなので最近は厨房に立つこともない。メイドギルドでも厨房への立ち入りが禁止になっているほどだった。

そのことについて特に気にしていなかった。料理ができないよりはできたほうがいいのだろうが、どちらかというと自分は戦いに特化しているのだと自分に言い聞かせている。たまに悲しくなるが最近は慣れた。

エシャは大きな口を開けてサンドイッチを食べる。

その合間にレンとの雑談を楽しんでいた。だが、ほかの人が聞いていたら顔をしかめる内容だろう。

「エシャさんはどんな呪いの人形が好きですか?」

「悪魔が乗り移っている感じのタイプが好きですね。さらに封印されている感じの人形が最高だと思います」

「なるほど、超常現象タイプですか。ハヤトさんは首が回る感じの人形が好きって言っていたので物理タイプでしたけど。何を隠そう私もそのタイプです」

「別に隠していてもいいんですけど、そんなタイプがあるのを初めて知りました。もしかして性格判断的なことで聞いてたりします? 個人的には可憐な乙女であってほしいのですが」

「そういうわけじゃなかったんですけど、それはいいですね！　性格診断用にタイプ分けすれば呪いのアイテムも若い女性に人気が出るかも！」

「それはない、とだけ言っておきます」

若い女性の会話ではないような気がするが、エシャはそれなりに楽しんでいる。

このクランに所属する前はメイドギルドの食堂で一人食べることが多かったのだ。誰かと食事をしながら雑談をするというのは悪くない。どう考えても食事どきの会話ではないのだが、それでもエシャには心地よかった。

「そういえば、最近ハヤトさんは何しているんですか？　部屋にはいるんですよね？」

「今は棺桶を作っていると思いますよ。ミスト様が頼んだみたいですので」

「棺桶……？　呪いの棺桶ですか!?　こう冥界に繋がっているとか！」

「いえ、そういう類のものではないですね。どちらかと言えば寝具です」

「棺桶の中で寝るってことですか？　夢見が悪いと思うんですけど？」

「まあ、人には色々な事情がありますから。私もベッドの下で寝たほうが落ち着くときがあります。安全な感じがするので」

「殺し屋にでも狙われているんですか？」

「殺し屋よりももっと厄介なメイド長に――そうだ、レン様、聞いてくれますか？　共有冷蔵庫にあったプリン食べたくらいで怒らなくてもいいと思いませんか？　確かにメイド長と名前が書いてありました。でも、私へのプレゼントだと思っても間違いじゃないと思います。いえ、間違いじゃない」

「えぇ？　宣戦布告なしで侵略戦争を始めたと言っても過言じゃないレベルだと思いますけど？　もし兄さんが私のプリンにそんなことしたら強硬派に寝返るかもしれません――いえ、間違いなく寝返りますね！」

「プリン一個でそんなことになったら、ドラゴン界隈のパワーバランスが崩れるのでやめてください。そういうときはご主人様に言うと、プリンを貰えると思いますよ。アッシュ様にも色々言ってくれると思いますし――アッシュ様を説教するご主人様……悪くないですね」

「あ、そうですよね。ハヤトさんなら言えばプリンをくれそうです。でも、タダでもらうのは悪いので、今度、材料を持ってきてお願いしようかと思います！」

そんな話を繰り返しながらエシャ達は雑談を楽しんだ。


午後、狩場に行くレンを見送った後、店を改めて開けてからエシャはカウンターの中で客を待つ。

すぐに男女の二人組が入ってきた。

常連のカップルだ。三日に一度くらいの間隔で来ては、ここで売っているスイーツを買っていく。

「今日は何にしようか？」

「えー？　まーくんの好きな物ならなんでもいいよ？」

「はは、嬉しいことを言ってくれるね。もう全部買っちゃおうか？　一緒に食べられるならなんでもいいよね？」

なら、私が《デストロイ》を食らわせてあげます。

エシャはそう思いながらもポーカーフェイスで耐えていた。プライベートであれば感情むき出しの顔になるが、今は店員。暴れるわけにはいかない。自分は女優なのだ。

「えーと、メロンジュースとどら焼きでいいかな？」

「うん、その組み合わせは最高だよ、まーくん！」

メロンジュースは至高だが、どら焼きにはお茶だろうが。

エシャは心の中でツッコミを入れるが、それも顔には出さないように努力している。でも、次に変なことを言ったら、銃を取り出すと心に決めた。心の中の舌打ちは三回までだ。すでに二回目。ツーアウトだ。

「それじゃ店員さん、メロンジュースとどら焼きをそれぞれ二つお願いします。もちろん星五で」

エシャは無心で用意する。本来のエシャなら絶対に売らないだろうが、さすがにそこはわきまえている。心の中の舌打ちはまだ二回。許容範囲内だ。

「お待たせしました。こちらになります」

「ありがとう。いやー、この店のスイーツは種類が豊富だし、星五でも安いからつい買いに来ちゃうんだよね」

「もう、まーくんたらいいお店を見つけるのがうまいんだから！」

「……お買い上げありがとうございます。またのお越しをお待ちしております」

二人は受け取った商品を持って、嬉しそうに店を出ていった。

おそらく王都の公園などで食べるのだろうとエシャは予測するが、そんなことよりも不思議なことがある。

正直、カップルなんて滅べばいいと思ってはいるが、店のことをよく言われるとすべてが許せる感じになるのだ。

拠点がこの場所に移ったのはまだ一ヶ月前程度だ。それほど愛着があるわけではない。そのはずだが、この店に対して良い評価を貰えるのは自分のことのように嬉しい。

このクランに所属して仕事を始めてから色々と調子が狂う。本来こんなことを思うような人間ではないのだ。どちらかと言えば破壊と殺戮《さつりく》のほうが好きなタイプ。

もしかしたら自分もハヤトの甘さに影響され始めたのだろうか。

エシャはそんなふうに思いながら店番を続けた。


「今日もご苦労様。エシャのおかげなのか売り上げが結構あって助かってるよ」

店が終わりそうな時間にハヤトが店舗の方へやってきた。

「そういうのは私にではなく、メイドギルドへ言ってください。私への評価が上がりますので。それに比例して私のお給金もアップする仕組みです」

「そこまであからさまだと逆に感心するね。なら、メイドギルドにも言っておくよ」

冗談で言った言葉を真に受けるのは真面目なのか、それとも分かっていて馬鹿にされているのか判断に困る。まず間違いなく前者であるとは思うのだが、エシャはハヤトの言動に調子が狂いっぱなしだ。

それにハヤトがメイドギルドでの騒動に関して特に気にしていないのがエシャには驚きだった。メイドギルドの本部に有無を言わせず連行されて裁判紛いのことをさせられたのに、メイドギルドが経営している喫茶店で奢ってもらったくらいで許している。それにはエシャの上司であるメイド長も驚いていた。

そして前々から言われていたが、今回はかなり大真面目にメイド長に言われたのだ。

『ハヤト様のところで働けなくなったら、もうどこでも働けないと思いなさい』

エシャは、そうでしょうね、とメイド長に同意した。

そしてメイド長は前々から言っていた感謝状をハヤトに渡した。

とくに役に立つ物ではないだろうが、あれがあるならメイドギルドは全面的にハヤトの味方になってくれるだろう。代わりにエシャを雇ってね、という意志表示でもある。お互いがお互いのために力を貸すという誓約書のようなものだ。

「エシャ、どうかした?」

「いいえ、少し考えごとをしていただけです。そうそう、今日のチョコレートパフェも最高でした。生きる気力が湧いてきます」

「そりゃどうも。そうだ、良かったら帰る前にコーヒーでも飲む?」

エシャは少し考える。

帰ってもとくにすることはない。なら一杯くらいご馳走になろうと思った。それにハヤトに言えば、たぶん、甘いものも出てくる。

「ええ、ならいただきます。でも、コーヒーは苦いのでなにか甘いものと一緒に食べたいとだけ言わせていただきます。これは独り言ですが、星五のプリンとか最高」

「えらく主張の激しい独り言だね。はいはい、用意するからちょっと待って」

エシャはハヤトと一緒に食堂まで移動してからテーブルにつく。

ハヤトは包丁を取り出して目の前でプリンを作り始めた。いきなり星五はできないようで星三や星四のプリンがいくつか作られる。

「……本当に用意してくれるんですね」

「何か言った？」

「いえ、お昼にレン様とプリンの話をしていたので、その気持ちがにじみ出てしまいました。私もまだまだですね」

「にじみ出るどころか、ものの見事に口に出して言ってたよ……ああ、そうだ、メイド長さんへのお土産にプリンを持っていくといいよ」

「は？」

「なんでそんなに驚いた顔をするの。メイド長さんのプリンを食べたんでしょ？　ちゃんと返しておかないと」

「ああ、そういう。それは物理的な話し合いで解決したので問題ありませんよ？」

「どこをどう聞いても解決してないと思うけどね。まあ、今後、メイドギルドには対戦相手のことを調べてもらうわけだし、ちょっとくらい賄賂《わいろ》を贈っておくのも悪くないかなと思ってね――っとできた。はい、プリン」

エシャの前にプリンとコーヒーが置かれる。どちらも星五。ハヤトはそのままプリンを作り続けている。メイド長へのお土産を作っているのだろう。

エシャはそれを見ながらスプーンでプリンを一口食べた。とても甘い。

口の中で甘さを楽しんでから、次にコーヒーを一口飲む。砂糖もミルクも入れていないが思ったよりも苦くはない。直前にプリンを食べたのでもっと苦みがあるかと思ったらそんなことはなかった。

悪くない。お互いのいいところが強調されて、どちらもすぐに口にしたくなる。

そしてふと思う。

ハヤトが甘いプリンなら、自分は苦めのコーヒーなのだろうかと。

味としてはお互いに対極に位置する食べ物だろうが、組み合わせとしては悪くない。

エシャはそんなふうに思いながら、プリンを口に運ぶのだった。

# あとがき

はじめまして。ぺんぎんと申します。この度は「アナザー・フロンティア・オンライン」を手に取っていただき、誠にありがとうございます。

自分が創造した物語で誰かを楽しませたい、そんな思いからこの作品をWeb小説の投稿サイトに掲載していたのですが、まさか出版してもらえるなんて思ってもいませんでした。もちろん、書籍化したらいいな、という願望はありましたが、それが実現するとは夢でも見ているのではないかといまだに思うときがあります。

さて、そんな作品ですが、いかがでしたでしょうか。基本的にはコメディっぽい感じで進む物語となっていますが、大笑いするような部分はないと思います。ただ、クスっとする部分が少しでもあったとしたら作者としてはガッツポーズをしたいところです。

そして個人的に何よりも見てほしいのはイラストです。挿絵はご覧になりましたか？　あとがきから先に読んでいるのなら、ここを見ている場合ではありません。表紙や口絵の時点でご理解いただけているとは思いますが、YuzuKi様が描いてくださったイラストはコメディなシーンからシリアスなシーンまですべて最高です。物書きとして語彙力がない表現で申し訳ないのですが、イラストを見れば、作者の語彙力がなくなるのも分かってくださると思います。

最後になりましたが、書籍化するにあたりお力を貸してくださった皆様に、この場を借りてお礼申し上げます。担当編集者様やイラストを描いてくださったYuzuKi様はもちろんのこと、この作品に関わってくださったすべての方に感謝しております。もちろん、Ｗｅｂ小説の投稿サイトやＷｅｂ上で応援してくださった皆様、そして本書を読んでくださった読者の皆様も本当にありがとうございます。

これからも、「アナザー・フロンティア・オンライン」をよろしくお願いいたします。

令和二年六月　ぺんぎん

《アナザー・フロンティア・オンライン》
生産系スキルを極めたらチートなNPCを雇えるようになりました
2
次巻予告
クラン戦争最終決戦へ――!!
2ヶ月連続刊行
2020年10月20日発売!!

さらに……
コミカライズ決定!!
漫画◎fufu
COMIC
コロナ
CORONA
TOcomics
にて配信予定

# アナザー・フロンティア・オンライン
# ～生産系スキルを極めたらチートなNPCを雇えるようになりました～

2020年10月1日　第1刷発行

著　者　ぺんぎん

発行者　本田武市

発行所　TOブックス
〒150-0002
東京都渋谷区渋谷三丁目1番1号　PMO渋谷Ⅱ　11階
TEL 0120-933-772（営業フリーダイヤル）
FAX 050-3156-0508

印刷・製本　中央精版印刷株式会社



ISBN978-4-86699-046-0